»Ein hochkomplexes, außerordentlich sorgfältig strukturiertes Buch der ungewöhnlichen Geschichten«, urteilte Frank Schirrmacher in der ›Frankfurter Allgemeinen Zeitung‹ über den neuen Prosaband von Ror Wolf.

Unabhängig von literarischen Moden und Maßgaben arbeitet der Schriftsteller, Hörspielautor und Collagen-Künstler Ror Wolf seit nunmehr fast 30 Jahren an seinem hintersinnigen Kosmos entlegener Orte und verquerer Zeitgenossen und folgt damit unverwechselbar seinem eigenen Programm. So auch in den Prosatexten und dem Roman seines neuen Buches, das den Leser mit einer Fülle bizarrer Abenteuer, seltsamer Fälle, nie gehörter Todesarten zu faszinieren versteht. Dem eigenartigen Personal dieser Geschichten aus Schlitz und Schupf, aus Olm und Laax kann alles Mögliche und genausogut das Unmögliche geschehen. Lokale Weltuntergänge, merkwürdige Unglücksfälle sind an der Tagesordnung, so daß im Alltäglichen das Unfaßbare und im scheinbar Vertrauten das Unerklärliche aufblitzt, in schaurig-schönen Geschichten, die den Leser verführen, süchtig machen.
Eckhard Henscheid, Enthusiast und Kenner der Wolfschen Welten, bringt das Eigensinnige dieser Literatur auf den Begriff: »Im Buch wie im Leben kriegt Wolfs Angezogenheit vom Unglück und vom Unheil nie etwas ganz Bedrohliches – all diesen Klein- und Großunheilen eignet auch etwas fast Kalmierendes, ›Abgehobenes‹, fast Beseligendes, weil wir uns eben schon inmitten der innersten Wolfschen Welt befinden, seiner womöglich dominantesten Domäne: seiner Humoristik.«

*Ror Wolf*, 1932 in Saalfeld/Thüringen geboren, lebt heute – nach 34 Umzügen – in Mainz. Im Jahr 1953 verließ er die Deutsche Demokratische Republik und studierte Literatur, Soziologie und Philosophie in Frankfurt am Main. Literaturredakteur beim Hessischen Rundfunk. Seit 1963 freier Schriftsteller. Für seinen Prosaband ›Nachrichten aus der bewohnten Welt‹ erhielt Ror Wolf 1992 den Bremer Literaturpreis. Zuletzt erschienen in einer Neuausgabe: ›Fortsetzung des Berichts‹ (1992) und ›Die Gefährlichkeit der großen Ebene‹ (1992).

Ror Wolf

# Nachrichten aus der bewohnten Welt

Fischer Taschenbuch Verlag

Veröffentlicht im Fischer Taschenbuch Verlag GmbH,
Frankfurt am Main, Oktober 1994

Lizenzausgabe mit freundlicher Genehmigung
der Frankfurter Verlagsanstalt GmbH

Druck und Bindung: Clausen & Bosse, Leck
Printed in Germany
ISBN 3-596-11765-8

*Gedruckt auf chlor- und säurefreiem Papier*

*Nachrichten aus der bewohnten Welt*

# *Wichtige Aufschlüsse über das Rätsel von Goch*

An einem warmen Abend des Jahres einundachtzig waren die Besucher eines Restaurants in Goch sehr überrascht, als nicht der angekündigte Zauberkünstler die Bühne betrat, sondern ein Mann im Straßenanzug, der auf der Stelle zu jonglieren begann. Er tat das aber nicht mit den erwarteten Gegenständen der Jonglierkunst, sondern verblüffte die Zuschauer damit, daß er Gegenstände aus seiner Umgebung, aus dem Haushalt, aus dem Gebiet der gesamten bewohnten Welt einfach ergriff, um sie in die Höhe zu schleudern. Keiner der Anwesenden ahnte, daß an diesem Abend eine neue Epoche des Jonglierwesens anbrach. Bis zu diesem Moment hatten sich die Geschicklichkeitskünstler äußerlich stark von ihrem Publikum unterschieden; sie erschienen in funkelnden Kostümen, mit tütenförmigen Hüten und spitzen Bärten. Nun aber begannen sie, sich dem Publikum derart anzugleichen, daß man sie nicht auseinanderzuhalten vermochte; sie bemühten sich, eine bürgerliche Haltung anzunehmen, saßen an Biertischen, waren mit dem Verzehren von Würsten beschäftigt oder hatten sich hinter Zeitungsseiten verborgen, um sich mit einem Mal zu erheben und zu jonglieren. Sie erhoben sich aber nicht nur in Goch. Sie erhoben sich an den verschiedensten Stellen und begannen, mit den Gegenständen ihrer Umgebung die fabelhaftesten Kunststücke auszuführen. Sie hatten sich also ganz stillschweigend unter das Publikum gemischt und erhoben sich ohne Ankündigung; bis es plötzlich gar nicht mehr auffiel, daß sie jonglierten. Man hielt das, was sie taten, für alles mögliche, aber nicht mehr für Jonglerie. Übrigens wurde es damals Mode, daß auch die anderen Menschen, das wirkliche Publikum, also nicht mehr nur diese als Publikum verkleideten Jongleure, mit den häuslichen Gegenständen zu jonglieren begannen, mit den Gegenständen des täglichen Lebens, mit Geschirrstücken oder mit Kleidungsstücken, die sie zu diesem Zweck ablegten, oder mit Möbelstücken. Auf diese Weise geriet alles in eine fliegende Bewegung, alles begann zu schweben und durcheinanderzuwirbeln; es war eine unruhige Zeit. Freilich war mittlerweile das Interesse an der Jonglierkunst so klein geworden, daß man sie fast vergessen hätte, wenn nicht gerade an diesem Abend ein Mann erschienen wäre, der alles, was man auf diesem Gebiet bisher erlebt hatte, weit übertraf. Dieser Mann, ein gelernter Friseur, balancierte auf einem Regenschirm einen Zylinderhut, darauf eine Zigarre und ein Monokel. Durch ein einfaches kurzes Hochschnellen seines Schirms wurden nun Hut, Zigarre und Monokel derart in die Luft geschleudert, daß alles in großer Höhe für einen Moment zu verschwinden schien; doch schon im nächsten Moment befand es sich wieder auf seinem natürlichen Platz: auf dem Kopf, im Auge, im Mund, die Zigarre natürlich dampfend. Das war schön gemacht, aber noch nicht schön genug. Diesem Mann gelang es in Goch, eine kleine gekochte Kartoffel in der Luft mitten entzweizuschneiden und die beiden Hälften mit Messer und Gabel aufzufangen und zu verschlingen. Weil man aber damit noch längst nicht zufrieden war, zog er sich ein funkelndes Kostüm an, setzte sich einen tütenförmigen Hut auf und klebte sich einen spitzen Bart ans Gesicht; er vertauschte die Gegenstände des täglichen Lebens mit einer bestimmten Anzahl von Kugeln, und zwar von Billardkugeln, schob seine auf dem Billardtisch inzwischen eingeschlafene Gefährtin hinter die Bühne, um sich ein neues unglaubliches Kunststück auszudenken. Und das war beileibe noch nicht das Ende.

## *Der Kellner und der Damenschneider*

Nachdem ich das Meer gesehen hatte, kehrte ich um. Es schien mir in diesem Moment ganz unwahrscheinlich zu sein, daß ich allein auf der Welt war. Ich sah ein paar Leute gehen und hörte auch einen Schuß. An dieser Stelle fiel mir das folgende kleine Erlebnis ein; es stammte aus einer Zeit, in der sehr häufig geschossen wurde; es ging jeden Tag um das Leben; es knallte an allen Ecken, überall fielen die Menschen um, überall standen dunkle Personen und fielen zu Boden, während ich den feinen Dampf meiner Tabakspfeife verfolgte und die Ansicht vertrat, daß es jetzt Zeit war, den Kellner zu rufen. Ich saß im Lokal *Du Commerce* in De Panne mit einigen Herren zusammen. Der Kellner, ein Mann aus Wemmel, hatte sich in den Kopf geschossen. Warum, das wußte er nicht, er hatte den Schuß nicht bemerkt und alles vergessen, was diesen Schuß betraf. Erst als er immer vergeßlicher wurde, kam er an unseren Tisch, wo man ein kleines, am Rande verschmortes Einschußloch über dem Ohr entdeckte. Der Kellner konnte sich nicht mehr erinnern, bei welcher Gelegenheit das geschehen war; er dachte lange darüber nach, dann gab er es auf und begleitete mich eine kurze Strecke, bis vor die Tür, vergaß aber schließlich auch das. Ich habe ihn niemals wieder gesehen; aber ich hatte noch lange das kleine Vergnügen, die Wirkung der Worte auf den Gesichtern der Menschen zu beobachten, die mit mir zusammensaßen; im März, in De Panne, im Restaurant *Du Commerce*. Das ist zwar die Wahrheit, in Wahrheit aber auch eine sehr unbedeutende Geschichte, von der ich mich hiermit verabschiede, um eine ganz andere Geschichte erzählen zu können. Ein Mann aus Waremme, ein Damenschneider, wollte die Stadt San Franzisco besuchen, machte aber bei einer Zwischenlandung in Bangor, einer Stadt im nordöstlichen Bundesstaat Maine, einen sehr folgenreichen Fehler; er stieg aus dem Flugzeug, einer Maschine der Pan American World Airways Incorporated heraus und begann zu laufen. Er lief drei Tage durch Bangor und war ganz sicher, durch San Franzisco zu gehen. Erst ein sehr freundlicher Taxifahrer, den er bat, ihm das Centrum von San Franzisco zu zeigen, klärte ihn auf. Nun wußte er, wo er war. Zu dieser Zeit folgten ihm schon die Reporter. Die Leute, an denen der Damenschneider vorbeikam, hatten ihn längst in ihr Herz geschlossen. Sie klatschten, sie sangen; sie seien, betonten sie, seine besten Freunde. Auch San Franzisco war schon für seinen Besuch gerüstet. Man bot ihm zu trinken an, man schenkte ihm einen neuen Anzug und einen geputzten Wagen; er wurde einer der allerberühmtesten Reisenden in dieser Gegend. Schließlich schenkte man ihm ein Haus am Meer. Zuerst machte er einen Rundgang durch die Räume, dann durch den Palmenwald, dann durch das ganze Gebiet, Herbst Frühling Sommer und Winter. Das war eine lange Zeit auf der anderen Seite der Welt. Nicht etwa, daß es ihm an Gesellschaft fehlte, das war es nicht; das Wetter war mild; der Wald war schön, das Meer und der Himmel, der Rundgang durch alle Räume des Hauses; das alles war schön. Aber natürlich war es immer der gleiche Wald und das gleiche Meer und der gleiche Himmel und das gleiche Haus mit den gleichen Räumen. Womöglich war es ein Mangel an Aufregung, der ihn ermüdete, das Geräusch der waschenden Wellen, der Schaum auf dem Wasser, die lautlos schwebenden Albatrosse, weich in der warmen Luft. In diesem Moment fiel ein Schuß. Der Mann aus Waremme erschrak. Jetzt konnte er auch die schwankenden Bäume sehen und die rasch in der Nacht verschwindenden Menschen; sie fuhren davon, um sich einem anderen Mann zuzuwenden, einem Kellner aus Wemmel, der ohne Gedächtnis durch Arizona irrte. Der Damenschneider mochte nun nicht mehr ins Freie und nicht mehr ans Meer, obwohl es nur ein paar Schritte waren. Manchmal zerriß ein menschlicher Schrei die Stille. Der Zufall wollte es, daß eines Tages ein Männerchor aus dem belgischen Mol vorbeifuhr. Noch lange hörte er den Gesang, dann war er allein in der Tiefe von Californien. Wer beschreibt aber sein Entsetzen, als er das Herrenzimmer betrat. Ich beschreibe es nicht, sondern gehe ein wenig hinaus an den kalten geräuschlosen Strand von De Panne. Nachdem ich das Meer gesehen hatte, kehrte ich um.

## *Am Rande der Fassung*

Ein Mann, dieser Anfang gefällt mir zwar nicht, doch es fällt mir kein anderer ein, ein Mann also – oder nein. An einem sehr schönen Abend im Mai kommt ein Mann – das ist auch nicht so gut. Am frühen Morgen eines sehr kalten Winters, ja, das ist besser, eines sehr kalten Wintertages, noch besser, nimmt A, ein Mann, ein Lokomotivführer, das ist prächtig, ein Lokomotivführer Abschied von seiner Familie in B, um nach C zu fahren, das ist wirklich ganz hübsch, um nach C zu fahren, wo die Familie D wohnt, das ist auch nicht so übel. Unglücklicherweise trifft er bei seiner Ankunft in C aber nicht die Familie D an, sondern tritt in das Haus einer Familie, die wir der Einfachheit halber E nennen wollen, und die ihn nicht für den Lokomotivführer A aus B hält, sondern für F, einen Gabelstaplerfahrer. Aus diesem Irrtum ergeben sich einige Mißverständnisse, die den Charakter des Mannes, von dem ich von Anfang an spreche, A, einer ungerechten Beurteilung aussetzen; die aber auch die Gesamtheit meiner Geschichte verändern. Denn auch der Leser, wir nennen ihn G, ist nur zu gern bereit, den Verleumdungen, die besonders die Herren H und I über den Mann verbreiten, Glauben zu schenken. Deshalb beschließt A, so schnell wie möglich das Haus zu verlassen, bleibt aber, weil man den Irrtum endlich erkennt, doch hier, wo die Sache sich aufklärt und zwar auf erfreuliche Weise. Die Handlung entwickelt sich nun in zwei Richtungen weiter. Erstens knüpft A eine zarte Beziehung zu K, der Tochter des Hauses E, die mit einem jungen Schweden, Herrn L, so gut wie verlobt ist. Zweitens hat L, der keinen festen Charakter hat, lange auf diesen Moment gewartet, um mit Frau M aus der Nachbarschaft in Verbindung treten zu können. Beide Möglichkeiten gefallen mir, wenn ich ehrlich bin, überhaupt nicht; sie sind eher geeignet, die Anteilnahme des Lesers, den wir G genannt haben, abzuschwächen. Wichtig ist immerhin: der anfangs erwähnte A ist am Ende ganz mit der Welt zerfallen, während Herr L und Frau M ein recht fröhliches Leben führen. Später sind wir dann wieder in B. Es ist Sommer geworden und wir kommen zum Ende; das ist wirklich kein schöner Schluß, doch ich glaube, ich kann mit dem bisher Erwähnten ziemlich zufrieden sein.

## *Das Ende der fremden Verhältnisse*

Ein Mann, der über die Schönheit von China berichten will, stürzt, aus etwa einhundertfünfzig Metern Entfernung, aus einem Ballon hinab auf die Erde und ist sofort tot. Die Geschichte wird auch ganz anders erzählt. So ist es gar kein Ballon, aus dem der Mann stürzt, und es ist auch nicht China, auf das er hinabfällt, sondern Marokko. Womöglich ist er auch gar nicht tot, sondern wird nur für tot gehalten. Zum Glück gehört dieser Fall ohnehin zu den Seltenheiten und braucht uns hier nicht zu beunruhigen. Der Mann, ein Vertreter, kommt mit dem Schrecken davon und eröffnet in Schruns ein Zigarrengeschäft. Das genügt.

## *Tief im Süden*

Ein Mann, von dem man annehmen könnte, es sei Quint, geht schweigend vorbei. Natürlich ist es, wie sich herausstellen wird, nicht Quint, doch wir wollen ihn ruhig einmal für Quint halten; er verhält sich ja auch so ähnlich wie Quint, zum Beispiel wenn er den Hut hebt und uns im Mondschein annickt. Aus diesem gewöhnlichen Grund erklärt es sich leicht, daß der Leser auf den Gedanken kommt, es müsse im nächsten Moment etwas Fürchterliches geschehen; etwas von der Art, wie es in sämtlichen Zeitungen steht; etwas aus dem reichlich geschmacklosen Leben von Quint, dem Schlafzimmerschreck von Turin. Es geschieht aber nichts. Er geht schweigend vorbei. Er hat einen Hut und ein rundes Gesicht und bleibt doch im folgenden eine für uns ganz unbekannte Person. Wir wissen nur, daß er sich tief im Süden befindet. Ich würde ja auch viel lieber im Süden umherspazieren, aber ich sitze vor meinem Papier und schaue hinaus und weiß nicht einmal, in welche Richtung ich schaue.

## *Gefrierende Nässe*

Um sich etwas Bewegung zu verschaffen, ging ein Mann, in einen kalten Umschlag gewickelt, langsam durch die Natur. Er ging ganz bedächtig durch flache angenehme Gebiete, an fetten gefütterten Kühen vorüber und an seufzenden Bäumen, ohne sich zu größeren Anstrengungen, zu gefährlichen Aufstiegen oder gar zu alpinistischen Abenteuern hinreißen zu lassen. Manchmal kam er an einer Stelle vorbei, die wie ein Gebirge aussah, ganz scharf, ganz rissig und kratzend. Der Mann aber tat, als sähe er nichts davon, er ignorierte die eisigen Spitzen mit großer Gelassenheit, diese in den Himmel spießenden Unverschämtheiten, und ging weiter hinein in die schöne beschneite Ebene, die auf der anderen Seite begann. Er ging ruhig und leicht und in tiefer Zufriedenheit über den Schnee, der gemütlich knirschte. Ein paar Jahre später wurde sein Rucksack gefunden; ihn selbst fand man nicht.

## *Einige Gründe, den Kopf hängen zu lassen*

Im verflossenen Winter hat sich ein Fall ereignet, der so eigenartig und von so beachtlicher Tragweite ist, daß ich ihn hier genau und vollständig schildern will. Um meine Vergangenheit zu vergessen, war ich im Januar, an einem Montag, fortgegangen. Ich hatte die Wohnung verlassen. Ich war aufgestanden, hatte die Mütze vom Haken genommen und beschlossen, mein Wanderleben wieder aufzunehmen. Ein Mann, ich glaube, es war mein Vater, den ich im Treppenhaus traf, gab mir einige Worte mit auf den Weg, die ich auf keinen Fall vergessen sollte, die geradezu, sagte er, in den Mittelpunkt meiner Reisenotizen gehörten. Leider hatte ich sie schon beim Verlassen des Hauses vergessen; ich dachte zwar einen Moment daran, mich herumzudrehen, um ihn um die Wiederholung der Worte zu bitten, aber ich habe vergessen, mich umzudrehen. Ich vergaß auch die Straße, in der der Mann wohnte; damals wohnte der Mann in einer ganz hübschen Stadt, deren Namen mir aber entfallen ist. Ich suchte auf meiner Wanderkarte nach dieser – was? doch ich hatte natürlich schon lange vergessen, nach was ich suchte und klappte die Karte zusammen, mir war der Grund ganz entfallen, weswegen ich sie hervorgeholt hatte und ich vergaß diese Karte. Plötzlich fiel mir auf, daß ich ging; aber ich wußte nicht, wohin ich ging und warum ich ging; und schon gar nicht, woher ich kam, aus welcher Gegend, aus welcher Ecke der Welt. Die Mütze hatte ich auch vergessen. Mit diesen Gedanken ging ich weiter. Mit welchen Gedanken?

## *Die vorübergehende Abschaffung der Schwierigkeiten*

Es ist wirklich nicht leicht, einen Mann, den man gerade vorbeigehen sieht, für etwas Erwähnenswertes zu halten; in dieser Welt wimmelt es förmlich von Männern, beispielsweise in Regensburg; ich brauche nur eine Haustür zu öffnen, schon kommen sie mir entgegen. Zu meiner Verwunderung ist auch ein alter Bekannter dabei. Dieser Mann, den wir der Einfachheit halber Schabacher nennen wollen, ging im vergangenen Februar auf Stelzen durch den Niagarafluß, und zwar dort, wo er am seichtesten, allerdings auch am gefährlichsten ist. Zwanzig Minuten nach acht trat er mit großer Ruhe ins Wasser hinein, das schäumend an seine Stelzen schlug. Selbst die Abgehärtetsten unter den Zuschauern konnten vor kaltem Entsetzen kaum atmen; nur er, Schabacher, schien keine Sorgen zu haben und watete unerschrocken durch den reißenden Strom. Die Überzeugung, daß ein einziger falscher Schritt ihn unweigerlich und für alle Zeit ins Verderben stürzen würde, verschlug allen Anwesenden, vorzugsweise den Damen, die Sprache. Zweimal schien es in dieser ungeheuren Stille mit ihm zu Ende zu gehen; man hatte den Eindruck, daß er sein Gleichgewicht und seinen Gleichmut verlieren würde. Aber er hielt sich aufrecht, entfernte sich mit der allertiefsten Entschlossenheit immer weiter vom Ufer, bis er im Wellenschaum schließlich kaum mehr zu sehen war. Und hier also, in Regensburg, in der Schmetzerstraße, beim Öffnen der Haustür, treffe ich Schabacher wieder. Die Angelegenheit ist demnach recht gut ausgegangen.

## *Am Nachmittag des folgenden Tages*

Jemand sagte mir eines Tages, ein Mann namens Stubb sei in Pisa gewesen, in dieser bekannten und ihres berühmten Turmes wegen häufig besuchten Stadt. Ich glaube diese Geschichte nicht; ich habe mich etwa zur gleichen Zeit dort aufgehalten und Stubb nicht gesehen. Dennoch, ich liebe diese Geschichte und erzähle sie hin und wieder ganz gern.

## *Versuche, die Ruhe zu bewahren*

Am Freitag um zwanzig Uhr bemerkten Bewohner in Hawkhurst, im Süden der Grafschaft Kent, auf dem Dach ihres Hauses einen Mann mit einer Zigarre im Mund. Niemand wußte, um wen es sich handelt. Das Klima in dieser Gegend ist sehr gesund; das Getreide gedeiht, es gibt auch Baumobst und Hopfenkulturen, Bohnen und Erbsen. Ich weiß, das ist alles nichts Neues, aber das ist es ja eben.

## *Eine passende Gelegenheit zum Schweigen*

Es gibt Zustände auf der Erdoberfläche, von denen nicht viel bekannt ist und über die ich nicht einfach hinweggehen kann. Ein Mann beispielsweise war von der Feuchtigkeit der Welt derart beunruhigt, daß er den Anblick von ganz gewöhnlichem Wasser nicht zu ertragen vermochte; das Trinken war ihm ebenso unangenehm wie das Baden; selbst das ganz einfache Weinen fiel ihm so schwer, daß man ihn in den schmerzlichsten Augenblicken tränenlos dastehen sah. Dieser Mann war weit von der Wirklichkeit entfernt. Als er eine kleine Vorstellung davon bekam, wie groß die Entfernung war, verschwand er. Man suchte ihn eine Weile; da man ihn aber nicht finden konnte, begann man ihn zu vergessen. Schließlich soll man ihn aber doch, nach einem Bericht von Farrini, in einem Wald bei Ferrara gefunden haben. Er wurde von Doktor Bock, einem Norweger, nach England geschickt, wo er den Rest seines Lebens in der Gesellschaft des Musikers Brucker verbrachte. Beide Männer versanken in Leeds, wie man aus Wobsers Enthüllungen weiß, in wilden gärenden Gedanken. Damit wollen wir uns begnügen.

## *Die Entwicklung des Kartenspiels oder nicht einmal das*

Erlauben es die Verhältnisse, dann setzt sich der Mann, von dem ich jetzt sprechen würde, wenn ich eine Geschichte zu schreiben hätte, auf einen Stuhl. Das käme als Anfang in Frage. Als Mittelstück würde ich die Beschreibung seiner Gewohnheiten beim Kartenspielen verwenden. Und zur Verhütung einer Verlängerung, also als Schluß, empfiehlt sich womöglich ein Hinweis auf die bemerkenswerte Vergrößerung der Spannung am Tisch und auf den geschickten Griff in die Hosentasche, aus der er – doch davon sage ich nichts, weil es ohnehin keinen Leser gibt, der Geduld genug hat, bis zu dieser Stelle zu lesen. Außerdem ist der Mann, um den es sich handelt, schon lange gegangen.

# *Das Leben geht weiter*

In der Nähe des Urner Lochs, nicht weit von Gütsch, hinter Hospental; es kann aber auch an einem ganz anderen Ort im Gebirge gewesen sein, vielleicht in der Gegend von Goms, an einem besonders gefährlichen Punkt; spazierte ein Mann, ein Äquilibrist, über den Abgrund hinweg, einfach weil es zu seinen Passionen gehörte, über sämtliche Abgründe, die er entdeckte, hinwegzuspazieren. Es waren viele Menschen gekommen, die dieses Schauspiel beobachten wollten. Sie standen auf einer hölzernen Brücke und rechneten insgeheim mit dem Absturz des Mannes; sie redeten von nichts anderem, als von diesem Absturz, obwohl doch Abstürze in diesem Gebiet nicht zu den Seltenheiten gehören. Es war nicht kalt. Es fiel kein Schnee. Der Himmel war unbedeckt und ganz dünn. Allerdings, und damit sind wir auch schon am Ende der Sache, stürzte der auf dem Seil spazierende Mann, der Äquilibrist, nicht hinab in die lekkende Tiefe. Vielmehr stürzten die Menschen, die sich versammelt hatten, plötzlich hinunter, weil unter ihrem Gewicht die Brücke zerbrach. Und während der Mann, sein Name tut nichts zur Sache, lautlos und leicht die gegenüberliegende Seite betrat, federnd, mit einer kleinen Verbeugung, stürzten sie alle hinab in die fauchende Schlucht. Das geschah mit einem einzigen riesigen Schrei, einem bogenförmigen

Schrei, der durch die Berge wehte. Es mögen, grob geschätzt, etwa sechzig Personen gewesen sein, die man hinabfallen sah; und das alles passierte an einer Stelle der Welt, an der man gewöhnlich nicht einen einzigen Menschen trifft.

## *Ein unvermeidliches Schicksal in Schopfheim*

In einer allgemeinen Verwirrung springt ein Mann aus dem Bett und bahnt sich im Nebel den Weg durch das Gedränge des Badischen Bahnhofs. Er springt in den Schnellzug, der aus verschiedenen Gründen vorbeikommt, fährt ein bestimmtes Stück und schwingt sich wieder heraus, hinein in die leckende Nacht. Er wirkt wie ein Reisender, der in die Berge fährt, um sich von ihnen herabzustürzen. In einem einzigen schwarzen Moment springt er die Bahnsteigtreppe hinauf, direkt in ein Automobil, das aus der Dunkelheit auftaucht und wieder in ihr verschwindet; er rollt nun dahin, von einem Land in das andere, an lächelnden Polizisten vorbei, die ihre großen Revolver alle auf einmal auf ihn abschießen. Durch Schopfheim fährt er mit allergrößter Geschwindigkeit, auf nichts anderes achtend, als auf das Schießen; dabei fällt ihm die Schönheit Schopfheims nicht auf, er ist nicht der Schönheit wegen nach Schopfheim gekommen; deshalb werden wir nun von ganz anderen Dingen reden, als von der Schönheit Schopfheims, die allerdings außergewöhnlich ist.

## *Ein greifbares Beispiel für die Zustände in Schlitz*

Eine kolossale Unwichtigkeit passierte in Schlitz. Eines Tages, es war kein besonderer Tag, doch das ist nichts Besonderes, pflanzte ein Mann in seinem Garten eine Bohne und sah zu, wie sie wuchs. Am ersten Tag wuchs sie einen ganzen Zentimeter, am nächsten Tag einen halben, am dritten Tag einen viertel Zentimeter undsofort undsofort. Wie groß, fragte sich da dieser Mann in Schlitz, wird die Bohne wohl werden, wenn man den Fall setzt, sie wüchse auf die gerade beschriebene Weise weiter und weiter. In einer unendlichen Zeit, so schloß er, müsse die Bohne unendlich lang sein und die Erde mehrfach umwickeln. Nach den Äußerungen eines Fahrradhändlers aus Rimbach, der in diesem Moment mit dem Fahrrad vorbeifuhr, ergab sich aber zur allergrößten Enttäuschung des Mannes in Schlitz, daß die Bohne im äußersten Fall eine Länge von insgesamt zwei Zentimetern erreichen kann, selbst dann, wenn sie wüchse und wüchse und bis ans Ende der Welt auf die oben beschriebene Weise weiterwüchse. Wer Geschick und Erfahrung als Gärtner hat, möge ruhig auch einmal einen Versuch mit der Gemüsetreiberei machen. Es muß ja nicht unbedingt eine Bohne sein. Und wundern darf er sich auch nicht.

## *Gar nichts*

Nach den mündlichen Mitteilungen eines Beobachters stieg ein Mann aus Metz in den Reisebus, um eine kleine Spazierfahrt zu unternehmen. Er wollte durchaus den Süden sehen und dort eine Gegend, die man ihm als die sehenswerteste Stelle des europäischen Kontinents beschrieben hatte. Anfangs vertrieb er sich die Zeit mit Hinausschauen; er sah den Dampf aus den Schlachthofhallen, die schweren Kuppeln der Hutfabrik und die Zipfel der Kathedrale; er sah dickes Obst und gedüngtes Gemüse, ein Fluß floß gekrümmt und geräuschlos vorüber. Was für ein wunderbares kurvenreiches Dahinrollen, sagte er in der Abendstille. Danach begann die Nacht. Der Mann hatte keine Furcht, denn im Schein des elektrischen Lichts sah er den Wasserturm vor dem mondlosen Himmel, das Stadttheater, brüllend und vom Vergnügen geschüttelt, die Nähmaschinenfabrik, ganz still. Er glitt durch den Glanz der Welt immer weiter nach Süden; es war ein schönes gepolstertes Fahren, bei dem er die Grobheiten und Enttäuschungen des gewöhnlichen Lebens vergaß. Das Leuchten gefiel ihm, das Strahlen der rasch vorbeigleitenden Ereignisse, das unablässige Funkeln zwischen Boppard und Bacharach, die schwach verschwimmenden Lichter, während der Morgen anbrach und der Tag verging und in aller Ruhe der Abend kam, ganz lautlos und nahezu windlos und wolkenlos; nur ein Gesang war zu hören, ein wirklich sehr ferner Gesang am Anfang des Herbstes, ein kurzes verdunkeltes Gurgeln, vielleicht auch ein unbedeutendes Plätschern, kein wirkliches Plätschern, eher vielleicht ein kleines verstopftes Röcheln oder nicht einmal das, ein bodenloses Versickern, sonst nichts. Die Leichen, die man aus dem mit Wasser gefüllten Autobus zog, wurden im Festsaal der Wirtschaft zur Goldenen Gerste nebeneinander naß auf die Tische gelegt. Das Wasser floß kalt aus den Kleidern. Der schwarze geschwollene Bauch des Busses war noch zwei Tage zu sehen, bis er verschwand. Aber wir streichen jetzt dieses Bild. Wir löschen es aus. Wir vergessen es. Der Bus, der eine Zeitlang ausgestreckt in der Luft lag, langsam und lautlos in einem unbegreiflichen Bogen schwebend, hatte sich sanft gedreht und mit dem Dach das Wasser berührt, die biegsame Oberfläche des Wassers; sie hatte sich leicht geöffnet und ihn mit einem einzigen Schluck verschlungen. Oder es war ein jahrelanges Versinken gewesen; ein jahrelanges Hineindringen in die Tiefe, ein atemloses riesenhaftes Hinuntertauchen, bei dem die Menschen schweigsam, wie angefroren, staunend auf ihren Sitzen saßen, sprachlos, lautlos, ahnungslos, natürlich auch hoffnungslos, bis sie langsam den Grund berührten. Nichts war zu hören, kein Knirschen, kein Knacken, kein scharfes Zerplatzen; es war vielmehr ein leichtes Zergehen, ein butterartiges Schmelzen, ein schmerzloses folgenloses Verschwinden, in einem beinahe unbeachteten Augenblick zwischen Lins und Enns, in der Abendruhe.

## *Der Wind, der Regen oder irgend etwas*

Plötzlich schlug einer der Männer, von denen ich früher gesprochen habe, die Tür zu. Er sprang, weil der Regen stärker geworden war, in die Gastwirtschaft *Bürgerbräu*, um sich in Schweigen zu hüllen. Ich bin nicht imstande, zu sagen, was später geschah; ich weiß aber ziemlich genau, was sich vorher, vor diesem Türenzuschlagen, ereignet hatte. Der Mann, den wir Dollinger nennen wollen, hatte die Angewohnheit, bei Regenwetter durch die Natur zu spazieren, um sich den Regen auf seinen nackten Kopf fallen zu lassen. Er tat das bedächtig, ohne daß jemals etwas Bemerkenswertes passierte. Wenn es zu regnen begann, betrat er die Straße; und er verschwand, wenn der Regen beendet war. Eines Tages hatte der Himmel sich mit einer dünnen glasigen Schicht bezogen. Der Mann war ganz selbstverständlich aus der Haustür getreten und hatte hinaufgeschaut in das finstere Wolkenziehen. Er hatte zuerst nur ein leichtes Schwitzen bemerkt, eine unbedeutende Feuchtigkeit. Er hörte dann auch ein Schmatzen, ein zartes Geräusch wie ein Öffnen von Etwas, das Öffnen vielleicht eines Maules, eines natürlich ganz kleinen, ganz unbedeutenden Maules, aus dem es herauszutropfen begann. Das Wetter war nun ganz schwarz geworden, ganz brandig und von den Rändern her faulig und dick. In großer Geschwindigkeit waren Knollen herangezogen und dunkle Beulen, die aufbrachen und ihren Inhalt entleerten. Es war ein entsetzliches Spritzen; die Häuser flossen von oben, von ihren Dächern her, einfach herunter, bis auf den Boden; die Fenster flossen aus den Fassaden heraus, an den Wänden herab; dann flossen die Straßen davon, am Rinnstein entlang; diese ganze berühmte Stadt, die geschwollenen Kuppeln, die Knicke, die Spitzen, die schweren rauchausatmenden Fabriken drehten sich in die schnarchende Tiefe. Und dieser Mann, dessen Leben wir eine Weile verfolgen, Dollinger, floß vom Kopf bis hinab zu den Schuhen davon, in den wehenden Nebel hinein. Danach schloß er die Tür und lehnte sich schweigend zurück. Er befand sich noch immer unter dem Einfluß der fürchterlichen Ereignisse. Ich halte es allerdings für wahrscheinlich, daß inzwischen vor dieser Tür, wenn man sie öffnen würde, gar nichts mehr wäre; kein Mensch, keine Straße, kein Regen und keine Füße; also nichts von den Dingen, von denen wir glauben, daß es sie tatsächlich gibt.

## *Gewisse Ungewißheiten in X*

Ein, ja, ein Mann, ich glaube ein Mann, sein Name liegt mir auch irgendwo auf der Zunge, ging langsam, ich glaube geduckt, ich weiß nicht mehr wie, wahrscheinlich irgendwohin, um eine bestimmte Sache, die mir entfallen ist, eventuell aufzuklären, um einen, mag sein, um einen entsetzlichen Fall von, wer weiß, von Mordlust zu lösen. Er war, das ist denkbar, ein Polizist, ein Kriminalpolizist, und hielt etwas möglicherweise Schwarzes nach vorn in die Nacht gerichtet, in seiner, wie ich vermute, geschlossenen Hand, das leuchtet mir ein, etwas offenbar Schwarzes, womöglich Knallendes, das war mein Eindruck. Erst hat er gelebt, vielleicht, dann ist er gestorben, so kam es mir vor, man hat ihn begraben, kann sein. Das Schlimme ist nur: kein Mensch, also wirklich anscheinend niemand, hält diesen Fall für beendet. Nicht einmal ich.

## *Meyerheims Untersuchungen*

Meyerheims Untersuchungen haben ergeben, daß ein bis heute unter dem Namen Schall bekannter Mann zu den Personen gehört, die in Laax eine gewisse Rolle gespielt haben. Schall hatte im Jahre achtundachtzig Gefallen daran gefunden, wie ein Hund in der Welt herumzulaufen; aber er lief nicht herum, er saß da und sah stumm vor sich hin. Noch häufiger stand er bewegungslos auf einem einzigen Fleck vor der Tür und schien nicht zu wissen, in welcher Gegend er sich befand. Sein Gesicht zeigte immer das gleiche wie angenähte Lächeln. Er bewegte sich nicht. Im Januar stak er bis zu den Knien im Schnee und blies in die Hände, im Januar, Februar. Im März drückte ihn ein gewöhnlicher Windstoß herein in die Stube, zumal überhaupt der Wind in Schalls Fall nicht unterschätzt werden darf, wie Meyerheim sagt. Mit pelzigen Schritten schwankte er im April durch den Raum; aber infolge seiner tatsächlich ungeheuren Langsamkeit dauerte es eine Weile, bis man den Mann bemerkte. Man wußte schließlich nicht einmal mehr, wann er die Stube betreten hatte, so unauffällig war seine Anwesenheit. Ich werde es niemals vergessen, wie Meyerheim plötzlich aufsprang und auf ihn deutete. Der Mai verging rasch, und noch immer war Schall auf dem Weg von der Tür zum Tisch. Im Juni setzte er sich; man ließ ihn tun, was er wollte.

Er erhob sich, im Juli, tat aber nichts Bestimmtes. Dabei war er ruhig und freundlich wie immer. Er nickte zwischen den Leuten hindurch. Das war im August. Die Sonne schien bleich durch die Fenster, und immer noch ging er lächelnd vorbei, durch die Luft, durch den treibenden Stumpendunst. Im September störte ihn der Gedanke, ins Wasser zu fallen oder im Schlamm zu versinken. Das war nur ein kurzer Moment, der freilich in Meyerheims Untersuchungen unerwähnt bleibt. Nachts schlief er im allgemeinen ganz gut, obwohl er den Ausblick abscheulich fand. Die Spitzen der Berge bohrten sich, sagte er, derart in seinen Kopf, sie wüchsen in seinen Kopf hinein und zur Schädeldecke heraus, daß er eigentlich schreien müßte und nur mit Rücksicht auf die gewaltige Ruhe nicht schrie. Etwas später, am Ende des Herbstes, fand er die Vorgänge in der Umgebung sehr schön. Er habe, sagte er, auf dem Nachbardach einen Mann gesehen, der ein Strumpfband aus seiner Tasche gezogen habe mit einem daranhängenden schwarzen sehr langen Damenstrumpf. Darüber fehlen in Meyerheims Untersuchungen allerdings ein paar erklärende Worte. Meyerheim hielt überhaupt nichts von diesem Vorgang. Im nächsten Monat, Oktober, war alles ganz weiß und leer, die Tische, die Wände, der Boden; alles verschwand, die Menschen, die Dinge, die großen Kristallaschenbecher, die Nickelzigarrenabschneider. Oktober, November, Dezember. Der Wind blies von Zeit zu Zeit, das gibt uns ein ungefähres ungefährliches Bild vom Wind, der in Schalls Fall nicht unterschätzt werden darf, wie Meyerheim sagt. Ich bin aber fröhlich und leicht, sagte Schall im April. Eines Tages sah er zum Fenster hinaus in die Welt und sagte einige Sätze, die man in Meyerheims Untersuchungen vergeblich sucht. Wirklich, ich sah die Berge: Tristelhorn, Trinserhorn, Ringelspitz; alles wuchs im Moment oder vielmehr sank alles zusammen, es schmolz und rollte hinab in die Gründe, während Schall in einer lautlosen tiefen Nachdenklichkeit versank. Wir schreiben inzwischen das Jahr neunundachtzig. Der Sommer ist längst vergangen mit seinen Bewegungen und Geräuschen. In dieser Zeit packte mich der Gedanke, Schalls Schicksal niederzuschreiben; ich könnte von Schall erzählen und von der Furchtbarkeit des Verschwindens, vor allem vom Schmelzen; vom Schmelzen der Berge und schließlich vom Ende, von dem ich einmal gesagt habe: das Ende kommt, wenn es soweit ist. Ich glaube, jetzt ist es soweit.

## *Die Macht des Gesangs*

Meine Erinnerungen an die vergangenen Jahre sind nicht schlecht, wenn man das Jahr zweiundsiebzig ausnimmt. Aus dieser Zeit stammen die berühmten unausstehlichen Anekdoten, in denen fortwährend von einem Mann erzählt wird, der, wie soll ich das sagen, gewisse Gründe hatte, das Haus zu verlassen. Also: ein Mann war ausgegangen; es vergingen Stunden, doch er kam nicht zurück. Es vergingen weitere Stunden, aber er kam nicht. Nun waren Stimmen zu hören, die behaupteten, dieser Mann sei zwar ausgegangen, aber nicht um zurückzukommen, sondern um fortzugehen, endgültig und wer weiß wohin. Als der Mann nach sieben Jahren noch immer nicht zurückgekommen war, nahm man an, daß man ihn niemals wiedersehen würde; aber gerade in diesem Moment kam er in bester Laune herein. Er sang. Ich habe schon mehrere Männer singen hören, aber seinen Gesang werde ich niemals vergessen. Er brachte auch eine Nachricht mit, die uns sehr überraschte. Daß diese Nachricht sich später als falsch erwies, überraschte uns allerdings nicht.

## *Der Bart die Bärte*

Zieht man alles in Betracht, was bisher geschehen ist, dann ist eigentlich wenig geschehen. Ich kann das nicht ändern, zumal ich für die Ereignisse in meinem Leben und deren mangelnde Großartigkeit die Verantwortung ablehne, jedenfalls in der Mehrzahl der Fälle. Allerdings glaube ich, daß hier die richtige Stelle ist, von einem der eigenartigsten Männer zu sprechen, die mir begegnet sind. In Bremm, nicht direkt, aber in der Gegend von Bremm, hinter der Schwingtür der Gastwirtschaft Hirsch, stand ein Mann und erzählte mir eine kleine Geschichte. Ich habe den Inhalt vergessen, möglicherweise auch den genauen Ort; denn vielleicht erzählte er diese Geschichte, als ich aus dem Warenhaus Woolworth hinaustrat ins Freie, in ein sehr starkes Schneien hinein. Das Geräusch der Schwingtür ist mir im Ohr geblieben; und ich fand es recht schön, daß seine Worte im Straßenbrausen ganz anders klangen als vorher. Dieser Mann also, sein Name ist mir entfallen, ich würde ihn auch nicht wiedererkennen, erzählte mir, während ich rasch an ihm vorbeiging, in die Heftigkeit dieses Schneiens hinein, eine Geschichte von angeklebten Bärten, das ist möglich, oder von abgefallenen Bärten, das ist ebenso gut. Nun ist das gewiß nichts Besonderes; manche würden womöglich behaupten, es sei etwas eher Nebensächliches. Das mag schon sein. Das Erfreuliche aber war, daß man damals Geschichten wie diese sehr unterhaltsam fand; man hörte sie und vergaß sie; man ging einfach mit einer gewissen Geschwindigkeit an ihnen vorbei, durch die Schwingtür hinaus in die Welt. Aber heute, wo die Welt unter uns verschwindet, wo wir kaum mehr Gelegenheit haben, unsere Füße daraufzustellen, fängt man an, solche Geschichten für überflüssig zu halten. Dabei ist es so leicht, sich etwas viel Übleres vorzustellen, als eine Geschichte von angeklebten Bärten.

## *Nächtliches Aufschreien*

Ein Mann wurde in einen Wald gelockt und dort niedergeschlagen. Als er erwachte, lag er in einem Keller. Er wunderte sich, zumal ein Mann vor ihm stand, der im Begriff war, ihn niederzuschlagen. Als er erwachte, in einer leeren Fabrik, bemerkte er, wie ihm ein Mann eine Flüssigkeit in den Mund goß. Er schlief lange, und als er erwachte, befand er sich in einem schönen Hotel, erkannte auch einen Mann, der sich anschickte, ihn niederzuschlagen, so daß er wenig von seiner Umgebung empfand. Als er erwachte, lag er in einem Wald, er sah keinen Mann weit und breit, war zufrieden und schleppte sich zu einer Brücke. Auf diesem Weg kam ein Mann auf ihn zu, der ihn niederschlug. Danach fiel er in einen Fluß und ging unter. Die Geschichte wird auch ganz anders erzählt, das sollte uns aber nicht stören.

## *In der schönen Umgebung von Leer*

Eine Zeitlang schüttelte man über einen Mann im norddeutschen Flachland die Köpfe. Er stand, umgeben von Feldern und Wiesen, den großen bewölkten Himmel über sich, ganz stumm da; so, als wolle er dort, wo er stand, für immer stehenbleiben; bis zum Ende der Welt; mindestens aber bis zum Ende dieser Geschichte. Der Hagel fiel klappernd herab, der weiche Schnee flog vorbei, dann wehte der Wind ihm den Hut davon. Hier wäre das Thema erledigt und wir könnten von etwas anderem sprechen, wäre nicht jetzt, in diesem Moment, mit einer für europäische Verhältnisse betäubenden Geschwindigkeit, etwas völlig Neues passiert. Wir befanden uns übrigens in der Nähe von Leer, einem Zentrum der Lebensmittelindustrie. Die Welt wurde langsam kleiner. Sie verschwand unter unseren Füßen.

## *Die Nachteile des wirklichen Lebens*

Nicht irgendwo, nicht in Europa, schon gar nicht an einer beliebigen Stelle der Erde, sondern in Minneapolis, Minnesota, im vornehmsten Teil der Stadt, an einem Sonntag, und dazu noch am Abend des Tages, geschah es, daß ein Mann, ein Tierfreund, von einem riesigen Hummer hörte und davon, daß man gerade im Begriff war, dieses Tier bei einem festlichen Essen in den Kochtopf zu werfen. Deshalb sprang er die Treppe hinab und hinein in sein schweres Automobil, fuhr, ohne auf die Verkehrsordnung Rücksicht zu nehmen, mit der allergrößten Geschwindigkeit durch ein fürchterliches Gewitter, über den ölig strömenden Mississippi, hinein in die Hauptstadt Saint Paul, dem Endpunkt der Großschiffahrt, wo der Koch das Tier mit den ratlos tastenden Scheren schon ergriffen hatte, um es ins brodelnde Wasser zu werfen, dachte nicht lange nach, sondern kaufte ihm diesen Hummer für fünfhundert Dollar ab, chauffierte ihn durch ein schreckliches Schneegestöber, wobei er sich mehrfach verirrte, erreichte nach vielen Gefahren den Flugplatz, sprang mit dem Hummer in eine bereitgestellte Maschine, die sogleich losflog und in die entsetzlichsten Wirbelwinde geriet, erreichte nach etwa zweitausend Meilen den südlichsten Schwanz des Landes, verließ die Maschine im milden Klima von

Florida, rannte zum Strand, den er ganz außer Atem erreichte und warf seinen prächtigen Freund in den schaukelnden weichen Atlantischen Ozean, wo dieser Hummer, der dreißig Pfund wog, von einem augenblicklich auftauchenden Haifisch mit einem einzigen großen Schnappen verschluckt wurde.

## *Die Folgen der Worte*

Herr Sullivan, ein amerikanischer Boxer, liebte es, von seinen Fäusten Gebrauch zu machen. Alles an seiner Erscheinung war schön gewölbt und mit prachtvollen Polstern bedeckt; der Brustkorb zeigte eine beträchtliche Ausdehnung; die Stirn war zwar eher niedrig und unbedeutend, aber sehr breit und, was die Hauptsache ist, von erfreulicher Ausdruckskraft. Vor allem ertrug er sämtliche Schläge der Welt mit solcher Gelassenheit, daß man staunen mußte. Eines Tages, als alles um ihn herum niedergeschlagen war und am Boden lag, beschloß er, dem Boxkampf den Rücken zu kehren, um sich mit dem Klang seiner freundlichen Stimme durchs Leben zu schlagen. Das ging eine Weile ganz gut, doch auch diese Beschäftigung sagte ihm bald nicht mehr zu, und zwar aus Bequemlichkeit, aus mangelnder Lust an der Mundbewegung. Er legte sich auf sein Bett, beschäftigte sich mit seinen Gedanken und ließ sich von nichts aus der Fassung bringen; auch nicht von der Meinung der Leute, die im Laufe der Zeit das Zimmer betraten und an der Schönheit seines Gesangs und der Kraft seiner Fäuste zu zweifeln begannen. Sein Fleisch wurde weich, der Strahl seiner Augen verschwand, sein Mund leerte sich, nur die zuweilen gehobenen Brauen deuteten an, daß er die Dinge erfaßte, wenn auch nicht ganz. Eines Abends öffnete sich die Tür und ein Mann namens Flint trat herein. Ich will nicht verschweigen, daß Flint einen furchtbaren Eindruck machte; er war ebenso breit wie hoch und sagte mit schwärzlichem Lächeln einige Worte, die jeden, der sie gehört hat, in Schrecken versetzten; nur Sullivan nicht. Er saß aufrecht im Bett und beschloß, in großer Ruhe die Schweigsamkeit zu beenden. Ich bin, sagte er, zwar kein Redner, ich bin auch kein Sänger, freilich bin ich der Beste, wenn es sich darum handelt, einen Mann namens Flint in Stücke zu hauen. Danach erhob sich Herr Sullivan und ein Kampf begann, von dessen Härte und Heftigkeit man sich schwerlich einen Begriff machen wird. Viele Leute haben in dieser Nacht geweint. Ich kann allerdings versichern, daß man Herrn Flint am Ende lebendig hinausgeschafft hat.

## *Ausschweifungen in Melle*

Man hat bisher ohne Begründung, ohne Beachtung der Folgen, wahrscheinlich einfach aus Mangel an festen Beweisen den Mann von Melle für unbedeutend gehalten; für einen Menschen, von dem man nicht sprechen muß. Deshalb werde ich jetzt, während ich sitze und schreibe und nichts zu befürchten habe, weder die Meinung der Öffentlichkeit, noch die Ansichten meiner Feinde, so ausführlich wie möglich über ihn schreiben. Diesen Mann trieb ein unwiderstehlicher Nachahmungs- und Verwandlungsdrang zum Theater nach Melle, wo er durch eine Reihe unbeschreiblicher Schamlosigkeiten auffiel, die ich hier ohne Rücksicht auf den Geschmack, auf die Stimmung und Neigung des Publikums niederzuschreiben versuche. In Marl, wo man alles besser zu wissen scheint, wird zwar behauptet, daß diese Schamlosigkeiten von einer so minderen Qualität gewesen seien, daß man sie nicht mehr erwähnen müsse; außerdem sei diese Sache vorbei, die Welt habe sie ohne Schaden ertragen und einen Anspruch auf Ruhe, auf Stille, sagt man in Marl, auf Verschwiegenheit. Ich bin da ganz anderer Meinung. Gewiß, das Zylinderhutschwenken bei seinen Auftritten war nicht der Rede wert; es war ohne Bedeutung und hat mit dem Ausgang des Falles wenig zu tun; ich werde es übergehen.

Ich verschweige auch seine Beziehung zum Spezialitätenhandel, mit dessen Artikeln er die schwärzesten Wünsche von Melle erfüllte, die dunkelsten Neigungen, die allertiefsten Bedürfnisse dieser Stadt. Davon schreibe ich nichts. Ich schreibe von einem milden Abend in Melle, an dem ein Geräusch, ein ganz seltenes leichtes Rauschen zu hören war. Ich weiß, jetzt, wo alles vorbei ist, klingt es nicht sehr wahrscheinlich: ein leichtes gefährliches Rauschen. Doch eines Abends lag ich im Bett und dachte: was für ein seltenes Rauschen; ich hielt es für einen heranziehenden Sturm und machte mir keine Gedanken. Aber es war kein Sturm. Ich erhob mich also und sah im nächsten Moment im Hotel gegenüber den erwähnten Mann die Gardinen schließen. Er war eine Weile ganz deutlich zu sehen. Ich sah diese scharfe Kälte des Zimmers und das bedeckte Bett und die anderen sieben Personen, die alle zur gleichen Zeit etwas nackt in die Höhe schoben, während der Mann mit einem einzigen raschen Rutsch die Gardinen vor dieses Bild zog, vor die Ausschweifungen, die sich geräuschlos dahinter abzuspielen begannen: dieses plötzliche harte Zusammenstürzen, diese ganz schnell aufeinanderfolgenden Vorgänge, das Aufleuchten von Gesichtern, das Reißen und Reiben und Auseinanderschieben und dieses ich sagte schon Rauschen, vor allem das Rauschen, von dem ich am Anfang dachte, es handele sich um einen heranziehenden Sturm, das ganz leichte seltene Rauschen, von dem ich hier schreibe und schreibe. Ich weiß, vielleicht ist es nicht klug, darüber zu reden, aber ich rede nun einmal darüber; obwohl dieser Mann sich gerade erhebt und seinen Kaffee bezahlt und Melle verläßt, um in Mohl ein anderes Leben zu führen. Er hat etwas äußerlich Dünnes und in die Länge Gezogenes, aber man achtet nicht weiter auf ihn.

## *Wahrheit und Wirklichkeit in Prüm*

In der Nähe der Ortskrankenkasse von Prüm, unter den spitzen pappelartigen Bäumen, stießen im März zwei Männer wie Lokomotiven zusammen. Das Krachen war damals so stark und so allgemein, daß man sofort mit dem Schlimmsten zu rechnen begann. Max Schmeling, der schwankend vorbeikam, sagte, man solle sich keine Gedanken machen, das Schlimmste sei längst überstanden. Die beiden Männer jedoch, die am Boden lagen, waren ganz anderer Meinung; sie hoben entsetzt ihre Hüte auf und klopften sie ab. Das alles gehörte noch zu den schönen Wahrscheinlichkeiten, zu den zweifellos unbedeutenden kleinen Ereignissen, mit denen man jederzeit rechnet. Etwa zwei Wochen später wurde ich Zeuge von Vorfällen, die womöglich nicht jedermanns Sache sind. Eine schwere geschwollene Dunkelheit wälzte sich aus der Ferne heran; ich sah diese große Geschwindigkeit, mit der sich die Berge wie Polster über mich schoben, ich sah auch das Blut aus dem Mund und die aus der platzenden Erde fauchende Luft und den dichten von oben fallenden Regen, die Feuchtigkeit also, die glänzende Nässe, das plötzlich aus sämtlichen Fenstern spritzende Wasser und die aus den Häusern fließenden Möbelstücke, die Tische, die Lampen, die Betten; und schließlich flossen die Häuser selber davon, die Straße hinab, am Bahnhof vorbei, bis zum schwarzen gurgelnden Ende. Der Reisende Lemm beschreibt einen ähnlichen Fall in Gelnhausen und findet ihn sehr bedenklich. Ich habe mich aber entschlossen, die Sache für selbstverständlich zu halten, für ziemlich alltäglich und kaum noch erwähnenswert; zumal es gerade zu regnen beginnt.

## *Die Wortlosigkeit in den Alpen*

Das Publikum dürfte selten Gelegenheit haben, derart eigenartige Vorgänge aus dem Wirtshausleben kennenlernen zu können, wie ich sie in den Alpen erlebt habe. Deshalb werde ich, um ein Beispiel zu geben, von einem Mann erzählen, der mit seiner Wortlosigkeit alles um sich herum in Erstaunen versetzte. Schweigsame Menschen hatte man schon erlebt, aber eine so ausgreifende und umfassende Schweigsamkeit war noch niemals beobachtet worden. Der Mann, der so still wie die Berge am Tisch saß und in die Ferne starrte, sagte nichts. Ich dagegen suchte nach Worten; ich suchte die richtigen Ausdrücke, um diese Wortlosigkeit eindrucksvoll zu beschreiben. Nicht nur die Wortlosigkeit, mehr noch diese bestimmte Stimmung im Gebirge; denn an diesem Punkt fand ich nahezu alles, was sich ereignete, der Rede wert. Nur dieser Mann nicht. Er schwieg. Das Tropfen des Bierhahns habe ich schon beschrieben, auch das Zuklappen der Bierkrüge und die Geräusche des Lappens, mit dem die Wirtin die Tische abwischte, das alles konnte ich hören, das weiche Lecken, mit dem der Lappen zwischen mich und diesen Mann fuhr, in Flims, im Gebirge. Ich hörte die feinen Pfiffe des Sturms, das Schlagen der Fensterläden, das Rutschen des Schnees vom Dach und das schwere nasse Aufschlagen auf dem Boden; ich hörte sogar das Herausblasen des Pfeifenrauches aus meinem Mund; nur diesen Mann hörte ich nicht. Er schwieg und sah in die treibenden Tabakwolken hinein, beim Knacken des Ofenholzes, beim Ticken der Taschenuhr und bei den Geräuschen der Schlucke, die ich aus meinem Bierkrug nahm. Dieses Warten auf Worte erschöpfte mich derart, daß ich ein wenig einzuschlafen begann, und als ich wieder erwachte, hatte die Welt sich ein Stück gedreht; der Schnee war geschmolzen und fortgeflossen, die Uhr war stehengeblieben, die Pfeife war kalt. In diesem ereignislosen Moment öffnete der beschriebene Mann seinen Mund. Er sagte nicht viel, nur ein Wort. Ich will nicht behaupten, daß es ein wichtiges Wort war; es war ein im Grunde ganz unbedeutendes Wort. Es war auch kein lautes Wort, es ging vielmehr völlig im Wirtshausleben verloren; ich konnte es kaum verstehen. Aber es traf mich mit solcher Geschwindigkeit, daß ich förmlich erstarrte und auf der Stelle beschloß, diesen Mann der Dunkelheit, der Vergessenheit, der gewöhnlichsten Stille zu übergeben, der vollständigen Wortlosigkeit; denn ich weiß natürlich, daß dieses Wort nur das erste Wort einer ganzen Reihe von Worten ist, und zwar von Worten, die die normalen Verhältnisse im Gebirge erheblich erschweren; in deren Folge wir alle in tiefe würgende Mißverständnisse verwickelt werden, in blutig knirschende Verhältnisse und finstere Zusammenstürze. Dieses erste Wort bewegt sich mit einer so unbegreiflichen Plötzlichkeit auf mich zu, daß ich ganz betäubt bin, ganz erloschen, ganz bewegungslos in diesen rasenden Bewegungen um mich herum, diesem wiedereinsetzenden Bierhahntropfen und Lappenwischen, Uhrenticken und Pfeifendampfen; dieses erste Wort prallt mir mit einer solchen unerwarteten Wucht an den Kopf, daß ich diese Geschichte augenblicklich beende, ohne weitere Worte zu machen, die ohnehin nichts mehr nützen, sondern immer nur wieder Worte hervorrufen und wieder Worte und Worte.

## *Nach Einbruch der Dämmerung*

Am tiefsten Punkt seines Mißgeschicks erhob sich ein Mann; er stand auf, klopfte den Sand von der Hose und lief nach Süden. Ein anderer Mann, dem es auch nicht viel besser ergangen war, erhob sich und lief in nördlicher Richtung. Daraus ergab sich nach Einbruch der Dämmerung das berühmte Zusammentreffen der beiden Männer und einer der unvergeßlichsten Augenblicke in der Erforschung Afrikas. Wer diese beiden Männer waren, läßt sich nicht sagen; obwohl doch gerade hier die Gelegenheit gewesen wäre, es herauszufinden.

# *Erfahrungen und Enttäuschungen von sieben Eisenbahnreisenden auf dem Weg nach Norden*

Einen der wichtigsten Vorfälle in der Geschichte des Eisenbahnwesens werde ich nicht behandeln. Man hat schon genug darüber gehört. Ich werde mich aber mit einer Sache beschäftigen, die eine Weile das Bahnpersonal von Bad Vilbel vor große Rätsel gestellt hat. Ich beginne mit dem Moment, wo sich ein Mann im Coupé in die Polster zurücklehnt. Der Zeitpunkt ist möglicherweise schlecht gewählt, aber sehr aufschlußreich. Der Mann hat die linke und eine ganz falsche künstliche rechte Hand über der Brust verschränkt, während er mit der wahren, der wirklichen rechten in der Tasche des Nebenmannes herumschleicht. Sein Name ist Kromm, er hat sich jedoch als Direktor Tschurtschental eingeführt, der eine Reise ans Meer unternimmt, wo er vor allem die frische gesunde Luft einatmen will. Herr Kromm wirkt zufrieden, er schläft; in Wahrheit ergreift er gerade einen in der erwähnten Tasche angetroffenen Gegenstand, zieht ihn heraus und spielt ihn mit aller gebotenen Vorsicht dem ersten links neben ihm sitzenden Mann in die Hand; einem gewissen Lemm, der sich als Doktor Strobel vorgestellt hat. Dieser nun übergibt den gestohlenen Gegenstand einem zweiten neben ihm sitzenden Mann, der ihn, sein Name tut nichts zur Sache, er stimmt ohnehin nicht, an den dritten neben ihm sitzenden Mann weiterreicht, einem Herrn Stirner, vorgestellt als Hans Lienhard aus Köln, der den Gegenstand einem vierten, ihm gegenübersitzenden Mann, Herrn Röbel, der sich als der berühmte Klaviervirtuose Schrader eingeführt hat, diskret übergibt; während der fünfte Mann, ein als Dame verkleideter früherer Bäcker, den Bestohlenen in ein Gespräch über die vorbeiziehende Landschaft verwickelt hat. Der Bestohlene ist Herr Collunder. Er weiß nicht, daß er bestohlen ist und fährt ohne schlechte Gefühle nach Gnutz, wo er den Bruder besuchen will. Der als Dame verkleidete Bäcker verläßt in Bad Vilbel den Zug. Auf dem Bahnsteig wird er entdecken, daß der gestohlene Gegenstand ein zwar fester, allerdings nahezu wertloser, jedenfalls überflüssiger, sicher sogar ein lästiger Gegenstand ist; er wird ihn achtlos beiseite werfen und daraufhin vom Bahnhofsvorstand mit einer Geldbuße belegt werden, die den Wert des gestohlenen Gegenstands weit überschreitet. Daß sich das alles viel schneller abspielt, als ich es hier erzähle, versteht sich von selbst.

## *Im Gebiet der schweren Verbrechen*

Das Reich der Verbrechen ist, wie wir wissen, dunkel und groß und so tief, daß wir in dieser Geschichte nur einen unbedeutenden Teil davon vorführen können. Wir beschränken uns also auf einen Fall im bayrischen Wang, der sich im Frühjahr ereignet hat. In Wang war an einem steingrauen Morgen die Frau eines Klempnermeisters gefunden worden, der man mit einem Bierkrug den Schädel zerschmettert hatte. Der Mann, der die Sache zur Meldung brachte, erklärte, den etwa drei Pfund schweren Bierkrug habe ein Unbekannter durch das geschlossene Schlafstubenfenster nach ihm geworfen, ihn aber verfehlt; der Krug sei danach über ihn, den Klempnermeister, hinweggeflogen und habe die neben ihm schlafende Frau getroffen und zwar mit solcher Wucht, daß das Blut und das Hirn an die Schlafstubenwände gespritzt seien. Erst durch die Berührung der weich über sein Gesicht streichenden Gardine sei er geweckt worden und habe den Bierkrug gesehen. Später meinte der Mann, daß gar kein Bierkrug, sondern ein ganz gewöhnlicher Schuß den Schädel der Frau zerschmettert habe. Er sei in der Nacht erwacht und habe gesehen, wie seine Frau mit einem Gewehr auf ihn angelegt habe. Was willst Du? habe der Mann gesagt. Und sie habe gesagt: ich will Dich erschießen. Im gleichen Moment sei ein Schuß gefallen, sei aber nicht ihm, dem Klempnermeister, sondern ihr in den Kopf gedrungen. Und obwohl die Wahrscheinlichkeit einer so ungeheuren Schädelzertrümmerung durch eine Kugel auf Zweifel stieß, blieb er bei seiner Behauptung; denn das Gebiet der rauhen Verbrechen ist, wie wir wissen, unübersichtlich und schwer zu erfassen. In einem Fall in Bad Tölz waren zum Beispiel plötzlich platzende Handschuhe, die man unter dem Ausguß fand, von Bedeutung; auch Brotrinden, Bartborsten, Pinsel und andere Kleinigkeiten, an die ein geübter Täter von Anfang an denken muß, wenn er erfolgreich sein und unerkannt bleiben will. Der Klempnermeister in Wang, der inzwischen die Kleidung gewechselt hatte; denn ein Verbrecher wechselt ja ganz nach Belieben die Kleidung, den Wohnort und seinen Namen; hatte nun auch seinen Namen gewechselt und war mit der Bahn nach Wörgl gefahren, wo er sich in der Gastwirtschaft Rose dem Kartenspiel widmete. Das ist freilich das Alleralltäglichste in der Zeit der großen Verbrechen, die noch längst nicht beendet ist; zumal noch am gleichen Tag mit dem Eisenbahnzug ein neuer Verbrecher ins bayrische Wang kam, um angeblich die gute Luft zu atmen; oder war es Wamberg? oder womöglich Weihmörting?

## *Max Ramm, ein verhältnismäßig gefährlicher Mensch*

Den berühmten Ramm-Prozeß, der die Presse der ganzen Welt eine Weile beschäftigt hat, habe ich aus der Nähe erlebt. An Ramms Täterschaft habe ich keinen Moment gezweifelt; allerdings daran, ob das Motiv für diese Kette von furchtbaren Vorfällen, der Antrieb, die Ursache, richtig erkannt und geklärt worden ist. Ich möchte mich aber, da die Beteiligten noch am Leben sind, nicht dazu äußern. Ramm war ein Mann, dessen menschenfängerisch einnehmendes Wesen nicht nur den Damen gefährlich wurde. Ich habe schon früh die Erfahrung gemacht, daß er es ausgezeichnet verstand, auf Kosten anderer Leute zu leben. Einmal nahm er die Brieftasche aus meinem Wintermantel, schleuderte sie aus dem Fenster und ging mit dem Inhalt davon. Später stahl er den Mantel. Noch später, nach ein paar Tagen, stahl er den Schrank, in dem der Mantel gehangen hatte. Eine Woche darauf verwüstete er das Zimmer, aus dem er den Schrank gestohlen hatte und brannte schließlich, noch in der gleichen Nacht, das Haus, in dem sich das Zimmer befand, bis auf den Fußboden nieder. Das Feuer verschluckte die ganze Stadt. Die natürlichen Verhältnisse begannen sich zu verschieben; überall rutschten die Hänge, die Schornsteine dampften, die Türklinken knickten; ein hartes Herabbröckeln aus der Luft fiel auf, ein hartes hackendes knackendes Bröckeln; Spaziergänger sanken auf einmal um, in den Wirtschaften floß das Fett von den Wänden, die Tische brachen unter den Mahlzeiten zusammen, einem Mann fiel das Bier aus der Hand, das er trinken wollte; und übrigens überall Hunde, aus allen Löchern heraus, aus allen Verschlägen und Schlüpfen, Hunde, mit rauchenden grindigen Fellen, schnappend heraus aus dem Schutt, auf den Häuserstümpfen qualmend übereinander, zappelnd, in einem wütenden zungenlangen Bespringen, wimmernd und zitternd, mit bleichen haarlosen Gliedern und offenen tropfenden Schnauzen. Die Flüsse begannen rückwärts zu fließen und überschwemmten das ganze bewohnte Land; das Kanalwasser schwappte aus Waschbecken und Toilettenschüsseln, es schwamm alles davon, lappenhaft, aufgeweicht und verdorben, aus den platzenden Fenstern heraus, bis es vorbei war und abgeflossen. Eine große Trockenheit dehnte sich aus. Der Wind bestrich ein verlassenes schwarzes Gelände, während ich rasch davonlief, in eine andere Gegend hinein. Ramm, ein Stück vor mir, preßte den Hut auf den Kopf; das Ganze sei ihm sehr peinlich, das Vorgefallene, die Umstände, die er verursacht habe, die aufgetretenen Unfreundlichkeiten, die wirklich, wie Ramm sagte, gänzlich verwirrten Vorgänge seien ihm unangenehm, sie täten ihm leid. Er ging so dahin, so gebeugt und verlegen, so möglicherweise schlecht zu Fuß, als mache das Gehen ihm schwer zu schaffen, als drücke der Hut ihn förmlich zu Boden und in den Boden hinein; ich hatte jedoch den Eindruck, als sei das nur meine Auffassung von den Ereignissen, durch die wir gingen. In Wirklichkeit war er enttäuscht von meiner speziellen Art der Beschreibung, er teilte meine Ansichten nicht, er fühlte sich auch ein wenig zurückgesetzt und verkannt, er spürte ein wachsendes Unbehagen beim Anhören meiner Worte, er fand sie grob und gewöhnlich, im Grunde grauenhaft, an gewissen Stellen unerhört schmutzig, die aufgeschwollenen Worte, die Ihnen, sagt Ramm, wie geschmiert aus der Kehle fahren und nichts von den Zuständen treffen, durch die wir gehen. Die Worte, sagt Ramm, sind roh und verbogen, von einer, ich muß es mal sagen, ganz ungeheuren Abscheulichkeit; es sind besonders gefährliche Wucherungen, die Ihnen da aus dem Mund herauswachsen. Wir gingen durch eine beleuchtete Straße; es überraschte mich nicht, daß Ramm nun auf einmal mit großem Vergnügen nach allen Seiten hin nickte und lächelnd den Hut hob; das Seufzen, das kleine entzückte Aufschreien der Damen, als sie ihn kommen sahen, nahm Ramm, ein aus der Tiefe der Unbekanntheit herausgestiegener Mann, mit Nachsicht zur Kenntnis. So ging er dahin, sehr leicht, sehr verwöhnt vom Applaus, eine zweifellos angenehme Erscheinung. Ich hätte ihm, sagt er, natürlich die Stimmung verdorben mit meinen Weltverdrehungen und Wortverwüstungen; das Wetter sei übrigens auch miserabel, es ruiniere die Politur; er, Ramm, sei aber bereit, diese Zustände zu vergessen, wenn ich ihn jetzt der Wortlosigkeit überließe, der Stille, der hoffentlich völligen Stille beim schönen Dahingehen durch diese prächtig bestrahlte Stadt. In der Nähe des Opernhauses sah ich den Mann im Schwall der Musik verschwinden; doch er kam wieder, und überall, wo er auftrat, wurde der kultivierte taktvolle Ramm gerühmt; seine guten Manieren, die Zuversicht, die in seiner Sprache herrschte, machten einen sehr guten Eindruck auf die vorübergehende Welt. Ramm galt als ein höflicher Herr, dessen Leben man sich keinesfalls düster vorstellen darf. Er rauchte fabelhaft dünne duftende Zigaretten und saß an geräuschlosen Abenden in der Nähe des behaglich knisternden Kamins, wo er seinen Geschmack durch das Lesen wissenschaftlicher Schriften verfeinerte. Ja, ich kannte ihn gut. Ich kannte auch seine früh entwickelte Neigung, Angst und Entsetzen in seiner Umgebung zu verbreiten; beispielsweise, indem er die Eltern, wenn er sie aufeinanderliegend vorfand, zusammenschnürte und der Verlorenheit feuchter Kellergewölbe aussetzte, oder indem er nachts an die Fenster klopfte und wie der Wind pfiff. Er ging eine Weile neben mir durch das verbrannte Land; ich glaube, es lag ihm vor allem daran, die Öffentlichkeit für sich einzunehmen, was ihm mit Leichtigkeit, geradezu im Vorübergehen, mit einem einzigen kleinen Nicken gelang. Die Zustände freilich, durch die wir gingen, gefielen ihm nicht; er drückte mit Hilfe der ausgebreiteten Arme und einem ausführlichen Schütteln des Kopfes sein Mißfallen aus, seine große Verdrossenheit. Eine schwere Enttäuschung, sagte er damals, eine tatsächlich einzigartige, jedenfalls in diesem Zusammenhang einmalig schlechte Erfahrung. Dabei wirkte er durchaus gefaßt auf alles; und alles, was kam, überstand er mit wünschenswertester Selbstbeherrschung. Seine allergeheimsten Neigungen auf dem Gebiet der Kurzweil, der feinschmeckerischen Unterhaltung, werde ich ganz vertraulich und nur am Rande behandeln. Herr Ramm, den man ab und zu lachen hört, tauchte zuweilen in trüben intimen verrauchten Lokalen auf. Das kleine Puffen von Schüssen gehörte zu seinen Auftritten; die Anwesenden schauten allem, was in die Luft flog, träumerisch nach, während Ramm in den Mondnächten lautlos verschwand, im Smoking, oder mit Lackschuhen klappernd hinab in die Tiefe sprang, mit seidenen Hemden und großer Gelassenheit. Mir fiel die Beiläufigkeit auf, mit der er seinen Revolver abschoß, mitten hinein in die Menschen, die ihm mit großer Bewunderung gegenübersaßen; ich bemerkte auch den Gleichmut, mit dem er davonging, um an ganz anderen Orten ebenso gleichmütig wieder aufzutauchen. Eine pikante Geschmacklosigkeit folgte der anderen. Er handelte, glaube ich, auch mit Ansichtskarten, auf denen er abgebildet war, etwas Revolverartiges schwingend, mit einem durchaus gewinnenden Ausdruck, mit einer Haltung, die Sinn für das Dekorative enthielt. So sah ich ihn um die Ecke biegen, im Schwung seines Umhangs, mit blendend aufstrahlenden Gamaschen, mit dirigentenhaften Handbewegungen. Natürlich wußte er, daß er von mir beobachtet wurde, aber er ignorierte es einfach. Mit freundlichen Grüßen sprang er über die vollgesogenen Teppiche, sehr elegant, sehr taktvoll und beinah wie nebenbei hinab in die weitverzweigten Kanäle. Das Schallen der Schritte entfernte sich; er war nun für eine Weile verschwunden und überraschte die Damen in Graz, die mit kleinen feurigen Schreien in ihre Betten sanken. Sie entblößten, wenn Ramm erschien, jeden Teil ihres Leibes mit einer Unbefangenheit, als würden sie einen Handschuh ablegen. Das starke Atmen, die stöhnenden Töne übergehen wir so diskret wie möglich; zumal er aus diesen Geräuschen unverletzt und verschwiegen heraustritt, rücksichtslos gähnend und aus der Zigarre dampfend. Wir schließen die Türen und kehren zurück nach Wien. Vor seiner Hinrichtung brachte der Mann in einem Schriftstück zum Ausdruck, daß er das Recht haben müsse, sein Ende kommen zu sehen. Man möge ihm also, schrieb Ramm, die Gelegenheit geben, mit unbedecktem Gesicht, nach oben gerichtet, auf seinem Rücken liegend, das Fallen der Klinge erleben zu können. Er schrieb das in einer ruhigen unaufdringlichen Schrift, die den Eindruck verstärkte, daß man es hier mit einem Kenner der guten Manieren zu tun habe. Er redete, als er die Guillotine bestieg, ununterbrochen weiter, ohne ein Zeichen von Furcht; er wolle, sagte er höflich, doch lieber mit dem Gesicht nach unten sterben, damit er den Korb sehen könne, in den sein geschorener Kopf fallen wird; er redete, bis ihm das Messer den Hals und die Worte abschnitt, mit seiner angenehm sanften düsteren Stimme. Ich kannte ihn sehr genau. Ich glaube sogar, daß niemand ihn besser kannte als ich. Deshalb würde ich sagen: das Aufsehen, das seine Sache erregte, die Anteilnahme der Öffentlichkeit ist dem Wert der genannten Person nicht angemessen; er, Ramm, verdient diese Aufmerksamkeit nicht, und damit wollen wir uns begnügen. Das war in Wien. Nicht viel später sah ich den Mann in Sankt Gallen, mit einer seidig wehenden Koloratursopranistin. Er winkte mir zu. Dann war es auch damit vorbei.

## *Aus dem Bahnhofsleben von Bern*

Im Hinblick auf das Ereignis vom 10. Dezember möchte ich sagen, daß ich daran nicht beteiligt war. Ich habe zwar etwas gehört, ich habe auch Menschen liegen gesehen, mir aber wenig dabei gedacht. Wenn man es allerdings wünscht, werde ich gern versuchen, mich an die Einzelheiten zu erinnern; obwohl nichts passiert ist, was eine Niederschrift rechtfertigen würde. Es besteht also keine Veranlassung, auf das Ereignis einzugehen. Das ist auch die Meinung des Mannes, der neben mir steht. Ich halte ihn für einen Reisenden aus der Stadt Biel, der in Bern sein Coupé verlassen hat, um in Ruhe ein Schnitzel zu essen. Auf die Frage, ob etwas passiert ist, antwortet er mit Nein; es sei nichts passiert, nur eine Kleinigkeit, nichts von Bedeutung, es sei überflüssig, darüber zu reden. Das erschwert natürlich die Aufklärung dieses Falles, zumal ich alle Beobachtungen, alle Bemerkungen und Vermutungen, die das Ereignis vom 10. Dezember betreffen, schon an ganz anderen Stellen behandelt habe. Es hat nur zu Mißverständnissen geführt, zu einer Reihe von falschen Beschuldigungen und Verdächtigungen, vor allem aber zu der Behauptung, ich hätte in meinen Veröffentlichungen das Ereignis vom 10. Dezember völlig verfälscht und verbogen. Diese Ansicht muß ich zurückweisen. Was ich behauptet habe, ist wahr, ich habe es selber gesehen; es hat sich auf folgende Weise ereignet: Plötzlich, am Abend des 10. Dezember, war etwas langsam zusammengefallen. Ich hatte ein Krachen gehört und sah diesen Mann aus Biel, den ich für einen Reisenden hielt, ein Schnitzel verzehren. Es sei, sagte er, nichts passiert, was sich aufschreiben ließe, nichts Nennenswertes, nur etwas Belangloses, Nebensächliches. Etwas war also, soviel steht fest, zusammengefallen; etwas Kuppelartiges, Gläsernes, schön in die Höhe Gewölbtes; ich stand, das ist sicher, im Bahnhofsgebäude von Bern und hatte die Möglichkeit, einem Mann zuzuschauen, der am Kiosk mit einem Schnitzel beschäftigt war. Der Staub war sehr stark, auch der Luftzug von oben herab, diese plötzliche pfeifende Kälte; ich hatte ein Krachen gehört und sah diesen Mann, diesen eiskalten Reisenden aus dem Norden; glauben Sie mir, es ist nichts, sagte er, es ist nicht das Geringste. Ich sah eine Weile, mit Rücksicht auf die Zusammenhänge, nach oben, um meine Aufzeichnungen mit den nötigen Einzelheiten versehen zu können; obwohl dieser Mann, dieser Reisende, meinte, daß es bedeutungslos sei, etwas Fleisch, ein paar Knochen, nicht wahr, und das käme nahezu täglich vor, an jeder beliebigen Stelle der Welt. Ich will aber dennoch, obwohl ich an seinen Worten nicht zweifle, versuchen, mich zu erinnern. Etwas hatte im Laufe der Zeit meine Aufmerksamkeit erregt, das ist nicht zu bestreiten; es war aufgeplatzt und zusammengefallen. Ich befand mich gerade in der Gesellschaft eines

Mannes aus Biel, dessen Lebenserfahrungen ich zu schätzen begann. Sie sollten sich, sagte er, nicht verblüffen lassen; es ist immer das gleiche, kein Thema für eine Geschichte. Ich sah, wie wir unsere Jacken abklopften; wir stäubten, jawohl, wir rauchten ein bißchen, und dieser Mann, dieser ruhelos durch die Welt getriebene Reisende, wirkte unerschrocken und zuversichtlich; es ist alles völlig belanglos, wir rauchen ein bißchen, das schon, sagte er, aber wir bluten nicht; diese Vorfälle gehören zu den Alltäglichkeiten, zu den allergewöhnlichsten Reiseereignissen. Wir klopften uns also ab und lachten vielleicht und ich sah seinen Mund auf mich einsprechen; ich will nicht behaupten, daß ich alles verstand, doch ich nickte in diese Worte hinein, es krachte ja auch sehr stark, es klirrte und spritzte von oben herab am 10. Dezember. Das hat nichts zu sagen, es kracht, das ist wahr, und es klirrt, das stimmt auch; aber alles zusammen ist es eben nicht mehr als ein Krachen und Klirren, es ist nichts als ein kleines Zusammenstürzen, als ein unerwartetes Aufplatzen und ein leichtes Herabfallen; sogar dieser Luftzug ist nicht sehr bemerkenswert, es ist Luft, weiter nichts; aber während das ganze Leben von Luft durchblasen wird, ohne daß wir darüber reden, finden wir plötzlich die Luft an dieser bestimmten Stelle erwähnenswert; wir sollten sie nicht erwähnen; es ist überhaupt nichts der Rede wert: diese Haarreste, Hautschichten, Fleischfetzen sollten uns nicht beunruhigen; diese dunklen umhüllten Körper sind unerheblich; dieses ganze zerstreute Herumliegen auf dem Bahnhofsboden ist, wenn Sie meine Meinung hören wollen, bedeutungslos, es bedeutet nichts, es ist ungeeignet für Abhandlungen und Aufzeichnungen. Er wirkte in diesem Moment, ich habe davon gesprochen, wie ein wissenschaftlich geschulter Mensch, der auf nahezu alles achtete, nur nicht auf dieses Herabfallen, das mich beschäftigte. Die Würste platzten plötzlich am 10. Dezember, das Fett zischte auf. Dann sah ich Gesichter, ganz in die Länge gezogen, aus denen der Atem wehte. Ein Mann sah mich an; er stand in Bern und stieß mit der Gabel tief in ein Schnitzel hinein, das ausgebreitet auf seinem Teller lag, lappenhaft dünn, wie auf den Teller gemalt; und da hinein, in diese ungeheure Dünne, stieß er so fest, so entschlossen, daß seine Gabelstöße eigentlich durch den Teller hindurch, durch den Tisch, durch die ganze gebogene Tischplatte fahren müßten. Der Regen fiel durch das aufgerissene Dach, die Lokomotiven knirschten, ich hörte das Klappern von Schritten, das Röckerascheln, das Kofferabstellen. Und dabei stieß dieser Mann, der wie ein gewöhnlicher Esser wirkte, wie ein gewöhnlicher, aber sehr aufgeregter, sehr ungehaltener Reisender, immer tiefer und fester hinein in das Fleisch, beim Vorbeiwehen weicher Kleider, in der prachtvollen Bahnhofsmusik, die aus sämtlichen Öffnungen kam, aus allen Gepäckstücken, aus allen geöffneten Mündern heraus; ich konnte es hören und sehen. Und oben, als ich hinaufsah, sah ich den stehenden Mond, den unbeweglichen Mond vom 10. Dezember in einem Loch, das sich gerade zu schließen begann; ich sah eine schwere, von allen Seiten herangeschobene Schicht, während die Kuppel zersprang und ganz langsam, ganz lautlos herunterschwebte. Ich weiß nicht, es war nichts Bestimmtes, ein kleiner, weit auseinandergezogener Augenblick, den ich nicht aufschreiben muß. Es ist zwar richtig, die Menschen haben geschrien oder gerufen oder gesungen; sie rissen, von Kofferschwärmen umgeben, die Taschentücher heraus und ließen sie wehen. Und kurz darauf, unten, als ich hinabsah, sah ich die Füße, die Hosenbeine und Wanderschuhe, die dicken wattierten Stiefel, die Kabelstränge, die aus dem Boden krochen, fett, haarlos, schwarz; ich hörte das Schnaufen dieser sich schließenden Türen, das Schnaufen, ich kann es nicht anders nennen: das Schnaufen der Türen. Und dieser Mann aus Biel stieß in Bern mit der Gabel hinein in das Fleisch, er erstach dieses Fleisch auf dem Teller am 10. Dezember, während das Dach, das Glasdach, die Kuppel des Bahnhofsgebäudes mit einer unbegreiflichen Langsamkeit auseinandersprang; und oben flog der gepolsterte Mond vorbei, während die Türen sich schnaufend schlossen und alle Züge sich in Bewegung setzten. Ich sah das Winken am Rande der Bahnsteigkanten. Es ist mir, sagte der Mann aus Biel, vollkommen gleich, wohin diese Züge fahren, es interessiert mich nicht. Er stach geräuschlos hinab in die Tiefe des Fleisches. Er haßt dieses Fleisch, dachte ich, er verachtet es. Dann stach er in das Zusammenbrechen hinein, in das abendliche Zerspringen, in das unablässige Abfahren und Ankommen und in die fauchende Bahnhofsluft.

Sehen Sie sich das an, und vergessen Sie es; vor allem: reden Sie nicht davon; denn was Sie da sehen, sind Kleinigkeiten im Vergleich zu dem, was noch kommen kann. Was Sie sehen, ist nicht viel mehr als ein Handschuhausziehen und Kofferschloßschnappen, ein Hutabsetzen, ein Zeitungsaufklappen; es ist etwas von solcher Bedeutungslosigkeit, daß ich keine Notiz davon nehmen werde, sondern weiter an diesem Schnitzel esse, obwohl dieses Schnitzel auch nicht der Rede wert ist. Es hat keinen Sinn, über das Ereignis vom 10. Dezember nachzudenken. Kommen Sie, wir wollen nach Bozen fahren und in die Berge steigen.

Schon fuhren wir los. Das Wetter war schön. Von rechts schien der Mond. Es gibt aber keinen Grund, darüber zu reden. Die Zeit verging. In Bozen kam ich nie an. Doch ich habe jetzt das Gefühl, als säße ich in der Nähe des Meeres, in Afrika oder Amerika. Es läßt sich hier ganz gut leben. Das ist auch die Ansicht des Mannes, der neben mir steht und mir bei der Niederschrift dieser Zeilen zufällig zusieht. Ich kann mich nicht mehr erinnern, was später geschehen ist. Ich werde versuchen, darüber nachzudenken; obwohl, es hat doch keinen Zweck, es ist ohnehin alles falsch, Amerika, Afrika, Bern, die Spitzen der Berge, das Meer und der Regen, natürlich: der Regen; er floß von oben, vom Himmel herab, ins Meer hinein. Doch auch das ist wahrscheinlich nicht richtig und ohne Bedeutung.

# *Ein Opfer der Verhältnisse*

Karl Schramm, ein Mann von ausgebreitetem Ruf, von einer hier nur in Beispielen andeutbaren Beliebtheit, geht, obwohl er das Meer und die Schiffahrt liebt, eines Tages zu Fuß von Peru nach Buenos Aires. Auf diesem Weg gerät er auch in die kratzende Steppe, die sich in ihrer unbegreiflichen Ausdehnung bis in die hintersten sichtbaren Teile der Reisebilder hineinfrißt, in einem milchig verschwimmenden Licht. Der Beifall, den er bei seiner Ankunft erhält, ist sehr groß. Er schließt seinen Mund, er ist übrigens ein bedeutender Redner, verbeugt sich ganz kurz und verschwindet hinter der Bühne, wo er von einer maskierten Dame erwartet wird. Als er aus Java zurückkommt, von Kalkstaub bedeckt, aus einer Pappspitze rauchend, ist der Applaus womöglich noch größer. Schramms Ansichten werden gerühmt, er erfreut die Umgebung mit angenehmen Manieren, seine geistreichen Wendungen, seine leichten Bewegungen machen ihn zur geschätzten Erscheinung; selbst so erfahrene Forscher wie Ferstl und Brungs versuchen, seine Bekanntschaft zu machen. Man betastet staunend die dunklen Erinnerungsgegenstände, die er von seinen Reisen mitgebracht hat, aus den Gebieten des Fernen Ostens zum Beispiel, dem Hochgebirge von Tibet, dieser gewaltigsten Bodenanschwellung der Erde, in der die Nächte ganz kalt und ganz plötzlich herabfallen, zum größten Erstaunen der Damen, die Schramm zum Weitererzählen ermuntern; die Dunkelheit leuchtet, die Einsamkeit strahlt, die Damen seufzen unter den Schilderungen der zarten Erhebungen, der Schönheit der tödlichen Abgründe. Und während er lächelnd eine Zigarre in seine Pappspitze schiebt, wächst Schramms Bedeutung. Er verlebt viele lautlose Jahre im Norden Australiens, wo er den Haarmenschen in die Hände fällt; umfährt dann als Schiffsarzt mehrfach die südlichen Kontinente; beklopft überall, wo er auftritt, den Boden und findet dort Schädelkapseln und Zungenbeinhörner, Handteller, Bauchhöhlen, Achselgruben, geblähte Nasenlöcher und Augenwinkel. Er scharrt, kratzt und reibt, schießt und stopft; im geselligen Umgang glänzt er, ebenso wie beim Boxen und Tanzen. Nach vielen Gefahren, die Schramm, der sich in nahezu sämtlichen Weltsprachen mit der größten Gewandtheit ausdrücken kann, nichts weiter ausmachen, erreicht er am Ende Chicago, wo er als Geigenkünstler gefeiert wird. Er verbeugt sich ganz kurz und verschwindet hinter der Bühne, wo ihn zitternd eine maskierte Dame empfängt. Er ist auch der erste, der das gewöhnliche Meeresleuchten beschreibt, die Gesamtwirkung dieses Leuchtens verschiedener kleiner Tiere und Protoplasmamassen; eine Erscheinung von tatsächlich unvergleichlicher Fremdartigkeit. In die Tiefe der Erde hinabstoßend kommt er nach Wochen zurück, ganz von Erde bedeckt, zum Entzücken der

Damen, die ihn mit Beifall begrüßen. Das Große, das Kleine, das Innere und das Äußere, das alles treibt Schramm zu den fürchterlichsten Erkenntnissen, die er in seiner Schrift *Über die Nutzlosigkeit der Dinge* niederlegt. Er vergrößert damit seinen Ruhm, folgt einem Ruf nach Buchs, wo er die Leitung des Lebensmittelmuseums übernimmt, erneuert das Feuerversicherungswesen in Biel, erfindet ungeheure Maschinen und geht, um seine Erfindungen zu verwerten, nach Bex, wo ihn aber das Glück verläßt. Er macht die Bekanntschaft einer maskierten Dame, von derem schlüpfrigen Lebenswandel später ausführlich die Rede sein wird. Das weibliche Publikum wendet sich augenblicklich von Schramm ab, was diesen veranlaßt, das Land zu verlassen, um freilich an einer anderen Stelle auf neue Schwierigkeiten zu stoßen. Er reist nach Ägypten, wo er in Explosionen und dunkle Zusammenhänge gerät. Von dieser Zeit ist recht wenig bekannt. Man weiß nur von einem Sturz in den Bergen. Im Mittelmeer, auf der Insel Gozo, züchtet er Rinder, die aber bald an einer schmierigen Krankheit verenden, er schweigt und zieht düster davon, Gozo kreidig hinter sich lassend, leer und verhängnisvoll. Karambolagen spielen noch eine bedeutende Rolle, Flugzeugabstürze und Schiffsuntergänge. Mehrere seiner Schriften, darunter auch *Die Gedanken über die Welt, oder wenigstens deren nördliche Hälfte*, werden durch Feuer, Wasser und Umzugsfolgen vernichtet. Das aber soll uns nicht stören, es stört uns auch nicht; denn im nächsten Moment treffen wir ihn in

Brig, wo er unter dem Namen Bremm ein zurückgezogenes Leben führt; überhaupt liebt er es, seinen Namen mit immerfort wechselnden Verhüllungen zu umgeben. Über diese Zeit haben wir nur die dürftigsten Nachrichten. Er verbringt sie mit nächtlichen Tieren, schnuppernd, geduckt, in tiefen gähnenden Kellerräumen, mit Schimmelpelzen und dunklen Klumpen, in einer tropfenden Feuchtigkeit. Dieser Teil seines Lebens ist wirklich in gänzliche Schwärze getaucht; es gibt nichts Freundliches, nichts, womit ich den Leser erfreuen könnte. Eines Tages aber taucht er gelassen in Köln auf, in großer Ruhe, aus der Zigarrenpappspitze dampfend, und gründet die heute noch immer berühmte neue magnetische Herrengesellschaft. Von diesem Punkt an beschäftigt er sich mit der Lösung magnetischer Fragen; vor allem geht es um den Gedanken der Hebung; die Hebung, sagt Schramm in seiner bedeutenden Rede vom 19. Mai, sei das Eigentliche in dieser Sache; die Hebung und die Verdrehung. Er geht diesen Fragen scharf und schonungslos auf den Grund, beobachtet aber vor allem die starken Veränderungen in den Städten, durch die er kommt, das Zappeln der Menschen, das schwere verstopfte Atmen, das feuchte Keuchen, das ist nur ein Beispiel, sagt Schramm, das kurze Übereinanderliegen und schreiende Auseinanderlaufen. Seine *Abhandlung über das Schreien* stößt allerdings auf die kühlste Ablehnung, in deren Folge sich zuerst Ferstl, später auch Brungs von ihm abwenden. Als seine *Hundekunde* erscheint, läßt ihn die Wissenschaft endgültig fallen. Eine Zeitlang beschäftigt ihn noch die Betrachtung des freien Fallens, des ungestörten Hinabfallens von Körpern und Gegenständen; dabei fällt er selber tiefer und tiefer hinein in Unglück und Geldschwund, Umzugsverwirrung, Zeichen von Gicht, Finsternis und Verdruß; das allernackteste Elend ergreift ihn. Er beteiligt sich an den Ausschreitungen in Zeitz, wird mit dem Attentat auf den polnischen Botschafter in Verbindung gebracht und in den Kerker geworfen, wo er sich aus zerschnittenen Kleidungsstücken ein Seil anfertigt, um sich hinab in die Freiheit zu lassen. Dort erwartet ihn eine maskierte Dame. In ihrem Verein zur Erörterung interessanter und lasterhafter Gebräuche kommt es zu unwahrscheinlichen Ausschweifungen, die Schramms Gesundheit zerrütten; doch er erholt sich wieder und setzt sein schwankendes Leben in London fort, schreibt eine Reihe von Reiseromanen, verliert den Charakter, erhält sich, am Rand des Verbrechens, kümmerlich von Klavierstunden und flüchtet schließlich nach Amsterdam, wo er einen vorübergehenden Einfluß erlangt. Man darf allerdings die Bedeutung Karl Schramms in diesem Teil der Geschichte nicht überschätzen. Zwar entgeht er unbeschädigt einigen Mordversuchen, bricht aber schließlich unter der drückenden Last der Schulden zusammen. Vom Balkon herab gehaltene nächtliche Reden, in eine riesige Menschenleere hinein, gehören ebenso zu seinen Gewohnheiten, wie lauter störender Gesang im Theater, Heftigkeit der Bewegungen, große Unruhe und Kopflosigkeit. Schließlich hält er sich von der Öffentlichkeit fern und vergräbt sich in seinem Zimmer; was aber nicht der Wahrheit entspricht, denn in Wirklichkeit ist er längst auf dem Weg nach Rangun, wo ihn augenblicklich ein heftiges Fieber packt. Schon will er sich nach Amerika aufmachen, da erscheinen in Genf seine *Nachrichten aus den bewohnten Teilen der Welt.* Der Beifall ist ziemlich groß, erreicht aber nicht die frühere Stärke. Er macht ein paar schwache Versuche zur Umgestaltung des Eisenbahnwesens, kommt allerdings, nach dem Besuch im Verkehrsministerium, grübelnd in sich gestülpt daher, von Magenschmerzen geplagt, in Nebensachen verwickelt, mit Eigenschaften, die das Gesamtbild seiner Person zu stören beginnen. Bei der Lösung der einfachsten Aufgaben wird er vom Regen kalt überrascht und davongespült; der geringste Windstoß bläst ihm den Hut vom Kopf, die Zeitungen wehen ihm fort, die Zigarren verlöschen. Man sieht ihn verdeckt im Caféhaus sitzen, vor einer einzigen Tasse Mokka, sehr nachdenklich das Straßenleben betrachtend, ohne sich einzumischen. Die Vorstellung von der Welt, sagt er einmal zu mir, sei ganz falsch. Man glaubt, sie sei schön, aber das ist sie nicht. Ein Nachlassen seiner Sprache macht sich bemerkbar, ein Schwanken seiner Gedanken, ein Gedankenschwanken, wie er es nennt, ein sägendes hartes Geräusch im Schädel. Er besucht die Billardhallen und zuweilen das Schlachthofgelände; eine leere Zigarrenpappspitze im Mund. Beim Erdbeben von Bex gehört er zwar zu den Unverletzten, stürzt aber beim Aufschreiben seiner Ansichten über die Auswirkungen des Erdbebens von Bex so unglücklich, daß er nur noch mit Mühe gehen kann. Seine Wanderungen führen ihn unter schweren Entbehrungen immer weiter hinauf in den Norden. Am 5. September erreicht er die Küste von Labrador. Dort verschwindet er, alt, einsam, unbekannt, in einer Nebelbank. In der Nähe des Pols ist sein Leben zu Ende.

## *Etwa zwei Stunden später*

Nachdem die Welt untergegangen war, versuchte ich, mich so angenehm wie möglich zu unterhalten. Ein Gespräch mit Doktor Q, dessen ganzen und wirklichen Namen ich hier verschweige, vertrieb mir für eine Weile die Zeit. Q erzählte mir die Geschichte eines in seinem Zimmer eingeschlossenen Mannes, eines Hutmachers, der es nicht gut fand, allein zu sein; deshalb begann er sich kurz nach dem Weltuntergang durch die Wand zu kratzen, in ein anderes Zimmer hinein; dort entdeckte er einen grübelnden Mann, einen Schwimmlehrer, der sich sehr einsam fühlte. Beide kratzten ein Loch in die Wand, erreichten ein drittes Zimmer und fanden darin einen dritten Mann, einen Pianospieler, der sich in schlechter Stimmung befand, das Piano zuschlug und mitkommen wollte. Zu dritt durchbrachen sie darauf die Mauer zu einem vierten Zimmer, wo sie auf einen vierten Mann, einen Tuchfabrikanten, trafen, der über schleichende Langeweile klagte; gemeinsam schlugen sie fröhlich ein Loch in die Wand, durch das sie in einen fünften Raum kamen. Hier fanden sie auch den fünften Mann, einen Fremdenführer, der den Kopf hängen ließ, doch sogleich aufsprang, um den vier angekommenen Männern zu helfen, die Mauer zum sechsten Raum zu durchschlagen. Im sechsten Raum fanden sie einen Handelsvertreter, der auf sein finsteres Schicksal verwies, sich aber unverzüglich den anderen Männern anschloß, als sie sich anschickten, die Zimmerwand zu durchbrechen. Im siebenten Zimmer trafen sie einen in großer Niedergeschlagenheit sitzenden Fotografen, dem das träge Alleinsein mißfiel, und der nun froh war, die Männer zu sehen; er tat sich mit ihnen zusammen, um mit Vergnügen die Wand zu durchkratzen. So kratzten und brachen sie sich in die folgenden Räume und fanden immer mehr einsame Männer, in großer Verzweiflung, bekümmert, traurig, verdrossen; einen einsamen Schuhmachermeister, einen einsamen Grundstücksmakler, einen einsamen Damenschneider, einen einsamen Straßenbahnschaffner. Schließlich, im dreißigsten oder vierzigsten Zimmer, waren so viele einsame Männer beisammen, daß sie ganz eng beieinanderstanden; kein einziger konnte die Hand heben, ohne die anderen Hände mitzuheben, und keiner konnte den Fuß auf den Boden setzen, weil überall anderer Füße standen; es war eine schwere dicke Verstopfung, dünstend und dampfend, die Männer standen schweißüberflossen in diesem vom Atem beschlagenen einmachglasartigen Raum; es war so luftlos und still, daß jeder von ihnen langsam zurück in sein einsames Zimmer kroch, den Mörtelstaub abklopfte, Fenster und Türen verschloß, sich hinsetzte und bis an das Ende dieser Geschichte sitzenblieb.

## *Der musikalische Betrüger Kobermann*

Der musikalische Betrüger Kobermann behauptet, ein Konzert in Bochum gegeben zu haben und zwar mit sehr großem Erfolg. Diese Mitteilung allein genügt der versammelten Abendgesellschaft bereits, in Applaus auszubrechen. Ich zögere, den Vorfall hier in Betracht zu ziehen, Kobermann spricht aber immer wieder von dunklen Verschlingungen, vom unwiderstehlichen Wehen seiner Musik, so daß ich versuchen werde, dieses Ereignis zu schildern. Den größten Eindruck von allen Kobermannschen Kompositionen habe auf ihn, sagt Collunder, das Tongemälde *Die Seeschlacht von Lepanto* gemacht, nach einem Gedicht von Hans Lingh. Kobermann, der eine Geige dabei hat, beginnt dieses äußerst blutige Stück zu spielen. Das Wasser spielt eine Rolle, der Papst und die Türken. Eigentlich wollte ich meine Meinung über den musikalischen Vorfall niederschreiben, fand aber absolut nichts, worauf ich sie schreiben konnte. Das sollte man nicht bedauern. Wer jemals die Darbietungen dieses Mannes hören mußte, wird meine Ansicht teilen, daß jedes hingeschriebene Wort über Kobermann, selbst das kürzeste, kleinste, unscheinbarste, vollkommen nutzlos wäre.

# *Die Gewalt der Musik*

Ein Mann war aus Recklinghausen verschwunden, jedenfalls sagte man so. Man sagte es freilich so leicht dahin, daß ich nicht daran glauben konnte; und tatsächlich, er war auch gar nicht verschwunden, er hatte es sich in Dortmund bequem gemacht, wo man ihn nicht erkannte. Die letzten Worte vor seinem Verschwinden kenne ich nicht, aber ich kenne den Grund, aus dem er verschwand. Vor seinem Verschwinden stand dieser Mann, Fritz Schmettau, in hohem Ansehen auf dem Gebiet des Klavierspiels. Die Kenner bewunderten ihn, vor allem diese nach ihrer Meinung phänomenale, schlechthin unvergleichliche linke Hand des Künstlers, dem die Bewältigung schwierigster musikalischer Aufgaben nicht die geringste Mühe bereitete. Darüber verdanken wir Lemm eine Reihe wichtiger Mitteilungen; Lemm behauptete auch, er habe Schmettau, nachdem er verschwunden war, im Stadttheater gesehen, an einem warmen gefühlvollen Abend. Dann kam der Winter. Schmettau war wieder verschwunden und galt nun für tot. Im nächsten Frühjahr sah man ihn oft in der *Alten Post*, über ein Kotelett gebeugt. Er hinterließ viele nächtliche Spuren in Gastwirtschaften, die man am Morgen deutlich bemerken konnte; im *Schlund* und im *Schwarzen Schwan*. Von großen Erfolgen, die er gehabt haben soll, weiß man nichts mehr. Unter den dunklen Berichten über Fritz Schmettaus Verschwinden ragt ohne Zweifel die Schilderung Schalls hervor. Schall teilt mir mit, Schmettau sei eines Abends von einer Schlange umschlungen worden. Ich halte das aber für eine gewöhnliche Starkbiertischübertreibung. Andererseits kann ich natürlich von großen Schlangen erzählen, die man wirklich gesehen und in Behältern nach Dortmund gebracht hat. Die Sache verhält sich nach meiner Auffassung so: eine Schlange von ungefähr zwölf Metern Länge, die still wie ein Hügel in der Nähe des stehenden Wassers in der Umgebung von Dortmund lag, fuhr plötzlich, als Schmettau erschien, empor, umwickelte seinen Leib und drückte ihn zischend zusammen, während sich alle übrigen Männer, Angehörige einer Kegelgesellschaft, in größter Bestürzung entfernten. Nach diesem Ereignis blieb Schmettau fünf Tage ermattet liegen, erholte sich aber wieder. Auf jeden Fall schenkte er der Musik eine Weile lang keine Beachtung, Klaviere ließ er unberührt stehen; es beschlich ihn auch das Gefühl, von seinen Musikern nicht mehr verstanden zu werden; er brachte das eines Abends auf sehr dramatische Weise zum Ausdruck, als er mitten im dritten Satz den Spazierstock ergriff und entrüstet den Saal verließ. Das Orchester spielte zwar ohne ihn weiter und nicht einmal schlecht, er selbst aber, Schmettau, verschwand. Das Verhalten Schmettaus verblüffte die Zuschauer anfangs sehr stark, bis zur Sprachlosigkeit. Man vergaß aber schließlich den Vorfall und auch den Mann, der so schön Klavier spielen konnte. Ich erinnere mich, einmal in einem Pianogeschäft gestanden zu haben, als sein bleiches Gesicht mondrund hereinschien. *Es ist schade, daß Sie nichts von Klavieren verstehen,* sagte er, *Sie würden mir andernfalls zustimmen, daß es sich hier um ganz unvorstellbar schlechte Klaviere handelt.* Er klappte die Dekkel auf und schlug einen Ton an. Dann schritt er mit schwarzen Schritten an mir vorüber. Über Schmettaus verschiedene Aussprüche habe ich seinerzeit einen Artikel für das *Tagblatt* geschrieben, der aber wegen seiner Schwermütigkeit abgelehnt wurde. *Eine schöne Musik*, weiß ich noch, *und jemand, der sie nicht hören kann, weil er woanders ist, das ist ein großes Unglück. Schlimmer aber ist eine schlechte Musik, die jemand, weil er gerade da ist, hören muß*. Andere Männer waren zuweilen fröhlich und heiter, lustig, vergnügt; dieser Mann nicht. Ich habe Schmettau niemals vergnügt gesehen, er erfrischte sich auch nicht mit geistigen Tätigkeiten, er beugte sich allenfalls über ein Kotelett im *Morgenstern* oder im *Salamander* oder saß teilnahmslos in der schweren Zigarrenluft der Wartesäle. An Tönen hatte er keine Freude. Töne waren ihm gleichgültig. Worte mochte er nicht. Er überhörte sie alle. Ich habe aber gesehen, wie sich der Mann bei den Klängen einer Art Pfeife eines Nachts aufrichtete und zu tanzen begann, es war kein eigentliches Tanzen, es war aber immerhin eine Bewegung des Oberkörpers, die man bis dahin niemals von ihm gesehen hatte. Ob allerdings überhaupt ein Zusammenhang bestand zwischen dem Pfeifen und der Bewegung des Mannes, wage ich nicht zu sagen. Immerhin, er hob einen Augenblick seinen Kopf und schaute unglücklich in die Richtung der Musik. In dieser Zeit waren übrigens landschaftliche Veränderungen zu erkennen, die äußeren Umstände begannen sich zu verändern; eine Ausbleichung der Verhältnisse machte sich plötzlich bemerkbar. Gewiß, es waren noch Menschen zu sehen, finster dahingehend, mit flatternden Mänteln; es gab auch ein Opernhaus, aus dem die Musik gewaltig herausquoll; ich sah aber Wasserrohre aus dem gefrorenen Boden spießen, die Dampfwolken pfiffen hervor, die Bäume waren mehlweiß überpudert, zuweilen gab es auch spuckende Berge und Wasserfälle und dunkel brüllende Schluchten, die Höhen waren ganz kahl oder nur mit erstarrtem Gras bezogen. Ich nahm mir die Zeit, diese Kahlheiten zu betrachten, denn es waren ja nicht nur Kahlheiten, es waren auch Schönheiten; ein milder Himmel wölbte sich über allem, die Leute rauchten aus Pfeifen heraus, sie gingen die knackenden Straßen hinauf, durch den drückenden Wind, in die kleinen dunklen Kneipen hinein; die Musik verging in diesem Moment, es gab nur das Zischen des Windes am Ende sämtlicher Klänge, am Schluß aller schönen verwendbaren Töne. Nach einigen Jahren kam wieder die Rede auf Schmettau, der teilnahmslos in der Gastwirtschaft *Krone* saß, über ein kaltes Kotelett gebeugt. Ich bemerkte die Aufgedunsenheit dieses Menschen, die Anschwellung seines bleichen

Gesichts und die Schwerfälligkeit seiner Hände; es war ihm inzwischen unmöglich geworden, ein Klavier zu berühren, weder in Dortmund noch im herbstlichen Recklinghausen. Aber darüber soll sich ein anderer Autor Gedanken machen.

## *Der tote Lokomotivführer*

Ein Unternehmer machte im letzten heißen August eine Eisenbahnreise von Freiburg nach Basel. Er hatte in einem Briefstellerbuch einen Brief, der eine Eisenbahnreise von Freiburg nach Basel beschreibt, gefunden, ihn abgeschrieben und seiner Familie mit herzlichen Grüßen geschickt. Dann reiste er wieder zurück. Diese kleine Geschichte, deren Ende vielleicht etwas kurz ausgefallen ist, hat sich natürlich an einer anderen Stelle der Welt abgespielt, nicht hier, nicht in Freiburg und Basel. Ich habe sie in der Bahnhofsgaststätte gehört, von einem Kellner, dem ich nicht alles glaube. In diesem einzigen Fall will ich allerdings eine Ausnahme machen, zumal man mich selber häufig mit Briefen belästigt. Vor einigen Wochen erhielt ich den Brief einer Dame aus Suhl, den ich folgendermaßen beantworten werde: Geehrte Frau O; ich nehme Ihnen gewiß nicht übel, daß Sie den Langstreckenläufer Hucks, der übrigens Rucks heißt und nur ein Kurzstreckenläufer ist, für einen Neger halten. Er ist kein Neger. Ihre Novelle *Der tote Lokomotivführer* können wir leider in diesem Buch nicht zum Abdruck bringen, sie ist in der Stimmung recht hübsch und bietet auch nette Einzelheiten, ist aber im Ganzen zu düster, bedenken Sie bitte: das Leben bietet auch heitere Seiten. Dagegen teilen wir Ihre Ansicht, daß eine Handvoll frisch gepflückter

Huflattichblätter, auf die Magengegend gelegt, ein vorzügliches Mittel ist, das Übelwerden beim Eisenbahnfahren zu dämpfen.

# *Die große Kaltluftglocke über Mainz*

Um zu erfahren, wie das Wetter ist, warf ich am 13. März des vergangenen Jahres einen Blick durch das Fenster. Natürlich hätte ich, ohne hinauszublikken, einfach darüber nachdenken können, ob es regnete oder nicht, aber ich wäre niemals zu einem wirklich gesicherten Eindruck gekommen. Also sah ich hinaus: der Regen hing wie ein Lappen vom Himmel, es war nichts zu sehen, als dieser dicke herunterhängende Lappen, hinter dem nichts zu sehen war, kein Haus, kein Hund, keine Hand. Und dennoch hatte ein ziemlich bekannter Mann bei diesem Wetter Gelegenheit, sich von seiner charakteristischen Seite zu zeigen. Eine ausführliche Beschreibung des Mannes erscheint mir seiner Berühmtheit wegen kaum nötig, sie läßt sich zumindest auf wenige Worte beschränken. Es ist der Naturkundelehrer Moll, der die Ansicht vertritt, daß der ganze menschliche Körper angefüllt ist mit Tieren, daß der Mensch nicht viel mehr ist als ein gewaltiger Infusorienhaufen; eine Behauptung, die in den letzten Jahren etwas von ihrer ursprünglichen Ausdehnung eingebüßt hat, aber noch immer dem augenblicklichen Stand der Wahrheit entspricht. Das wird durch ein Beispiel veranschaulicht, das seiner Eigenart halber und im Hinblick auf den Umstand, daß die Werke von Moll längst vergriffen sind; wie überhaupt Molls Werke als kaum mehr auffindbar, als verschwunden, als nur in meinem Kopf vorhanden gelten, und von Leuten wie Noll oder Schwill verhöhnt und belächelt werden; frei wiedergegeben werden muß: aus dem dunklen Gedächtnis, aus der verwehten Erinnerung, aus der geheimnisvollen Welt der Gedanken, die in das gnadenlose Gebiet der Störungen führen. Nun sollte man aber wissen, daß ich hier nichts von Störungen erzählen möchte, die andere Völker und Kontinente betreffen, sondern von Störungen, die durch die Füße des oben erwähnten Mannes, Moll, der über mir wohnt, und der es sich in den Kopf gesetzt hat, in den Nächten zu denken und dabei herumzugehen, hervorgerufen werden. Diese Störungen kommen keinesfalls nur gelegentlich vor, sondern nahezu ununterbrochen, vor allem in Mainz, wo der Himmel jetzt wie ein gelber Sirup heruntertropft. Das ist aber nur ein Beispiel, wir wollen nicht davon reden, der Wind weht den Regen gegen die Fenster und es ist besser, zu schweigen. Auf der Straße fließt schäumend das Wasser ab und alles verschwindet unter dem zugenagelten Mond, die Bürgersteige, die aufgeblähten Hotels, die beleuchteten Kuppeln, das funkelnde Stadttheater; die Schornsteine rutschen rasch von den Dächern, die Dachrinnen ringeln sich wurmweich hinauf in die Luft, die Turmspitzen knicken, die harten gebogenen Brücken knacken, die Brandmauern falten sich lautlos zusammen, während Moll mit seinen hölzernen Schritten herumgeht und über den Menschen nachdenkt, der bis zum Rande gefüllt ist mit Tieren, die ihm durch die Füße kriechen, hinauf in den Kopf; ich halte es nicht mehr für nötig, den Fall zu erwähnen. Dagegen beschäftigt mich jetzt die Frage, ob die bewohnte Welt überhaupt existiert, oder ob sie nicht wirklich ausschließlich in meinem geschwollenen Schädel steckt. Der Himmel ist heute, am 13. März, ein kalter geschlossener Dosendeckel. Das ist ein angemessener Schluß.

# *Musikalische Vorfälle in Linz*

In einem Galakonzert saß ein anerkannter, vornehm gekleideter Mann neben mir, der im Weltkrieg eine gewisse Rolle gespielt hat. Das Haus wurde dunkel und das Konzert begann. Aus dem Orchesterraum hoben sich hauchend die ersten Celloklänge des Vorspiels, als plötzlich neben mir eine Stimme rief: *lauter bitte!* Eines Tages, als man wieder zu einem Konzert versammelt war, erschien der gleiche Mann im Saal, hob sofort einen kleinen verzierten Revolver und schoß mit den Worten: *diese Musik ist entsetzlich* auf den verwunderten Dirigenten, den Kapellmeister Gussmann. Von den verschiedenen Arten, Musik zu hören, sind mir diese beiden als die sachlichsten und entschiedensten in Erinnerung geblieben.

## *Der Anfang der Finsternis*

An einem dicken luftlosen schwefelgelben Sommermorgen verließ eine österreichische Reisegesellschaft das Strandhotel, lief singend durch eine kahle Gegend, durch eine große knarrende Dürre, durch eine Reihe leerer verlassener staubüberpuderter Dörfer; kam, immer noch singend, an leicht erbleichten Zementfabriken vorüber, an Leimfabriken, Knochenmühlen und Gasometern, überschritt die bedenklich schwankende neue Brücke ohne Gesang, passierte wortlos den dicken Turm und das Kurhaus, bis sie schließlich, am Ende sämtlicher Kräfte, unfähig, noch einen einzigen Schritt ohne Essen und Trinken zu tun, das berühmte Palasthotel erreichte, wo man gerade das Mittagessen beendet und die Küche verschlossen hatte. Die Tische waren von abgegessenen Tellern bedeckt, von Speiseresten, auf denen schwarze gemästete Fliegen saßen; in den ausgetrunkenen Gläsern, in der Tiefe der Suppenschüsseln schwammen kleine plätschrige Tiere. Etwas, das zusehends wuchs, kroch beutelförmig, mit fadenartigen Beinanhängen, über den Boden des Speisesaals, man sah nichts als eine vollkommene Durchsichtigkeit des Leibes, so daß die Anwesenheit von etwas Weichem, der Vorgang des Kriechens, entweder niemandem auffiel, oder nur durch die im Verhältnis zum Körper auffallend großen glänzenden bösen Augen verraten wurde; man sah auch Tiere, die aus einem einzigen Schlund bestanden, der alles einfraß, was auf den Tischen zurückgeblieben war, Weißbrotbrocken, benagte Eisbeinknochen, holzige Birnenstiele, Austernschalen, Hummerscheren, Entenschenkel, ausgeschlürft, aufgeknackt, abgeknickt, schmelzende Käserinden, rachenkratzende Schollengräten, schwellende Schweineschwarten, Karpfenköpfe glotzend und schwärende Heilbuttschwänze, ranzige Mettwurstzipfel, schillernde Schinkenscheiben, dunkle schrumpfende Blumenkohlstrünke, trocken abgerissene Hühnerflügel; man sah die Kriechspuren riesiger schwarzer Schnecken an den getäfelten Wänden und meterlang wachsende Bartwürmer, gefräßige Büsche, leise wehend und alles aussaugend, was vorbeikam, Köche, Kellner und Kellnerinnen, man sah tischgroße quallenartige Wesen ruhig über den Resten der Mahlzeit liegen, alles unter sich verdauend, die Teller, die Tische, die ganze darunterliegende Welt; man sah ganze Züge von Maden wandern, ein geräuschloses, langsames aber unaufhörliches, unaufhaltsames Dahinschleichen zu Beginn dieses unbeweglichen Nachmittags, und ein allmähliches folgenloses Verschwinden unter der Nudeldecke des Bodens, eine sicherlich grauenvolle Erscheinung, durch die geöffneten Fenster hereingleitend, weich hinter den Samtportieren hervor, über die schöngepolsterten Stühle wandernd, über Servierwagen, Anrichten, Hutständer, um die polierten Marmorsäulen herum, über Tischdecken wandernd und Bratenplatten hinweg, über die eingedickten sirupartigen Soßen, die harten erstarrten Klöße, die Speisekarten wandernd und wandernd, mit glänzenden schwarzen Köpfen und einem sülzig schimmernden darmlangen Leib, eine unerhört lange bräunlich gefleckte Dünne. Ein Mitglied der Reisegruppe, ein Doktor aus Dornbirn, faßte sich schließlich ein Herz und zertrat dieses Wandern an mehreren Stellen. Aber zum großen allgemeinen Entsetzen wuchs das Wandern wieder zusammen, während sich draußen der Himmel bezog, und wanderte weiter mit großer Gefräßigkeit über die Feuchtigkeit dieses dumpfen, mit Speiseresten bedeckten Bodens, über Kartoffelschlamm, über grüne gestürzte Gelees, über Mehlsuppenpfützen und gelbes herabgeflossenes Bier, über harndunklen schleimigen Wein und fettige Bratenbrühe, über Fischblut, blaßrot, und schwarz ausgespuckte Melonenkerne, über Apfelmus, Pflaumenmus, Fleischkloßteile, zertreten, Scherben und Stümpfe und rote geplatzte Schoten, riesige Knorpel, wuchernd, und faulendes Laub und zusammengefallenen Schaum und auseinandergefaltete wehende weiße Papierservietten hinweg; alles war mit einer fetten selbstverständlichen Schwammschicht bedeckt, mit einem weichen begreiflichen Schimmel, im leise vergehenden Nachmittag, an dem die österreichische Reisegesellschaft am Eingang des Speisesaals stand, zwischen den schwingenden Flügeltüren und auf die Entwicklung der Finsternis starrte. Sobald diese wandernden Maden eine Stelle bis auf den nackten Boden aufgezehrt hatten, zogen sie weiter zu einer anderen Stelle, über die Gänge, die Tische, die Theken, über die blutigen Messer und Gabeln und wieder zum Fenster hinaus in die Ferne hinein zum leckenden Meer. Die Sonne begann schon zu sinken, die Reisegruppe, die still unter Hunger und Durst litt, bat um ein Abendessen. Der Hoteldirektor freilich, der die Qualen von Hunger und Durst nicht kennen, nicht einmal ahnen konnte, saß, mit einer Havanna beschäftigt, im Sessel, behaglich den Rauch herausblasend, den Gürtel gelockert, und deutete an, daß alles verzehrt und erledigt sei. Kaum hatte er ausgesprochen, zog der vom Wetter gegerbte Reiseleiter, ein Mann aus dem Tuxer Gebirge, die Faust aus der Hose hervor und drückte sie dem Hoteldirektor, der diesem Vorgang völlig verständnislos gegenübersaß, mitsamt der Havanna tief in den Mund. Es mag ja sein, daß für einen gedankenlosen Menschen eine Havanna eben nur eine Havanna ist; aber ob angesichts der Beschaulichkeit, in die sie uns zu versetzen vermag, etwas anderes möglich ist, als an dieser Stelle zu seufzen, muß wohl bezweifelt werden. Ich muß noch erwähnen, daß es inzwischen Abend war. Es war also Zeit, nach Hause zu gehen. Die Dämmerung war hereingebrochen, der Anfang der Finsternis; in diesem Moment wird behauptet, daß unsere österreichischen Freunde in Split, wo sich der Vorfall ereignet hat, eine Boa Constrictor von ungefähr fünfzehneinhalb Metern Länge gesehen zu haben behaupten. Das wird man berichtigen können mit dem Hinweis darauf, daß die genannte Schlange in Split überhaupt nicht vorkommt und daß die Beobachtungsgabe der österreichischen Reisegesellschaften ohnehin sehr gering ist, so gering wie ihre naturwissenschaftlichen Kenntnisse. Man erinnere sich nur an die österreichischen Angaben über die Größe und Schwere der Frauen von Knokke; oder der von Schlangen umschlungenen Frauen von Sülz, in der Umarmung von Schlangen stöhnend; aus solchen Behauptungen spricht nur der Hunger. Aus wirklich verbürgten Tatsachen geht das Gegenteil aller derartigen Schilderungen unwiderlegbar hervor. Später begann man zu singen; es kamen auch wieder bessere Tage.

# *Das indische Vorüberfliegen*

Ich erinnere mich an das indische Vorüberfliegen; ein Ausdruck, den Klomm gebrauchte: *Das indische Vorüberfliegen.* Was er damit meinte, ist mir bis heute unerklärlich geblieben. Ich wollte ihn fragen, ließ es allerdings bleiben, weil gerade die Sonne in sein Gesicht hineinschien und mir viel wichtigere Gedanken durch den Kopf gingen als das indische Vorüberfliegen. Eines Tages begann ich zu lachen. Der vorüberkommende Klomm dämpfte meine leichte Lebensauffassung mit der Ankündigung, daß mir das Lachen schon noch vergehen werde. Am schnellsten freilich und auch am endgültigsten verging aber *ihm* das Lachen; er starb kurz darauf. Warum er starb, ist sein Geheimnis. Vom indischen Vorüberfliegen ist seit dem Tod dieses Mannes nicht mehr die Rede gewesen. Heutzutage hat man bekanntlich ganz andere Sorgen. Zum Beispiel beschäftigt man sich mit dem *Atmen der Schlangen* oder mit den *Chinesischen Schatten.* Das alles ist freilich verglichen mit dem indischen Vorüberfliegen ein angeschwollenes Ende von nichts.

## *Unruhe in Kruft*

Ein Mann aus Kruft, der trotz seiner ungewöhnlichen Neigungen bisher ein völlig normales Leben führte, tut eines Tages etwas, das niemand von ihm erwartet hat. Er setzt sich in einer stürmischen Nacht einen Hut auf. Das gehört auch in Kruft nicht zu den bedenklichen Handlungen, aber der Mann bemerkt viel zu spät, daß er nicht seinen eigenen, sondern einen ganz anderen, fremden Hut auf dem Kopf hat. Die Folgen sind so entsetzlich, daß ich mich weigere, sie hier in allen Einzelheiten zu schildern. Das ist aber nicht der Grund für diese Geschichte. Es ist nur die Möglichkeit, von einem Mann zu reden, von dem bis zur Stunde noch niemand geredet hat und von dem niemand weiß, wo er geblieben ist. Er kam und er ging. Ich konnte es auch nicht ändern. Zurück blieb Kruft, ein Ort in der Mittagshitze, menschenleer und ganz bleich. Es wäre vielleicht angebracht, anders aufzuhören, aber so geht es auch.

## *Reisebeschreibung*

Soeben ist mir ein Fall von gewaltiger Zeitverschwendung zu Ohren gekommen. In Island passierte es einem Mann, der über Sonntag einen Bekannten besuchen wollte und ein in der Gegend verkehrendes Schiff bestieg, daß dieses Schiff infolge der ungewöhnlichen Strömungsverhältnisse nicht an der beabsichtigten Stelle anlegen konnte. Der Mann, der ohne Gepäck reiste, mußte nun weiter nach England fahren, und da er dort keine baldige Rückfahrgelegenheit vorfand, reiste er weiter nach Kopenhagen, um von dort aus den vier Wochen später fälligen Postdampfer nach Island benutzen zu können. Er kam hier auch glücklich an, aber die Jahreszeit war inzwischen so rauh geworden, daß er die lange Landreise in den Norden der Insel, aus dem er gekommen war, nicht mehr antreten konnte. Deshalb kehrte der Mann von seinem Sonntagsausflug erst im folgenden Sommer, also ein Jahr nach dem Aufbruch, zurück.

## *Die Verhinderung des Schlimmsten*

Ein Mann aus Schlatt, der keinen Schritt auf dem Weg des Herunterkommens ausließ und bis zur äußersten Tiefe der Verkommenheit sank, hat mir die folgende, etwas umständliche, ihrer Einfachheit wegen aber durchaus ergreifende Schilderung seiner Vergangenheit übergeben. Er hatte, in der Absicht ein anständiger Mensch zu werden, seine Heimat verlassen, um sein Leben an einer anderen Stelle Europas unerkannt fortzusetzen. Diese Geschichte würde womöglich sehr lang, sie würde vielleicht die längste aller jemals von mir erzählten Geschichten werden, wenn ich allein die Namen der Städte aufzählen müßte, in denen er auftauchte und wieder verschwand. Deshalb werde ich, weil ich das Schlimmste befürchte, mit Hilfe aller mir zur Verfügung stehenden Worte so schnell wie möglich zum Schluß kommen. Natürlich weiß ich, daß ich damit nicht alle Erwartungen erfülle, die das Publikum an die Entwicklung einer Verbrechergeschichte zu stellen pflegt; es gehört sogar zu den wenigen Dingen, die ich mit Sicherheit weiß. Immerhin habe ich dem Leser die Schilderung sämtlicher dunklen Punkte erspart, und zwar nicht aus Rücksicht, sondern aus anderen Gründen.

# *Die Gesellschaft der Bredouille*

Im März des vergangenen Jahres, an einem zigarrenlangen musdunklen Montag, wurde in der *Gesellschaft der Bredouille*, einem bekannten Herrenzirkel, bei dessen Zusammenkünften es üblich ist, daß etwas Entsetzliches geschieht, ein Foto herumgereicht, auf dem zwei kopflose Männer, Schwill und Noll, die der Zufall einer gemeinsamen Reise zusammenführte, zu sehen waren. Schwill, der Mann mit dem Hut, ist ein Mitglied des Scala-Orchesters, das in der Weltausstellung verschiedene Körperbewegungen musikalisch begleitet. Noll, der neben ihm sitzt, hält nicht viel von Musik, aber das stört uns hier nicht. Noll ist ein stiller Mensch, der die Welt gesehen hat und dennoch kein Wort darüber verliert. Schwill ist dagegen gesprächig und nicht viel herumgekommen. Die beiden haben viel Unangenehmes erlebt und sich im Speisewagen eines von München nach Hamburg fahrenden Zuges getroffen. Ich kenne sie gut und rede zuweilen von ihnen; und immer wenn ich von Schwill spreche, spreche ich auch von Noll. Jetzt allerdings, wo ich weder von Schwill noch von Noll spreche, kommt es mir vor, als hätte ich niemals von Schwill oder Noll gesprochen, als hätte ich das Bedeutende, das wirklich Bemerkenswerte den Lesern, die einen Anspruch auf das Bedeutende und Bemerkenswerte zu haben glauben, vorenthalten; nicht etwa aus Bosheit, sondern aus reiner Verschwiegenheit. Ich bin viel zu schweigsam, um etwas Bemerkenswertes von Schwill oder Noll erzählen zu können. Also überspringe ich diesen haarlosen März und wende mich dem breiweichen leichenbleichen Mai zu, oder noch besser dem darmträgen Herbst. Im Herbst, im rachenschwarzen Oktober, fand ein Vertreter aus Truns auf einem kühlen kahlen leicht aus dem Boden herausgeschwollenen Hügel eine große nackte gespreizte menschliche Hand. Acht Tage später entdeckte er eine womöglich noch größere Hand und später einen gewöhnlichen Kopf. Er dachte nicht weiter über die Sache nach, bis sich ein zweiter Vertreter meldete, der einen Fuß gefunden hatte und einen Koffer, in dem sich ein weiterer Fuß befand. Später, am Anfang des Winters, als im dünnen wäßrigen Schnee eine Anzahl anderer Körperteile gefunden wurde, entschloß man sich, diesem Fall auf den Grund zu gehen. Die Detektive des ganzen Landes schlichen gebückt durch das abgenagte Gelände, mit ihren im Westwind knatternden Regenmänteln; die Flußbetten und die Hotelbetten wurden durchsucht, die Herbergen, Abtritte, Schuppen und Scheunen, die düsteren Mühlen, die kettenklirrenden Ställe, die dampfenden Gastwirtschaften und alle lautlos verlassenen dunklen Fabriken mit ihren kalten Schornsteinen und eingefallenen Scheiben; man fand aber nichts von Bedeutung, nichts, was der Rede wert wäre. Keine Spuren von Schwill oder Noll.

Im Frühjahr des folgenden Jahres, in einem mehlsuppendicken April, war in der Zeitung die Nachricht erschienen, daß ein Mann in der Nähe von Most, im früheren Brüx, in der Kahlheit und Dörre der Berge verschwunden sei. Das Verschwinden erregte die Menschen sehr; man sprach von nichts anderem als von diesem Verschwinden, es war ein bedenklicher Fall, der jedoch nicht gelöst werden konnte, deshalb begann man ihn zu vergessen. Am gleichen Tag, der Regen war abgeflossen, wurde ein anderer Mann vermißt. Man rief seinen Namen, aber er antwortete nicht. Man durchsuchte geräuschvoll das Roggenfeld, durchharkte den Grund der Gewässer, durchschwärmte den Wald, die Gruben und Stuben wurden besichtigt, die Mauernischen und Wirtshaustische; man fand aber nichts. Ein Doktor aus Dux erzählte im gallengrünen September, er habe die Männer vermummt im Gebirge gesehen, in größter Eile über die Muren springend. Er habe auch Worte gehört und Schüsse. Ein Schuhmachermeister aus Saaz war aber der Ansicht, das alles sei lautlos geschehen, langsam und lautlos und nicht im Gebirge, sondern in der gefährlichen trockenen Tiefe. Jemand hatte sie deutlich im Schatten des Bahnhofs erkannt, erschöpft und verloren, am Bahnhof oder am Schlachthof. Aber was auch geschah, Schwill und Noll blieben verschwunden. Und daß sie später in Zwiesel aufgetaucht sind, besagt nicht sehr viel.

Vom nächsten Monat ist wenig zu sagen. Ich traf einen Mann, einen Maurer aus Spiez, der glaubte, er habe einen anderen Mann in sich sitzen, der ihn von innen her aufzuessen versuche. Und wirklich, der andere Mann aß sich durch ihn hindurch, der Mund dieses anderen Mannes aß sich durch das Gesicht des Maurers aus Spiez und schob sich heraus, und dieser Mund aß fast alles, was es im Umkreis gab, die Nudelsuppen, die Böhmischen Knödel, die Streußelkuchen, die zarten Tische und Töpfe, die fliegenden Hüte, die Wolken, die Türme und die aus der Erde gebrochenen kalten Strünke. Und während er aß, betraten die beiden geschilderten Männer die Gastwirtschaft Hirsch, wo sie ein Frühstück verzehrten. Später, im teetassentiefen Dezember, seien sie, nach dem Bericht einer Schankkellnerin, über die Brache an den verschneiten Städten vorübergegangen, ohne sich umzudrehen.

Es gehört in der letzten Zeit zu den Seltenheiten, daß zwei verschwundene Männer aus dem gefrorenen mondlosen Norden erscheinen. Hier aber, in meiner Geschichte, erscheinen die Männer tatsächlich, mit dicken beschneiten Mützen. Man empfängt sie ohne Verwunderung; denn ihr Verschwinden hat man schon lange vergessen, ebenso ihre Namen. Man weiß überhaupt nichts von ihnen. Ihre Ankunft wird mit gewöhnlicher Gleichgültigkeit aufgenommen. Sie erzählen weit ausschweifend von Abenteuern mit dunklen Zigarren, die sie im Schneesturm rauchen, von Gletschernächten, von zerplatzten, vom Frost auseinandergeplatzten Bäumen, von dumpf an die Köpfe prallenden Wolken, vor allem vom Knirschen, von einem gewaltigen lufterfüllenden Knirschen; man hört ihnen aber nicht zu. Die Schilderung einer vollkommen kalten Gebirgswinterlandschaft ergreift die Leser nicht mehr; die scharfen Beobachtungen des Eises, die prachtvoll in die Abgründe rollenden Lawinen, sogar das einfache Frieren führt nur zu Kopfschütteln und Achselzucken. Die Ansicht, daß es sich hier um das Ende des Falles handelt, kann ich freilich nicht teilen.

Am Anfang der folgenden Woche, im haarlosen März, sah man zwei Männer im Speisewagen eines von München nach Hamburg fahrenden Zuges sitzen. Der erste war Noll, der schotenartig aufschwoll und platzte, in großer Geschwindigkeit aufschwoll und platzte. Noll schwoll, Schwill schwoll aber nicht, er schrumpfte; er schrumpfte in diese Geschichte hinein, die gerade zischend verging. Die aufgestellte Behauptung, *ich* sei der Erfinder der beiden erwähnten Männer gewesen, ist stark übertrieben. Natürlich, es gibt ein paar Gründe, die dafür sprechen, ein paar Gedanken oder Vermutungen. Dennoch versichere ich, daß ich die beiden Personen, die übrigens gänzlich bedeutungslos sind und hier nur aus reinem Zufall erwähnt werden, niemals gesehen habe. Ich kenne sie nicht. Sie sind mir ganz unbekannt.

## *Aussicht auf weitere Ereignisse*

Scholl, der Entdecker der Schallerweiterungspläne, ein Mann aus dem Süden von Wien, stand eines Abends auf und begann zu sprechen. Er erhob sich und sprach, wobei er die Pausen zwischen den Worten mit kleinen angenehmen Bewegungen füllte. Er begann ganz langsam zu sprechen, ganz kalt, ganz hart; seine Worte knarrten, sie waren fast schwarz und zuweilen mit Schnee bedeckt. Ihre Wirkung auf die Umgebung war groß, die Zuhörer bliesen in ihre Hände, ihr Atem gefror in der Luft; in Wien war es still geworden. Ganz anders in Cork. Im Norden von Cork erhob sich ein Mann und begann zu sprechen. Die Worte dampften, es wurde so warm, daß den Leuten das Blut in die Köpfe stieg, sie legten die Jacken ab und öffneten ihre Knöpfe. In Bonn war am gleichen Abend ein Mann aufgestanden und hatte zu sprechen begonnen; er verhielt sich jedoch so laut, seine Worte spielten eine so unerfreuliche Rolle, daß ich sie hier übergehen kann. Der Beifall war schwach. Viel Beifall gab es dagegen in Rom, wo ein Mann sich erhob und zu sprechen begann. Seine Worte erschienen fließend, sie flossen ihm aus dem Mund; der Saal hatte angefangen zu schwanken, es schäumte, das Wasser schwoll an, alles tropfte und troff; eine solche Fülle von Worten war selbst in Rom noch niemals beobachtet worden, die jubelnden Zuhörer wurden schließlich hinaus auf die Straße gespült, vom Beifall erschöpft. Mittlerweile war Scholl im Süden von Wien zum Ende gekommen; der Beifall war kaum zu beschreiben; dann fiel er zu Boden und starb. Es war der gewöhnliche Tod, der ihn mitten in diesem Moment ergriff; doch die Leute bemerkten es nicht, sie standen und klatschten und Scholl, der Entdecker der Schallerweiterungspläne, war in Wien schon vergessen. Aus Graz wird gemeldet, daß der seiner kühlen schattigen Reden wegen geschätzte Scholl gar nicht Scholl gewesen sein soll; er stamme auch nicht aus Wien, sondern aus der Gegend von Krems. Ich weiß, das klingt falsch, verfälschend, schlecht ausgedrückt, wild und verdunkelnd; doch es sind ja nur Worte, wir haben kein Recht, sie für wichtig zu halten; sie pfeifen ganz weit an der Wahrheit vorbei, sagt Scholl, der wirkliche Scholl; ich will etwas Luft schnappen, sagt er, bevor er die Wirtschaft verläßt. Lesen Sie morgen, was er tatsächlich getan hat.

## *Schreien*

Am Abend des 9. Oktober erhielt ich die Nachricht, daß ein mir vollkommen unbekannter bekleideter Mann in einer Gegend, von der ich noch niemals etwas gehört hatte, plötzlich in eine gewaltige Spalte gefallen sei. Der Mann wußte ebensowenig wie ich, wo er sich befand. An eine genaue Beschreibung des Fallens war auch nicht zu denken, zumal es gerade dunkel geworden war. Er schrie. Er schrie eine Weile so laut, daß sich die Welt die Ohren zuzuhalten begann. Weil man aber der Meinung war, daß es keinen wirklichen Grund gab, zu schreien, zeigte man sich ganz unbesorgt und ließ ihn schreien. Später ergab sich die Frage, wer dieser Mann wohl gewesen sein mag; aber erst nachdem er davongefahren war, denn er fuhr am Ende davon und tauchte nie wieder auf, wurde behauptet, er sei ein Professor aus Parma gewesen. Das war noch lange nicht alles. Am 2. November wurde ich zu Herrn Masal gerufen, einem Verleger aus Köln, der sich bei seinem Bruder in Coschütz aufhielt. Schon auf der Treppe hörte ich Masal schreien. Am Tage darauf wurde mir Herr Collunder vorgestellt, ein Verkäufer aus Kirn. Auch er schrie und behauptete, keine Nacht geschlafen zu haben, und zwar in seinem gesamten Leben: keine Nacht, schrie er, bis heute, bedenken Sie bitte. Kurz danach schlief er ein. Daß es freilich nicht immer so zuging, wie bei Collunder, beweist uns der folgende Fall, den ich zum Abschluß erwähnen möchte. Ein Vertreter aus Mainz kam am 9. April in meine bescheidene Wohnung und blieb dort ein halbes Jahr. In diesem Zeitraum konnte man keine Verschönerung seines Verhaltens erkennen. Er schrie nicht, er schlief nicht, er stand so herum, ohne sich nützlich zu machen. Der Mann fiel mir wirklich zur Last. Ich bemerkte auch keine Veränderung seiner Miene, schon gar nicht seiner Verhältnisse. Später habe ich ihn auf dem Rad vorbeifahren sehen und mir schien, daß ihm diese Beschäftigung Freude machte. Sein Gesicht war sehr freundlich, er sah mich auch an, erkannte mich aber nicht; bis heute ist er nicht wieder aufgetaucht. Ich habe mich aber kürzlich davon überzeugen können, daß sich der vorher so schwächliche Mensch inzwischen im vollen Besitz seiner Kräfte befindet; er nahm an verschiedenen Wettrennen teil, wurde berühmt, schoß auf pneumatischen Reifen die Berge hinab, mit einer großen, die ganze Welt in Erstaunen versetzenden Kaltblütigkeit. Schließlich hob er sogar sein Rad in die Höhe; er führte die Übung ganz ohne sichtbare Anstrengung vor, und wenn man bedenkt, daß auf diesem von ihm in die Höhe gehobenen Rad eine lächelnde Dame saß, dann muß man die Leistung des Mannes noch über die Leistung des Radsportlers Junkermann setzen, der eine Weile für Überraschungen sorgte. Das Publikum jedenfalls schrie vor Entzücken.

## *Im Schutz der Dunkelheit*

Eines Tages erreichte ich Barcelona. An einem schweren spanischen Abend trieb ich allein durch die Stadt und flog wie im Schlaf in die Seitenstraßen hinein, wo ich im Schutz der Dunkelheit mit einem düsteren, in seinen Mantel gewickelten Herrn ins Gespräch kam. Das war eine zweifellos ganz gewöhnliche Situation; nur wird sich nie ganz ergründen lassen, worüber wir redeten. Am nächsten Tag sah ich den gleichen Herrn im Caféhaus sitzen. Hier war der dünne gebogene Stuhl, hier waren die engen Handschuhe, die er sich von den Händen gezogen hatte, hier war sein abgerissener Hut und sein wehender Mantel. Er schwieg nicht. Er war ja durchaus kein schweigsamer Mann, er redete vielmehr ununterbrochen. Und als ich ihn bat, mit dem Reden aufzuhören, hörte er nicht auf mich. Ich ließ mir aber nichts anmerken, stieg noch am gleichen Abend in den Expreß und fuhr, während er immer noch sprach, weiter nach Saragossa, setzte mich in ein Wirtshaus und schrieb diese Sätze nieder.

# *Herr R aus K*

Ein – nein, nicht schon wieder. Ein – doch, ein – natürlich, ein Mann, selbstverständlich, ein Mann, das ist gut, ein Mann, das ist ausgezeichnet, ein Mann, ein gewisser R, steht jetzt dreihundertachtzig Meter über dem Meeresspiegel an der Städtischen Badeanstalt von K, einer Stadt mit lebhafter Industrie, das ist ganz vorzüglich, mit lebhafter Industrie, das ist wundervoll; es ist Zeit, diesen schwierigen Fall zu behandeln, ob es der Welt nun gefällt oder nicht, ob sie es stört oder ob sie, was ziemlich wahrscheinlich ist, diese Zeilen gar nicht zur Kenntnis nimmt.

Ein Mann, das ist durchaus möglich, wollte an einem rauhen windigen Morgen aufbrechen, er wollte den Weg zur Krümme nehmen und dann durch das liebliche Lichta hinauf bis zur Träbe gehen, dann hoch auf den Rückberg und weiter, durch den wildreichen Wald an der Tränke vorbei, am Nordhang immer höher hinauf bis zum Aussichtsturm, um hinab in die rauschende Tiefe zu schauen. Das tat er nicht. Er sah nicht hinab in die Tiefe, er stand auch nicht auf dem Aussichtsturm, sondern saß, das könnte schon sein, auf einem der aussichtslosesten Stühle im Café Junghans am Markt, um sich dem Intrigenspiel zu entziehen, das man, um ihm das Leben so schwer wie möglich zu machen, in Horba spann. Da saß er, grübelnd in sich gestülpt, beim Bier oder anders, anders.

Er stand, das ist besser, er stand in der Nähe der Schnapsfabrik Schöps oder vielmehr stand er in einer riesigen Nachdenklichkeit am Ostrand der dunklen Zigarrenspitzenfabrik oder vielmehr, jawohl, vielmehr am Eingang der kreidigen bleichen Porzellanfabrik. Das Wetter, heißt es, sei gut gewesen, und möglicherweise ging er am Felsenkeller vorbei nach Dörnfeld, an inselartigen Hügeln vorüber. Er wandert, das ist es, er wandert, und weil er die staubige Straße vermeiden will, verläßt er sie da, wo der Weg nach Garsitz abzweigt und wandert auf Fußwegen weiter schwarz durch das Lommel, er geht durch Moräste und nasse Wiesen nach Sorge, wo er in Schwierigkeiten gerät. Er wandert, in seinen Mantel gewikkelt, nach Norden, nach Rottenbach und tritt in den kalten Bierdunst der dortigen Bahnhofswirtschaft hinein. Er geht an der Rinne entlang, die in der Nähe von Herschdorf ans Licht tritt und fürchtet sich nicht. Die Schwarza durchbricht im Hintergrund dieses Bildes das Schiefergebiet und mündet in einem anderen Bild in die wilde gewaltige Saale. Die gefährlichen dunklen Begebenheiten, die ihm auf diesem Weg zustoßen, lassen wir weg; er tritt ohnehin unbeschädigt aus ihnen hervor. Wir wünschen uns, daß er jetzt in die Semmel beißt, mit den wunderbar an den Seiten herauswehenden Wurstlappen. Doch das tut er nicht.

Ich glaube inzwischen, er wandert auch nicht, das ist gar kein Wandern, er hat sich entschlossen, ein Rad zu besteigen und fährt *Achtung* rufend bergab, ohne sich um die Kälte zu kümmern, die aus den offenen Türen kommt. Aber möglicherweise täusche ich mich. Außerdem will ich nicht unfreundlich sein, es ist ohnehin Zeit, diesen schwierigen Fall für die Folge meines gegenwärtigen Zustands zu halten, für die Folge meiner Vergeßlichkeit, meiner Ratlosigkeit, meiner Wortlosigkeit; ich will jetzt zwar keine Versprechungen machen, aber ich sage: sollte ich in den kommenden Tagen etwas Ruhe finden, dann werde ich sicherlich auch ein paar Worte finden, die diese Sache endgültig, ganz und vollkommen beenden könnten.

## *Ein Chinese in Köln*

In Köln, in der Nähe des Bahnhofs, schlief ein Mann. Ein gerade vorüberkommender Polizist weckte ihn und hörte eine erstaunliche Geschichte. Er sei ein Chinese, sagte der Mann, und habe China vor etwa drei Jahren auf einem Schiff verlassen, in dessen dunkelster Ecke er sich verkrochen habe. Später, er war eine ganze Weile dahingeschwommen, habe er sich von diesem Schiff auf ein anderes Schiff geschlichen, das in entgegengesetzter Richtung davongedampft sei. So sei er, schaukelnd und von gewaltigen Stürmen hinauf- und hinabgeschwungen, von Schiff zu Schiff kriechend, in allen Weltrichtungen herumgeschwommen, in den allerengsten Verstecken, durch riesige Wortlosigkeiten und Luftlosigkeiten, durch Wetterverwirrungen, Feuerstürze und Monduntergänge. Er aß, was er fand, und sah andere Schiffe vorbeiziehen und elektrisch beleuchtete Küsten in ganz geringer Entfernung schwimmen. Er hörte die schweren Geräusche der großen Matrosen, ihr nächtliches Wälzen, ihr Gähnen, ihr stoßendes Keuchen und das ganz leichte, fast schwebende Wimmern der weiblichen Passagiere, das Rascheln und Reißen von Kleidern, das Knarren der Planken, das Pfeifen des Windes, das Nagen der Ratten, die kleinen entzückten Schreie. Die Sonne zog stechend vorbei und versank, es war dunkel und kalt, er sah weiße unbestiegene Berge treiben und ertrug alles stumm, ohne sich zu beklagen, das Knirschen, das Fauchen, das lautlose Brennen und viele andere südliche oder nördliche Dinge, die im Grunde nicht nötig sind. Schließlich betrat er den Rand eines fremden Landes. Der Boden war fest. Er reiste wortlos durch fauchende Städte und wunderte sich über nichts, sprach selten und wenn er sprach, dann verstand man ihn nicht. Er kannte die Namen der Städte nicht, in die er kam, er wußte auch nicht, in welcher Gegend er war. So lebte er eine Weile im Dampf der Bedürfnisanstalten, in Abwurfschächten, in Tunnelstummeln, in engen Aborten oder im Schlamm der Flußufer, mit Zeitungspapier bedeckt, bis ihn ein Polizist an den Schultern packte und sagte: Mein Herr, Sie befinden sich hier in Köln. Doch der Chinese konnte ihn nicht verstehen.

## *Feuer*

Mit dem Ruf *Feuer* löste ein Mann in einem gefüllten Kino in Mol eine Panik aus, bei der mehrere Menschen zu Tode getrampelt und ungefähr fünfzig andere schwer verletzt worden sind. Wie kurze Zeit später bekannt wurde, war gar kein Brand ausgebrochen. Es wird vermutet, daß sich der Mann mit seinem Ausruf nur einen Sitzplatz verschaffen wollte.

## *In Alabama*

In Alabama ergreift eines Abends ein Schauspieler eine entkleidete Witwe, schleppt sie auf den gefrorenen See und stopft sie in das geräuschlose Wasser hinab. Im gleichen Moment erscheint in Ohio ein Koch, der einen Briefträger packt und in die dampfende Tiefe stößt. In Colorado schießt unterdessen ein Gaststättenpächter in einen lachenden Handelsvertreter, der sich aus einer Zementfabrik beugt. In Minnesota schaufelt ein Reisender Sand in den offenen Mund eines Autoverkäufers. In Connecticut gleitet ein Aal in den Schlund eines Sängers und kriecht ihm weit in den Leib. In South Dakota bläst der Orkan den Schirm einer Dolmetscherin wild in die Luft. In Arizona renkt sich ein Geiger beim Gähnen den Kiefer aus und geht unter. In Oklahoma verbrennt ein Kellner mit einer Zigarre im Mund. In Indiana fällt ein Dentist wie ein Lappen vom Himmel. In Mississippi schreit ein Konditor in einem verschneiten Bett. In Massachusetts liegt ein Matrose nackt im Hotel. In Illinois liegt ein entsetzter Tänzer. Ein weicher Fleischer liegt bleich in Vermont. Ein abgerissener Hut liegt im Süden von North Carolina. Noch geht alles seinen gewohnten Gang im mondlosen Alabama.

## *Ein entsetzlicher Fall in Paris, im letzten August*

Im eleganten Paris war im letzten August eine junge Dame erschienen, die, mager und trocken, nahezu täglich auf den prachtvollen Promenaden entlangspazierte. Sie hatte ein schamlos kränkliches Aussehen, lasterhafte, weit in der Tiefe liegende Augen, ihr drahtharter Blick wurde oft von den Dichtern beschrieben, ebenso wie ihr kohlenschwarzes bis auf den Gürtel hängendes Haar. Ihre schlüpfrige Kleidung rief die Bewunderung der Kenner hervor, wenn sie schlangenlang dahinglitt. Diese Frau, die Witwe eines Regimentskommandeurs, hatte einige Jahre in Tunis und in Algerien gelebt und bewohnte ein hübsches gepflegtes Hotel. Eines Tages begegnete sie einem armen Neger, der viel Elend kennengelernt hatte; er verkaufte Blumen in den Cafés und war fast zwei Meter groß. Sie verfolgte ihn mehrere Tage; plötzlich war der Neger verschwunden. Sie durchsuchte die ganze Stadt in der Hoffnung, ihn wiederzufinden. Nach Ablauf mehrerer Wochen war die Dame vor Sehnsucht beinahe verschmachtet; in diesem Augenblick sah sie, aus ihrem Automobil heraus, den Neger stehen. Sie betrat, ohne sich um das Publikum zu kümmern, das Innere des Cafés und bestellte den Neger in ihr verschwiegenes kleines Hotel. Ihre Ungeduld war sehr groß, sie lief die Treppe hinauf, die in ihr Schlafzimmer führte, wechselte ihre Kleidung und zog einen schwarzen seidigen, leicht durchbrochenen Mantel an, unter dem ihr Körper hervorzuleuchten begann. Sorgfältig schloß sie die Tür. Mit zitternden Händen entfernte sie ihren Mantel und darauf die Strümpfe; sie erschien nun ganz zart und ganz weiß in der Dunkelheit. Am Ende gab sie dem Neger die Hand und sagte: kommen Sie bald einmal wieder. Aber der vom Entsetzen gepackte Neger kehrte niemals an diesen Ort des Grauens zurück. Inzwischen besucht sie die Schlachthäuser, wo die Fleischhauer in ihren Gummischürzen stehen, die Füße vom Tierblut gerötet. Ein ähnlicher Fall ereignete sich im September in Wien. Eine schwarzgekleidete Dame, die den Eindruck machte, als würde sie bei einem leichten Windstoß zerbrechen, ging durch die prachtvollen Straßen. Eines Tages fand man sie im Zustand größter Erschlaffung in der schwachen Beleuchtung der Parkanlagen; jemand neigte sich über ihre entblößte Hand. Etwas Bestürzendes lag in dem schläfrig erschöpften ungenierten Benehmen. Sie betrachtete träumerisch die zarte Nachtluft. In der Nähe gingen die Leute vorbei. Etwas Ähnliches hört man von einer bedeutenden Sängerin aus Bilbao. Wenn in den fauchenden Nächten die Wellen gegen ihr Haus an der baskischen Küste schlagen, wenn der Wind wütend brüllt und die Blitze die Wolken zerreißen, wenn die Matrosenwitwen niedergesunken auf Steinen weinen, weil ihre Männer auf untergegangenen Schiffen liegen, öffnet sie lächelnd die Fenster und betrachtet mit unbeschreiblichem Glück diesen Zustand in der Natur. Die Wände sind samtschwarz behängt, das Bett in der Mitte ist ebenso schwarz wie die Stimmung, von einer kleinen Ampel beleuchtet. Das rätselhafte Geschehen mit seinen strengen Gerüchen nach Totendämpfen und Kirchenhallen hat eine blutleere sargtiefe ausgesogene Feierlichkeit. Sie zittert bei der Erinnerung; es ist wohl überflüssig, hervorzuheben, daß sie in einen schwarzen seidigen wehenden Umhang gehüllt ist und darunter eine ganz winzige zärtliche Überraschung trägt. Eine vergleichbare, aber dennoch ganz einzigartige Begebenheit wird mir aus Rom mitgeteilt. Eine junge Frau, eine Prinzessin oder zumindest eine sehr vornehme Dame, hatte im Treppenhaus ihren Hut abgelegt, deckte sich selbst die seidenen Röcke auf und schälte ein wunderbar schwellendes rundes pikantes Paket aus den feinen weißen duftenden Spitzen; nachdenklich trat der erstaunte Gatte, ein sehr bekannter Vertreter der Gastwirtschaftswelt, in einen unbeleuchteten Winkel, er ahnte den dunklen Zusammenhang. Einem Mann namens Kubal gelang es, um das noch zu sagen, ein Mädchen, mit dem er im Bus fuhr, derartig zu erregen, daß sie eines Tages ganz einfach, ganz aus dem Körper heraus, sich an der gleichen Lederschlaufe festzuhalten begann und dabei den Finger Kubals berührte. Das Mädchen also war derart außer sich, daß sie mit einem Mal Kubals Finger berührte, sie mußte es einfach tun, und Kubal spreizte nun seine Hand, sein Zeigefinger berührte den Handschuhverschluß des Mädchens, das plötzlich umfiel. Das war in Bonn. Sie hatte große weitgeöffnete Augen und Kubal behauptet, sie sei eine schöne Klaviervirtuosin gewesen.

## *Klomm, eine unerwartete Erscheinung*

Klomm, ein Bankier, der in Wirklichkeit ein berühmter Verbrecher war, verschwand eines Tages. In der Folge seines Verschwindens stürzte sich eine Frau, eine Dame der guten Gesellschaft, nackt aus ihrem Hotel und war auf der Stelle tot. Kurze Zeit später erschien ein Koch in Köln und behauptete, eine Weile in Argentinien verbracht zu haben, was wir ihm ohne weiteres glauben wollen, denn es kommt für das Folgende nicht in Betracht. Wichtig ist allerdings, daß dieser Koch einen Bruder hatte, der auf einer stürmischen Reise über den Atlantischen Ozean die Bekanntschaft eines Bankiers machte, der in Wirklichkeit ein berühmter Verbrecher war. Dieser Mann, Klomm, der überall, wo er hinkam, in Schwierigkeiten geriet, schaute in diesem Moment herein in die Gastwirtschaft SCHLUND, mit einem kleinen Stück seines Gesichts, in dem eine dünne Zigarre steckte. Und plötzlich, mit einem einzigen Schritt, war er mitten in das Geheimnis dieser Geschichte getreten. In der rechten Hand hielt er etwas, das keine Aufmerksamkeit erregte; er gehörte wohl überhaupt zu den Menschen, die, sobald sie ein Zimmer betreten, ein Gasthaus, ein Lebensmittelgeschäft, von keinem bemerkt werden, niemand dämpft seine Stimme, niemand sieht ihn erschrocken an, niemand deutet auf ihn, er erscheint und ist schon vergessen. Deshalb müssen hier ein paar Worte folgen, die weit zurück reichen in die faltige schwarze kalte Vergangenheit, wo der Gang der Ereignisse durch seine Schamlosigkeit und Kaltblütigkeit bestimmt wurde, durch das Auftreten rücksichtsloser Personen, die zwischen Patronen und Blut erschienen und wieder verschwanden. Den ganzen Tag über wurde geschossen, von morgens bis abends wurde geschossen; die Angelegenheiten, um die es ging, waren womöglich ganz unerheblich; dennoch lagen im ganzen Lokal die Leute herum, ich hörte zuweilen auch Schreie, aber ich weiß nicht genau, wer schoß oder ob überhaupt geschossen wurde. Vielleicht waren es gar keine Schüsse, es steht aber fest, daß ich Schüsse hörte oder Geräusche, die ich für Schüsse hielt. Auf dem Wirtshausboden lagen herabgefallene Gabeln, Papiertaschentücher, zertretene Nudeln, und jeder neue Schuß vergrößerte das Entsetzen; eine Frau sprang nackt aus dem Fenster, ein Mann sang hinter der Theke; der Koch stand am Telefon und rief: *was meinen Sie bitte? ich kann nichts verstehen, hier wird geschossen*, so war es, es war schon was los, sagte Klomm, und die Leute, obwohl er auf sie geschossen hatte, hörten nicht auf, herumzusitzen und Karten zu spielen, ich sah seine ausgestreckte Hand, Klomms Hand, aus der es herauskrachte. Der Knall des Schusses ging allerdings im Gelächter der Gäste unter, die sich sehr amüsierten an diesem Abend, und als sich der Rauch verzog, bot sich ein schreckliches Bild, der Körper des Kochs lag weiß, weich und fett auf dem Telefon; eine plötzlich erscheinende Dame fuhr schweigend aus einer dichten Wolke von Tüll, Taft und Seide heraus, um sich ohne Umstände Klomm an den Hals zu werfen. Die Kunstfertigkeit der Körperberührungen fiel mir auf, die Spalten, die dunklen Orte in ihrem Körper, die düsteren Gegenden, etwa die Achseln, die fleischigen Spitzen und dieses von Haut umgebene Atmen auf einem schwankenden Wirtshaustisch, neben dem Gulasch, dem Bier, den Zigarrenresten in dieser Geschichte von Klomm, der überall, wo er auftritt in Schwierigkeiten gerät. Die Biergläser stürzten und rollten davon, der Bierhahn rauschte, der Regen spritzte durch das geöffnete Fenster, ich sah im Gesicht dieser Frau, einer Dame der guten Gesellschaft, die aufgerissenen und in die Ferne schwimmenden Augen, es schien, als fresse sie Klomm ganz langsam den Kopf ab, mit einem Stöhnen, das etwas schrecklich Menschliches hatte und dennoch durch und durch anders war. Danach war es ruhig und still, es kam eine große Gleichgültigkeit. Die Dame ging ohne mich zu erkennen vorbei und zur Schwingtür hinaus, während sich Klomm noch ein Bier bestellte. Der Genuß ungewöhnlicher, ausgefallener Vergnügungen war ihm keinesfalls anzumerken. Er stieß in sein Gulasch hinein, er kaute und schluckte, die Soße tropfte hinab. Die ganze Stadt wimmelte damals von überraschenden Nachrichten und sensationellen Vermutungen; unauffällig gekleidete Herren wuchsen überall aus dem Boden, aber ich habe das alles vergessen, irgendwann schlief ich auch ein, und als ich erwachte, sagte der Koch, nichts spräche dagegen, daß er den Mann schon einmal gesehen habe, an einer anderen Stelle, womöglich in Argentinien. Klomm besah sich die dampfende Spitze seiner Zigarre; mich überkam eine schöne Ruhe, eine Art Abendstimmung, vielleicht eine Feiertagsschlappheit, ich weiß nicht, das Schießen störte mich nicht, ich kann es nicht ändern, Klomm stand und schoß spritzend aus seinem Revolver heraus, und jemand lag da in diesem Lokal wie ein ausgeschlagenes Ei. Es schien einfach überall, wo er hinkam, Schwierigkeiten zu geben. Er schüttelte seine Zigarre sehr lange, wobei er eine Bemerkung über den Regen machte und über die Dunkelheit und über die große Geschmacklosigkeit dieses Gulaschs. Er sprach eine Weile mit zauberkünstlerhafter Geschwindigkeit. Aber die Schilderung seiner Lebenslage, unter der er, wie man bemerken könne, heftig zu leiden habe, hatten die Anwesenden nicht zur Kenntnis genommen, sie hatten Karten gespielt und in Schnitzel gebissen, sonst nichts. Ich habe das alles mit eigenen Augen gesehen. Klomm hielt ein Glas in der Hand, das bis zum Rande gefüllt war mit einer gelben beweglichen Flüssigkeit und goß sie in seinen Mund, er hatte gerade den Satz beendet und dachte womöglich über die Fortsetzung dieser Geschichte nach. Sein Gesicht kam mir wirklich bekannt vor mit einer dünnen Zigarre. Er hatte mit der Zerstörung der Speisekarte begonnen, deren kompromittierende Eigenschaften er, wie wir inzwischen wissen, zu fürchten begann. Er saß hier am Tisch, ein Gulasch, Kompott und sonst nichts, und zwei Bier, nein, kein Brot, ohne Brot, nur zwei Bier. Ich werde es nie vergessen. Und weil ich es nun für angebracht hielt, zu schweigen, verließ dieser Mann, von dem ich nichts zu berichten habe, das von Tabaksdämpfen heftig durchwehte Lokal. Hier ist schon der Schluß der Geschichte; kein Schuß, ein Schuß kommt jetzt nicht in Frage, nur Kartenklatschen und Tellerklirren. Charakteristisch an ihm war ein ziemlich unscheinbares Verhalten, so unscheinbar, daß ich es nicht erwähnen muß. Den Namen der Stadt, in der das geschah, erwähne ich auch nicht. Dieser von mir beschriebene Mann ist ohnehin soeben nach Konz aufgebrochen und dort in der Wirtschaft verschwunden, aus der er, so hoffen wir, nicht mehr herauskommen wird. Und während der Regen hereinspritzte in den SCHLUND, ging ich davon, um zu sehen, wie es anderswo zugeht, in Schruns beispielsweise oder in Schmelz.

## *Der Italiener Bufanti*

Der Italiener Bufanti, der in Begleitung des amerikanischen Reisenden Bush eine Durchkreuzung Nordafrikas unternommen hatte, war nach dem Verlust seiner wertvollen Sammlungen eines Tages an der Küste von Neu Guinea gelandet. Er hatte besonders unter den Stürmen gelitten; es gehöre, sagte er, zu den infamsten Gefühlen, derart geschaukelt zu werden. Außerdem gäbe es kaum etwas Häßlicheres, als diesen Ausschnitt der Welt, der gerade zu sehen sei: die geschundenen Hügel, die Grinde auf dieser Landschaft, die blutig herunterrinnenden Ausschwitzungen; man habe, sagte Bufanti, der Gegend fleckenweise das Fell abgerissen; das Hinsehen sei eine der unangenehmsten Beschäftigungen, die man sich denken könne, es störe jede Behaglichkeit. Einen weiteren unangenehmen Eindruck erhielt er beim Öffnen seines letzten verschlossenen Koffers. Von diesem Moment an gehörte er zu den mißvergnügtesten Männern meiner Erinnerung. Nächtliches Aufschreien, plötzliches hartes Herausfahren aus dem Schlaf, wortlose Abwesenheit gehörten noch zu den harmlosen Eigenarten, die man bei ihm beobachten konnte. Ich hatte den Wunsch, diesen Mann, von dem ich bis dahin eine ganz gute Meinung hatte, nie wieder sehen zu müssen. Dennoch, er war ein außergewöhnlicher Mensch, über den sich eine recht schöne

Geschichte erzählen ließe, wenn nicht die wirklich sehr schlechten Bedingungen an dieser Stelle des Lebens das Schreiben von schönen Geschichten erheblich erschweren würden. Man sah diese stehenden, festgenagelten, von der Sonne beleuchteten Wolken, sie hingen wie dunkle Organe aus dem aufgeschnittenen Himmel herab, geschwollen, schwarz tropfend, in einer fetten fauligen Luft. Mißmut und Langeweile begannen sich auszubreiten; das Aufeinanderschlagen der Zähne war ein ganz allgemeines Geräusch geworden. Die Männer griffen nach ihren Hüten, sie gingen davon, von schweren Gedanken begleitet, im niederklatschenden Regen. Der Italiener Bufanti indessen ging nicht, er blieb, er bewegte nur einen Finger, er deutete leicht und eigentlich eher flüchtig nach unten, aber es lag in dieser Bewegung zur Tiefe eine so eisige Kälte, eine so gleichgültige Sachlichkeit, daß man etwas seltsam Furchtbares zu erwarten begann.

Aus der Fülle der Schilderungen Bufantis greifen wir einen besonders wichtigen Punkt heraus. Nicht die Besteigung der Hochalpenspitzen, noch weniger seine Beschreibung der Dolomitenwanderungen; vielmehr diese Bewegung nach unten, in die gefährliche unberührte behaarte Tiefe. Im Winter verließ er Trient, von Nebeln umschlichen, so daß man, als er zusammenschrumpfte, der Ansicht sein konnte, man würde ihn nie wieder sehen. Er ging über dünne Schichten, durchscheinend, wie über Glas, vorbei an den kalten Bruchflächen der östlichen Welt, immer weiter hinein in die Tiefe der Wüste, an aufgeschwollenen Tieren vorbei auf dem Weg in die Fremde. Der Sturm blies den Staub in die Luft, es herrschte eine in diesen Gebieten gewöhnliche Stille. Vielleicht gab es fressende Brände am Rande, aber Bufanti achtete nicht darauf. Die Nachrichten wurden spärlicher. Sein Vorhaben blieb zwar nicht vollständig unbekannt; aber allmählich nahm die Anteilnahme an seinen Forschungen ab. Zuweilen sah man ihn über die kahlen Flächen huschen, durch diese trocken knisternde Landschaft. Die Empfindlichkeit seiner Füße machte ihm manchmal zu schaffen, seine Beweglichkeit aber war ungebrochen. Er sprang in ebenso rascher wie unregelmäßiger Folge lautlos durch alle fünf Kontinente und schaute dabei so zerstreut und so schwankend unter dem Hut hervor, daß man nicht an die Ernsthaftigkeit seiner Reiseberichte zu glauben vermochte. Auf Sumatra wollte der für das Abenteuerleben geschaffene Mann eine Kaffeeplantage besuchen und wählte dazu einen langen, schmalen, verhältnismäßig bequemen Fußpfad. Es war ein recht hübscher Tag und vor ihm waren die wilden Geräusche des Waldes zu hören. Er hörte sie gern. Auf einmal erschien aus dem Dickicht ein gewaltig mit Haaren bewachsener rachenknarrender Schweinsaffe. Die Körperkräfte des Schweinsaffen bedenkend, der in gewissen Stimmungen einfach durch Drücken und Pressen die Knochen eines normalen Mannes zu brechen imstande ist, sagte sich Bufanti, daß dieser

Fall gefährlicher ausgehen könnte, als es der Entwicklung dieser Geschichte zuträglich ist. Er bemühte sich deshalb, einen recht unbeteiligten Eindruck zu machen, blieb eine Weile regungslos stehen und kehrte am Ende ganz ruhig um, in der Absicht, den Weg in die Kaffeeplantage gar nicht erst anzutreten. Das hat ihm wahrscheinlich das Leben gerettet. – Danach begann er die Welt zu vergessen. Nachts, als ich einmal erwachte, sah ich, wie er mit einer matten Gebärde das Zimmer verließ. Ich glaube, er war ganz allein. Der Italiener Bufanti, hört man, rollte in einen Graben, wo er ertrank. Über ihm schloß sich das dicke Eis in Alaska, an einem Montag, am Anfang des Jahres.

## *Gambas Theater*

Wir wollen jetzt nicht von den Zuständen im Gebirge sprechen, sondern von einem Fall, der sich in der Nähe des Meeres zutrug, in Gambas Theater. Wir sprechen also von Gambas Theater, oder mehr noch von Gamba. Ich will nicht den Eindruck erwecken, als wüßte ich alles von Gamba; aber ich bin wohl der einzige Mensch in Europa, der die Gelegenheit hatte, Gamba genauer kennenzulernen. Gamba ist nicht nur ein sehr bedeutender Maler, sondern zugleich ein vortrefflicher Musiker, der seine Stücke persönlich anfertigt und die Kulissen eigenhändig entwirft. Da er daneben über ein großes Verwandlungstalent verfügt, verkörpert er sämtliche Rollen, Herren und Damen; er tritt in vielen Verkleidungen auf, die er mit größtem Geschick geschneidert hat. Es muß darauf hingewiesen werden, daß er die Bühne, auf der seine Stücke spielen, gezimmert, die Stühle im Zuschauerraum getischlert und über das Ganze, denn er ist auch ein sehr bedeutender Architekt, ein gewaltig gewölbtes Theatergebäude errichtet hat: Gambas Theater. Daß er dabei im Orchester sitzt, als Platzanweiser erscheint und nach der Aufführung den zurückgebliebenen Unrat entfernt, muß nicht erwähnt werden. Damit sind fast alle Schwierigkeiten, die den Untergang vieler Theater auslösen, behoben, bevor sie begonnen haben. Die Kritiken verfaßt Gamba selbst.

Und ohne Ausnahme ist er auch sein eigenes Publikum. Er füllt sein Haus bis auf den letzten vorhandenen Platz und applaudiert unermüdlich, mit großer Entschlossenheit, bis sich der Vorhang senkt, den er am Ende herabläßt. Gambas malerisches Musik-Theater liegt in der gedämpften Beleuchtung von Schull, in einer sehr eleganten Gartenanlage. Die Zuschauer, das ist der erste Gedanke, bleiben zunächst im Ungewissen. Wichtig ist die Vermeidung der Deklamation. Gamba hält die Gebärden für ebenso entbehrlich, wie das gesprochene oder gesungene Wort. Als Musiker hält er Musik ohnehin für vermeidbar. *Wo sie nicht unbedingt sein muß*, sagt er, *gehört sie nicht hin.* Und in Gambas Theater muß sie nicht unbedingt sein. Auch die Vielzahl von Stühlen ist überflüssig; ein einziger Stuhl genügt und selbst auf diesen könnte man möglicherweise verzichten. Licht allerdings muß sein, vor allem das ausgelöschte Licht. Gambas Stücke spielen in äußerster Dunkelheit, in der Stille, der Einsamkeit, in der Fremde. Und nichts wäre störender als das Publikum. Gamba geht es dabei nicht um das, was man hört, es geht ihm um das, was man nicht hört. *Gespräche verletzen das Ohr*, sagt Gamba, *Gesänge erst recht.* Nichts erscheint ihm widersinniger, als das Verfahren, Worte, Geräusche, Personen oder Kostüme auf eine Bühne zu bringen; das würde nach Gambas Ansicht nur die Entwicklung der wirklichen Handlung zerstören, und ohne Handlung geht es natürlich nicht. Die Handlung ist die vollkommene Dunkelheit, und trotz der Einfachheit dieser Handlung ist der erzielte Effekt bedeutend. Das Werk mit dem Titel GAMBAS THEATER spielt in der Mitte von Schull, auf einer unbeleuchteten Straße. In der Dunkelheit sitzt kein Mensch. Noch ist der Mond nicht erschienen. Die Sonne dagegen ist schon verschwunden. Die Farbe der Erde ist kalt. Das Bild ist mit schwarzem Kummer gefüllt. Gamba hat kürzlich in einer beachteten Rede vor der Gesellschaft der Bühnenfreunde gesprochen: *Meine verehrten Damen und Herren*, rief er am Schluß, *ich danke für Ihre Aufmerksamkeit.* Der Beifall war ziemlich groß. – Dann kam ich nach Gap und lernte ganz andere Menschen kennen.

## *Schreckliche Verhältnisse*

Natürlich, es ist sicherlich vorzuziehen, nur die schönen und angenehmen Ereignisse aus dem gewöhnlichen Leben zu schildern. Hier erlaube ich mir allerdings, eine Ausnahme zu machen. Ich sitze bequem auf dem Sofa, nenne meine Geschichte: *Schreckliche Verhältnisse* und bin der Meinung, daß meine Leser ein Recht darauf haben, sie in allen Einzelheiten kennenzulernen. Über die Worte und über die Schwierigkeiten, mit den Worten die Schwierigkeiten des gewöhnlichen Lebens zu beschreiben, habe ich oft genug gesprochen. Deshalb überspringe ich die Schwierigkeiten und beginne mit einem Mann: Ein kleiner dicker Mann mit einem kleinen dicken Kopf und einem kleinen dicken Buch in der Hand öffnet seinen kleinen dicken Mund, um eine kleine dicke Wurst hineinzuschieben. Es war in einer kleinen dikken Nacht. Ein kleiner dicker Mond beschien diesen kleinen dicken Moment, in dem sich eine schreckliche, eine fürchterliche, eine eigentlich ganz unbeschreibliche Szene abzuspielen begann. Eine kleine dicke Frau erschien mit einem kleinen dicken Napf. Der kleine dicke Mann dachte, sie bringe ihm kleine dicke Weinbergschnecken, die er noch nie gegessen hatte. Aber in Wirklichkeit waren es kleine dicke Blutegel in einer kleinen dicken Knoblauchsoße. Der kleine dicke Mann bemerkte nicht, daß sich die kleinen dicken Tiere im kleinen dicken Napf bewegten. Die kleine dicke Frau sah zu, wie der kleine dicke Mann die kleinen dicken Tiere aus dem kleinen dicken Napf hinunterschlang. Eine kleine dicke Weile später griff er sich an den kleinen dicken Bauch und brach zusammen. Die kleinen dicken Blutegel saugten den kleinen dicken Mann, der sich schreiend im Schein des kleinen dicken Mondes krümmte, aus. Das wäre noch lange nichts Besonderes, wenn nicht der kleine dicke Mann gerade in dem kleinen dicken Augenblick, in dem ich diese kleine dicke Geschichte beende, einen kleinen dicken Gegenstand aus der Tasche gezogen hätte, mit der er der kleinen dicken Frau einen kleinen dicken Schlag auf den kleinen dicken Kopf gegeben hätte, in dessen Folge sie umfiel und starb. Nicht viel später fiel auch der kleine dicke Mann um und lag ausgeschlürft im Schein des kleinen dicken Mondes. Es war ein kleiner dicker Tod, aber es hat keinen Sinn, darüber zu reden. Es sind ohnehin nur Worte. Vielleicht ist hier der Augenblick, um dem Leser zu empfehlen, über das Wesen der Worte nachzudenken und über die Schwierigkeiten, das gewöhnliche Leben zu beschreiben, aber mir ist die Sache inzwischen ganz gleichgültig, ich vergesse die Worte, ich vergesse die Schwierigkeiten und jeden weiteren Gedanken, ich vergesse die Verhältnisse, von denen ich erzählt habe, es ist ohnehin nichts geschehen, ich vergesse das kleine dicke Sofa, auf dem ich sitze und warte auf den Abend, oder wenigstens darauf, mit einer anderen Geschichte beginnen zu können, die ein glückliches Ende nimmt.

## *Die Ruhe, der Mond und der Tod*

Lautlos ging ein Mann über den kurzgeschnittenen Rasen. Ein anderer Mann, das war ich, sah aus dem Fenster und sah diesen Mann, den ich noch niemals gesehen hatte, gehen. Ich konnte nichts Ungewöhnliches entdecken, aber weil ich mich schon mit etwas ganz Kleinem, Geringem, Bedeutungslosen begnüge, folgte ich ihm. Vielleicht war es ein enttäuschter Direktor, der in der Nähe des Ostbahnhofs neue Erfahrungen machen wollte. Am Ende der Malzfabrik hielt er an. Das beständige Warten auf Worte, die nicht gesprochen wurden, erschöpfte mich. Ich stand in einer geräuschlosen Gegend, in einer gewaltigen Stille, wo selbst die Geräusche des Mondes auffallend laut erschienen. Ich besichtigte seine Hand mit dem Hut, den er einen Moment in die Nachtluft hob, dann warf ich mich in den Schnee, hinter die parkenden Automobile. Man schoß auf uns, wie es damals üblich war. Ich kam aber mit dem Leben davon.

## *Max Masal, der Mann hinter dem Mund*

In einem Kaffeehaus in Wien erzählt man sich folgende kleine Geschichte, und ich möchte behaupten, daß es selten etwas von größerer Folgenlosigkeit gegeben hat, als das, was Sie auf diesen Seiten erfahren werden. In einem Kaffeehaus sei einmal, während der Regen von oben herabfiel, die Tür aufgegangen und Krott sei triefend hereingetreten, er habe von Tisch zu Tisch geschaut und sei sehr enttäuscht gewesen, daß niemand zu sehen war, den er begrüßen konnte. Der nächste Mann, der hereinkam und sich den Regen vom Mantel schlug, war Noll, eine weitgehend unbekannte Erscheinung, wir werden ihn niemals wieder erwähnen, im Grunde ist ja schon diese eine Erwähnung zu viel. Nach ihm betrat Klonk das Kaffeehaus, ein langer Mann, von dessen Gesicht ein gewaltiger nasser Bart herabfiel. Die große Feuchtigkeit seines Hereintretens fiel zwar auf, wurde aber nicht weiter beachtet; denn nun kam Netzenstein spritzend herein, ein Mann, der mit keinem etwas zu schaffen hatte, er ging auch gleich wieder. An seiner Stelle erschien Boldoni, ein Mann, dessen Lachen bekannt war, doch offenbar war ihm zur Zeit nicht zum Lachen zumute, Boldoni lachte nicht, sondern begann, seinen Schirm abzuschütteln. Darauf betrat Schemm das Café, auf seinem regenfeuchten Gesicht erschien, so schnell wie elektrisches Licht, ein Ausdruck von Abscheu, als er Boldoni sah. Schall, der nach Schemm hereinfloß, machte mit seiner Hand eine wichtige schöne Bewegung und ich, der die Zweckmäßigkeit von Bewegungen mit großer Bewunderung anerkennt, gestehe, daß ich den Grund der Bewegung nicht kannte. Also rede ich nicht von dieser Bewegung, ich rede vom unaufhörlichen Regen und von Kroll, der gerade hereingespült wurde. Man sollte sich Kroll mit einem schwarzen, feuchten, sehr langen Mantel vorstellen, an dem er zu knöpfen begann und unter dem er nichts anderes trug als einen schwarzen Anzug. Er berührte seine vom Wetter beschlagene Brille, mehr nicht. In diesem Moment bin ich allerdings in der Lage, das Auftreten eines Menschen zu schildern, von dessen Schicksal die Welt nicht viel wissen will. Zunächst sah ich Atemdampf in der Luft, dann erschien eine Folge von Worten, darauf erschien eine Hand und ein tropfender Fuß und danach kam Masal, ein völlig hutloser Mann mit einem geöffneten Mund, aus dem er herauszureden begann. Wir wissen, das Reden ist seine Stärke, ein Vorgang, der schon im Mund beginnt, sogar vor dem Mund, oder besser hinter dem Mund. Masal ist meine Hauptfigur, ein geheimnisvoller, freilich auch unbeachteter Mann. Im Mund und in seinen Worten sieht es unfreundlich dunkel aus. Das Unglück, von dem er berichtet, ist größer als jedes vergleichbare Unglück, er hat einen polsterförmigen Kopf, nur über den Augen und auf den breiten schwebenden Händen finden sich einige Haare, sonst ist der Körper vollständig kahl. Das nackte Gesicht, über das der Regen rinnt, das Wischen des Mundes, aus dem das Entsetzen herausquillt, das Grauen, das unbeendete Unglück, ist alles, was ich erwähnen kann, während das Wasser aus seinen Hosen fließt.

Die Stimmung war nicht sehr gut in Wien im Café; die Stimmung dieser von meinen Worten, meiner Geduld und meinen Gedanken lebenden Männer war schlecht, vor allem die Stimmung von Masal. Es war ein vom Regen triefender unberechenbarer Moment. Zuweilen glitten die Schatten der Kellner vorüber, mit dampfenden Händen, in denen sie Tassen trugen, auf die ich vielleicht noch zu sprechen komme. Ich frage mich, wie es nun weitergeht. Womöglich werden die schleichenden wolkenreichen Ereignisse auf den folgenden Seiten plötzlich in Stücke gerissen von einem Mann aus dem Süden des Landes, aus Gurk, auf den dieser Regen mit solcher Gewalt herabstürzt, daß es ihm nicht mehr gefällt. Aus diesem Grund und vielleicht infolge seiner sehr komplizierten Natur wird er alle schweren Verbrechen verüben, die wir seit langem erwarten. Wir werden Entdeckungen machen so schrecklich und kalt wie die Nacht und tote Hände finden in Eimern und Kohlenkellern und Körperteile in dunklen Kanälen, in Abfallkörben, in Wartesälen, in Koffern und unter Matratzen, die Einzelheiten sind ganz entsetzlich, und alles wird nun den Anschein haben, als nehme das Morden kein Ende, die Leichen liegen in Treppenecken, in tiefen Garagen, mit Spermaspuren und aufgerissenen Reißverschlüssen, sie treiben in Teichen mit Gummimänteln und schwarzen Strümpfen und schließlich wird dieser Mann aus dem Süden, aus Gurk, als Regenmörder Max Masal nach allen Regeln der Kriminalistik entdeckt, verfolgt und ergriffen und in die Verbrechergeschichte gestopft. Ich werde das alles erzählen; auch auf die Gefahr hin, daß ich mich langweile. Der Anfang ist schon gemacht.

## *Geräusche in Laax*

Ein Fall, der nicht ausschließlich bedauerliche Folgen hatte, ereignete sich in Laax, wo ein Mann, der einige Kunststücke beherrschte, aber dennoch wohl eher ein brotloses Leben führte, hastig rauchend aufsprang und rief: *Das habe ich nicht gewollt.* Danach verließ er das Haus. Die Behauptungen dieses Menschen beschäftigten mich eine Weile sehr. Bevor ich allerdings an die Prüfung und Veröffentlichung seiner Worte kam, war ein Sturm ausgebrochen, der sämtliche Interessen, die nicht diesen Sturm betrafen, für eine Weile aus meinem Gesichtskreis entfernten. Nun ist dieser Sturm, der in Sekunden eine zweihundert Meter breite Schneise schlug, vorbei, aber die mir zu Ohren gekommene Behauptung habe ich auch vergessen. Diese weichen ausschweifenden Geräusche hinter den herabgelassenen Jalousien auf der gegenüberliegenden Straßenseite interessieren mich wesentlich mehr als der Mann, der gerade das Haus verläßt und über keine Eigenschaften verfügt, die ich beschreiben möchte. Also halten wir fest: ein Mann verläßt das gegenüberliegende Haus durch die Tür. Ich weiß nichts von diesem Mann, also rede ich nicht von ihm; es gibt ihn nicht, er kommt hier nicht vor und auch nicht vorbei; und wenn er mir jetzt auch zunickt, so ist dieses Nicken nichts anderes als eine ganz beliebige Bewegung in der bewohnten Welt, die mich nicht betrifft. Sie hat auch mit diesem Mann, den es nicht gibt und von dem ich nicht rede, wenig zu tun. Freilich sieht es so aus, als sei dieses Nicken ein freundliches Nicken; womöglich ist dieser Mann, von dem ich nicht rede, ein freundlicher Mensch, der eine freundliche Nachricht zu überbringen hat; vielleicht will er mich auffordern, an den Ausschweifungen teilzunehmen, von denen ich nur die Geräusche höre. Deshalb überlege ich einen Moment, ob ich nicht doch ein wenig zurücknicken sollte. Aber vielleicht macht er ja nur den Versuch, sich den herrschenden Verhältnissen zu entziehen; den Folgen des Sturmes und der erschöpfenden Ausschweifungen. Das ist wahrscheinlicher. Deshalb nicke ich nicht. Ich verhalte mich so, als hätte ich ihn nicht bemerkt, ich messe der Sache nicht die geringste Bedeutung zu und fahre weiter nach Schmelz. Soll ich berichten, wie es in Schmelz war? Ich werde es Ihnen sagen. Ich ging so dahin; die Sonne war nicht zu sehen, also schilderte ich den Mond; ich tröstete mich mit der Höhe des Mondes, mit einem Blick in die außergewöhnliche Nacht, in der ich mich damals befand. Der Mond war speckig glänzend über die Berge gestiegen und hatte die ganze Gegend erleuchtet, ein freundlich beschneites Gelände mit seinen gewöhnlichen Überraschungen; und hier lag im Mond ein Mann ganz starr auf den Treppenstufen vor seiner Haustür in Schmelz. Das Haar war vom Rauhreif weiß überzogen, mit seiner rechten Hand umklammerte er einen Haustürschlüssel. Der Mann, ein Lokomotivführer, hatte in dieser Nacht das Schlüsselloch nicht gefunden und war in der Kälte umgesunken. Warum das so war, will ich verschweigen; es begann ohnehin, heller zu werden; ich fand, daß es Zeit war, mich zu entfernen, ohne viel Worte zu machen. Die Nächte haben in dieser Gegend, das weiß ich, sehr wenig mit den Tagen zu tun. Nachdem nun also die Nacht und die folgenden Nächte vergangen waren, hatte ich mich mit der Lage in Schmelz vertraut gemacht und ging weiter nach Konz. Ich spielte den Fremden. Ich stand am Fenster, es gab nichts zu sehen, es war auch nicht nötig, das, was ich sah, im Kopf zu behalten. Ich sah Strümpfe herabhängen, Strümpfe und schwere tropfende Hemden. Das Anschwellen der Flüsse hielt mich einige Zeit von meinen Spaziergängen ab; ich beobachtete die Bewegungen der dahintreibenden Leute, ihr Winken, bevor sie untersanken. Sie riefen etwas, ich konnte es aber nicht hören. Eines Tages erschien ein Mann und ging wortlos vorbei. Diese spazierstockschwingende Erscheinung gab mir Gelegenheit, ohne Rücksicht auf andere Menschen über meine Verhältnisse nachzudenken. Vielleicht irre ich mich, wenn ich behaupte, daß ich den Mann, der über die weiten Schlammflächen ging, schon einmal gesehen hatte; er war allerdings ein beträchtliches Stück von mir entfernt, so daß ich ihn nicht erkennen konnte. Das war nicht etwa ein unglücklicher Zufall oder eine kleine nebensächliche Nachlässigkeit, die man höflich und rasch aus der Welt schaffen kann; nein, es war der Beweis für die bodenlosen Zustände an dieser Stelle der Welt, für die jämmerlichen Zustände in Konz, die ausgerechnet ihm, diesem schrecklich herumgehetzten Mann, noch den letzten Rest seines elenden Lebens zur Qual machen wollten. Mein Entsetzen über die Sache war so groß, daß ich schon keine Möglichkeit mehr sah, in Ruhe über den Vorfall nachzudenken. Es mag andere Gründe geben, aber dieser hier ist mir im Gedächtnis geblieben. Denn wenn einer das Recht hat, über den Mann zu sprechen, dann bin ich es. Und wenn irgendeiner das Recht hat, von sich zu behaupten, er wisse etwas von diesem Mann, dann bin ich es auch. Und wenn einer das Recht hat, sich für einen angenehmen Erzähler zu halten, bin ich es, wie die Dinge liegen, erst recht. Dieser Mann hieß Klonk. In den fünfziger Jahren, er war mit der Ausbesserung einer Durchgangsstraße beschäftigt, steckte er seine Hand in ein Loch und zog einen Knochen heraus. Da dieser Fund seine Neugier heftig erregte, grub er weiter, bis er auf einen Raum stieß, der voll war von Menschenknochen. In den folgenden Jahren war Klonk, der vorher ein fröhlicher, ausgelassener Mensch gewesen sein soll, sehr ernst geworden. Ich könnte jetzt einige interessante Vergleiche zwischen vorher und nachher anstellen, muß aber zugeben, daß mir dazu im Moment die Worte fehlen. Ich sah aus dem Fenster direkt in das gegenüberliegende Hotel, man wird sich daran erinnern, in die erleuchteten Zimmer hinein. In den Stuben stand niemand, und niemand stand auf dem Dach, und natürlich stand niemand im Hof und erst recht nicht im

Garten. Ich sah keinen Menschen gehen, kein Mensch ging über die Straße, kein Wagen fuhr fauchend vorbei, ich konnte die Sonne sehen und ein ganz kleines Stück des Mondes. Ich war in diesem Moment ganz ruhig. Und was hat das, fragte mein Nachbar, ihrer Ansicht nach zu bedeuten? *Nichts*, sagte ich. Mehr konnte ich wirklich nicht sagen.

## *An einer anderen Stelle der Welt*

Ein Mann ging einmal aus dem Haus und es passierte nichts. Er ging die Treppe hinab und trat aus der Tür in das Fauchen der Automobile hinein: nichts. Als er zum zweiten Mal aus dem Haus ging, passierte ebenfalls nichts. Er ging vierzig Jahre lang aus dem Haus, ohne daß etwas passierte. Endlich, im einundvierzigsten Jahr, an einem Freitag, September, konnte man sicher sein, daß diesem Mann beim Hinausgehen niemals etwas passieren würde. Einige andere Ereignisse, die einen anderen Mann betreffen, aber an einer anderen Stelle stattfanden, ließen sich vielleicht anführen; aber ich lasse es bleiben, bevor doch noch etwas passiert.

## *Das letzte Ende des Tages*

Ich will etwas Luft schnappen, sagte ein Mann, bevor er das Zimmer verließ und hinausging in die Natur. Lesen Sie bitte morgen, was er tatsächlich getan hat.

# *In der Mitte der Nacht*

Sie werden bemerken, daß ich die folgenden Zeilen dazu benutze, Ihnen Dinge zu erzählen, die ich keinem anderen meiner Leser anvertrauen würde. In meinem ganzen Leben bin ich von keinem lebenden Menschen mehr in Erstaunen versetzt worden als von Schwenk, einem Postangestellten, der fortwährend mit zahlreichen Plänen und Unternehmungen beschäftigt war, die ihn aus seiner Wohnung trieben; er blieb nicht im Bett, sondern drängte zur Tür hinaus, in die dunkelsten Ausschweifungen hinein, in ein wildes, ganz zweckloses richtungsloses Herumreisen. So geriet er auch an den Starnberger See, einem der schönsten oberbayrischen Ausflugsziele, wo er am Ostermontag, in der Mitte der Nacht, eine dicke, aber durchaus aparte Damenbekanntschaft, die er beim Abendessen kennengelernt hatte, in das fünf Meter tiefe Wasser hinabstieß. Als sie lachte, rief er: *was finden Sie komisch?* Man hörte das Wasser und die vorübergehende Nacht. Das ist aber nur das Ende des Anfangs. Eine weitaus folgenreichere Begebenheit erreignete sich am Dienstag in Schupf.

# *Jenkins, Parker – oder irgendein anderer*

*Jetzt fangen wir an zu schießen, sagte Capone. Gut, sagte ich, und dann schossen wir, und als nichts mehr da war, worauf wir schießen konnten, sagte Capone: jetzt hören wir auf zu schießen. Capone fragte mich dann, ob ich Paul Muni besuchen wolle. Natürlich, sagte ich, schon waren wir auf dem Weg zu Paul Muni. Auf der Straße wimmelte es von Kriminalpolizisten. Paul Muni, sagten die Leute, wäre durch einen Hintereingang ins Freie gesprungen. Er war, wie ich später erfuhr, ins Kino gegangen, um Cagney zu sehen, wie er Mae Clark eine halbe Grapefruit auf dem Gesicht ausdrückte. Cagney verließ dann Chicago, um nach New York zu gehen. Dort sah ich ihn aus dem Hotelzimmer kommen, mit einer meilenweit in die Luft hineinspießenden silbernen Zigarettenspitze. Verwechseln Sie nicht die Lage, sagte James Cagney, und verwechseln Sie nicht die Gegend, wenn Sie mich schon mit Capone verwechseln. Verwechseln Sie, rate ich Ihnen, am besten gar nichts; die Folgen könnten Sie niemals ertragen. Zur gleichen Zeit erhob sich ein anderer Mann, um Billard zu spielen; ich werde Ihnen jetzt zeigen, was man unter einem Kugelstoßspiel versteht, sagte Edward G. Robinson, wobei er die Lederkuppe mit Kreide bestrich. Das dürfte freilich keine ganz einfache Aufgabe werden, sagte ich; ich schlug Robinson wie ich wollte, er versank entsetzt hin-*

*ter seiner eiskalten Zigarre. Danach wurde es stiller um ihn. Ich ging essen, George Raft kam an meinen Tisch, um mir die Hand zu schütteln. Wer ist das? fragte Gloria Graham, das ist George Raft, sagte ich. Raft hatte Greenstreet erledigt und Peter Lorre, saß vor der Jukebox, wo er mit einer Münze spielte, er warf sie ein Stück in die Luft, was wollen Sie noch? fragte Raft. Nicht viel, sagte ich; jemand trommelte gegen die Tür, es war Veronika Lake, eine nette kleine Person, deren Haare das halbe Gesicht bedeckten. Die Schuhputz-Reklame zappelte vor dem Fenster. Nun gehen wir essen, sagte George Raft. Einmal sagte George Raft: ist das Capone oder Caruso, der singt. Es war aber keiner von beiden, George Raft verstand nichts vom Singen. Auf einmal saß Ladd neben mir, Alan Ladd, der Baby-Face-Mörder. Als er aufstand und zahlte, bringt ihm der Kellner den Hut und Ladd schreit: was fällt Ihnen ein, das soll mein Hut sein? das ist doch nicht mein Hut, welches Arschloch hält das für meinen Hut? ich will meinen Hut! So ging es die ganze Zeit, bis man drei vier fünf andere Hüte brachte und einer davon war wirklich Ladds Hut; er setzte ihn sorgfältig auf und schlief ein, er war im Trenchcoat über den Tresen gesunken und schlief, vielleicht war er tot, ich sah das geschwärzte Einschußloch in seinem Rücken, er hatte viel Blut verloren, war aber höflich und nett, ganz anders als Richard Widmark, der immerzu grinste; einmal stand ich mit Widmark im Lift, er grinste mich an und hielt mir einen Revolver ans Kinn, ich war wirklich erstaunt. Kein Wort fiel bei diesem Zusammentreffen. Er wollte mich über die nassen schwachbeleuchteten Straßen schleppen, in ein verdunkeltes Lagerhaus, das in Wirklichkeit aber ein Studio der Twentieth Century-Fox Film Corporation war, um mich dort niederzuschlagen, ich hielt es aber für besser, jede Art Streit zu vermeiden und zog ihm den Hut ins Gesicht. Später bin ich ins Badezimmer gegangen und sah Rita Hayworth im Spiegel; in dieser Sekunde begann es zu splittern, die Bremsen kreischten, und Fred Astaire schlug sich mit dem Zylinder krachend auf seine gestreiften Hosen, neben mir klingelte plötzlich das Telefon, am Apparat war Lauren Bacall, was ist los? fragte sie. Ich werde das klären, sagt Bogart. Es klopfte an meiner Tür, und als ich geöffnet hatte, begann ein gewaltiger Schokoladenkuchen plötzlich zu tanzen. Dann saß ich mit Bogart und Mary Astor in einem Lokal, gerade ging Sharkey vorbei, als eine Nudel von meiner Gabel fiel. Wie findet ihr das, sagte Sharkey, der hat nicht mal Kraft genug, um eine Nudel zu halten. Ich erhob mich; ich werde Sie auf der Stelle zu Brei schlagen, rief ich, er winkte erschrokken ab. Ja damals, vor ungefähr fünfzig Jahren, lagen die Dinge noch anders. Einmal zog Mister Huston einen Revolver heraus und richtete ihn auf Capone, schon krümmt sich sein fetter Finger. Jetzt fangen wir an zu schießen, sagte Capone. Gut, sagte ich, und dann schossen wir. Capone trifft nichts, aber ich schieße alles um. Meine Güte, sagte Capone, dieser Mann schießt, wie ich noch nie einen Menschen schießen gesehen habe. Ich hatte allerdings einen guten Tag, schoß allerlei aus dem Mund heraus und alles, was Huston hinauf in die Luft warf, schoß ich in Stücke; da sagte Capone: jetzt hören wir auf zu schießen.*

Der Mann, der, während ich diese Zeilen in größter Geschwindigkeit niederschreibe, in meinem Zimmer umhergeht, war von einer beschwerlichen Reise ermüdet zurückgekehrt. Er schwang sich mit niederschmetternder Redegewandtheit über weite unbedeckte Gebiete hinweg, sprach in verhältnismäßig verwickelten Sätzen und beschäftigte sich darüber hinaus mit der Untersuchung aller in seiner Nähe liegenden Gegenstände; öffnete sämtliche Türen, zog die Schubladen aus den Kommoden, sie erschienen ihm alle geheimnisvoll und verdächtig; es bestand gar kein Zweifel, er war ein im hohen Grade gefährlicher Mensch. Es fragt sich jetzt nur, wie es weitergeht, der Anfang ist zwar gemacht, das genügt aber nicht, um die folgenden Vorgänge richtig beschreiben zu können. Dringen wir also noch etwas tiefer in den Zusammenhang ein.

Ein Mann, ein gewisser Jenkins, nicht groß, das ist gut, mit tief im Gesicht, das ist wundervoll, mit tief im Gesicht begrabenen Augen, betritt mein Büro und stellt sich sofort in den Mittelpunkt dieser Verbrechergeschichte. Er sagt etwas, das wir nicht hören wollen. Ein anderer Mann, das ist auch nicht so übel, Parker, hat etwas gesehen, kann aber nicht sagen, was er gesehen hat, also schweigt er. Nein, das ist schlecht; ich halte es aber für besser, weiterzumachen, schon im Hinblick auf die Verwicklungen, die wir erwarten. Es könnte immerhin sein, daß uns das Ende dieser Geschichte in großes Erstaunen versetzt, vor allem auf Grund meiner Neigung, die Welt *so* zu sehen, wie sie in Wirklichkeit ist; die Welt, die Worte, die Dinge und die Personen der Handlung entsprechen der Wahrheit; so soll es auch bleiben. Ich möchte hiermit behaupten: ein Mann, Bill Jenkins, stand eines Tages vor meiner Tür und wünschte mir guten Abend, so war es, und wünschte mir guten Abend. Ich schrieb diese Worte auf. Man weiß über Jenkins infolgedessen weit besser Bescheid als über Frank Parker, der etwa zur gleichen Zeit an einer ganz anderen Stelle stand, in der Winterkälte der Brooklyn-Brücke, wortlos, mit einer gepolsterten Mütze. Es wird später Mühe bereiten, überhaupt ein paar zuverlässige Angaben über Parker zu machen. Dieser furchtlose Mann war im Sommer aus seiner Heimat verschwunden, er hatte alles im Stich gelassen, Wohnung, Familie, Fabrik, man hat ihn auch niemals wieder in dieser Umgebung gesehen. Das ist zweifellos eine Möglichkeit, sie gefällt mir aber noch nicht.

Ein paar Jahre später, bei irgendeiner Gelegenheit, fiel mir der Fall wieder ein. Es vergingen wieder zehn Jahre, ich hatte in meinen Papieren geblättert und einen Zettel gefunden, auf dem der Name *Jenkins* zu lesen war. Was hatte das zu bedeuten: Jenkins? Ich glaube, ich wollte etwas von Jenkins erzählen. Das ist sehr wahrscheinlich. Er war ein Mann, der zuweilen aufschrie, ohne daß man die Gründe kannte. Das ist nicht ohne Bedeutung für diese Geschichte; er schrie, er sah starr vor sich hin, er beschloß, die Stadt zu verlassen, er lief vom Billardspiel weg, geriet in schäumende Regenfälle, flatternde Wolkenfahnen, Schluchten und Schlünde, zusammengepreßte Berge und wieder in ziehende Wolken und schließlich auch in mein Zimmer, in dem er mit langen Sätzen herumgeht. Allmählich erkennt er die Gegenstände, die knarrenden Türen, die dunklen gefährlichen Schubladen in den Kommoden und vor dem Fenster den moosgepolsterten Park, die einzelnen Häuser, die schräg vom harten Regen getroffen werden, zerweichen und auseinanderfallen, vom Wind zerblasen, mit klappernden Fenstern, verquollenen Rahmen und feuchten Tapeten. Er sieht die Menschen, die mit erhobenen Armen aus diesen Häusern stürzen, in die entsetzliche Tiefe des Bildes hinein, wo Stangen behangen mit flatternder Wäsche stehen, in dieser ganzen unerhört großen Welt, von der er redet und redet, kein Zweifel, sagt er, die Lage ist übel, Personen aus seiner nächsten Umgebung gehen zugrunde, doch niemand findet etwas dabei. Nachts hört man, daß er laut aufschreit. Nach Wochen findet sich Jenkins namenlos in den Straßen von Bombay und weiß nicht, wie er dorthin gekommen ist. Auf seinem Dampfer hat man nicht das geringste von ihm bemerkt. Außerdem ist das Schiff in der Gegend von Hongkong gesunken, in der ganzen Bedeutung des Wortes; man vermutet es jedenfalls, und alles, was diese Vermutung entkräften könnte, ist in den Wellen verschwunden. Oft glaubt er, daß sich etwas unter ihm dreht. Oder er glaubt, daß etwas durch seinen Leib kriecht und zum Mund heraushängt, und wenn dieser Zustand auch nicht lange anhält, so ist er doch – nein nein nein, Sie wollen, vermute ich, die ganze und harte Wahrheit hören. Ich werde Ihnen die Wahrheit erzählen. Ich lehnte mich in die unbeleuchtete Ecke meines Büros zurück und dachte noch einmal über die sonderbare Begegnung nach. Was wollte ich sagen? Bill Jenkins, wollte ich sagen, der Mann, um den es sich handelt, steht am Rande dieser Geschichte und lächelt. Etwa zur gleichen Zeit, wir befinden uns jetzt in Chicago, wo der Regen von oben herabfließt, sitzt ein Mann, Frank Parker, am Tisch und sagt nichts, wovon man sich eine Erhellung der Hintergründe versprechen könnte. Von der Übergabe gefährlicher Gegenstände wird nicht gesprochen. Eine Lösung läßt sich also nicht denken, eine Lösung scheint ausgeschlossen. Parker, ein Kenner des täglichen Lebens, behauptet darüber hinaus, daß ich den Fall überschätze. *Sie überschätzen den Fall.* Es werden, sagt Parker, die üblichen Vorgänge stattfinden, die wir gewohnt sind, Verwicklungen, geräuschvolle Überfälle, zertrümmerte Türen und übereinanderstürzende Stühle, viel Blut, eine Menge Blut und schleudernde Automobile; alles so allgemein wie der Mond, der auf unseren Kopf scheint. Das leuchtet mir ein. Denn was man hier noch nicht wissen kann, ist, daß Parker in Wahrheit Pinkerton heißt, ein verkleideter Detektiv ist, und sich Parker nennt, weil Pinkerton weiß: ein Detektiv, den jedermann kennt, ist verloren. Darum versucht er im Hintergrund zu bleiben und nennt sich Parker. Jenkins, den man getrost für einen Verbrecher halten kann, scheint das entweder zu übersehen oder für selbstverständlich zu halten. Das wollte ich schon vor Jahren sagen.

So verstrichen die Tage und Nächte.

Ein weicher Abend. Alles ist still. Man hört nur das Gleiten des Bleistifts über das dicke Papier. Nur das Kaffeewasser brodelt im Kessel.

Der folgende dumpfe Schlag schreckt den Leser, der sich gern in Erstaunen versetzen läßt, einen Augenblick auf. Aber nichts, was sich aufschreiben ließe, geschieht.

Bill Jenkins, den wir vor einigen Seiten verlassen haben, treffen wir auch auf dieser Seite nicht wieder. Er lacht nicht. Er hatte auch keinen Grund, zu lachen. Das will aber unter den herrschenden Umständen nicht sehr viel heißen.

Am Anfang der folgenden Woche kommt etwas Neues zum Vorschein, das durch einen anderen, weit geringeren Anlaß mit Sicherheit ohnehin zum Vorschein gekommen wäre. Wir halten uns damit nicht auf und wenden uns wieder nach Brooklyn, wo immer noch nichts zu erkennen ist, was zur Erhellung des Falles dient. Jenkins liegt ruhig in seinen dunklen Gedanken herum. Der Leser wird sehr verwundert sein, daß Parker noch nicht erschienen ist, um Jenkins an der Ausführung seines Verbrechens zu hindern. Aber Frank Parker, der eigentlich Pinkerton heißt, hatte den Eingang zum Tatort nicht finden können, wo Jenkins bereits mit der Ausführung seiner schrecklichen Tat beschäftigt ist. Wir lassen uns allerdings nicht verblüffen, sondern werfen rasch einen Blick in das nächste Kapitel, wo ein Mann auf die Annehmlichkeiten eines Frühstücks verzichtet, um zur rechten Zeit in die Schwierigkeiten zu geraten, die wir zur besseren Entwicklung des Falles unbedingt nötig haben. An dieser Stelle möchte ich darum bitten, eine Pause machen zu dürfen, bevor etwas Unbedachtes geschieht und Jenkins endgültig in Vergessenheit gerät.

Jahre waren vergangen oder wenigstens Tage. Inzwischen passierte nichts Nennenswertes. Die nächsten Momente müssen wir aber genauer verfolgen. Frank Parker sagte nichts mehr, oder er sagte: die wirkliche Handlung beginnt in Chicago, später, vielleicht überhaupt nicht. Ich mache außerdem auf den Umstand aufmerksam, daß ich hier schreibe, ohne im Besitz aller Tatsachen über den fraglichen Fall zu sein. Ich muß jetzt den Leser aus dem weichlichen Süden hinauf in den harten Norden versetzen und zu einem Mann führen, der, während ein Schneesturm bläst, die Natur betrachtet, die tiefen eisigen Risse, die festgefrorenen Häuser, die Menschen, die regungslos in ihren gepanzerten Limousinen sitzen, mit angewachsenen Hüten. Vor allem das Knarren des Atems ist plötzlich zu hören, das kalte Geräusch der Revolver. Ich muß auch das Knistern des Flusses erwähnen, der sich in großer Geschwindigkeit mit einer glasigen Eisschicht bedeckt, so ist das im Norden, wo wir jetzt sind. Natürlich, ich übertreibe ein wenig, aber im Grunde entspricht meine Schilderung der Wahrheit im Staat Illinois. Vielleicht wird der Leser nun fragen, wer dieser Mann, der die kalte Landschaft betrachtet, wohl sein könnte, die Antwort wird ihn in großes Erstaunen versetzen. Es ist Frank Parker; er saß mir nach langer Zeit gegenüber und sagte etwas. Mag sein, daß es ein anderer war, das ist möglich, aber ich habe nicht die geringste Lust, mir den Kopf zu zerbrechen, er sagte: entweder ist Jenkins in Ordnung, dann ist die Sache erledigt, oder er ist ein gesuchter Verbrecher, dann darf man nicht zögern, ihn aus der Welt zu schaffen, nur weil es außer Jenkins noch schlechtere Menschen gibt. Ich will ihm da keinesfalls widersprechen. Ich erinnere mich, daß ich etwas erzählen wollte; ich weiß nicht genau, seit meinen letzten Worten sind ein paar Jahre vergangen. Ich werde mich, um Wiederholungen zu vermeiden, mit der bloßen Erwähnung der Namen begnügen. Ich müßte natürlich auch Robert De Niro erwähnen oder Rod Steiger, aber es ist mir empfohlen worden, von einem Mann namens Jenkins zu reden. Bill Jenkins stöhnte mitunter, wenn er von seinen großen Zeiten erzählt. Es klingt etwas hohl, wenn er sich auf den Leib schlägt, der, fünffach zusammengeflickt, in einem Stahlkorsett steckt. Er behauptet, die einzelnen Teile der Welt zögen sich immer enger zusammen oder vielmehr die Welt in ihrer Gesamtheit werde bei diesem Zusammenziehen jeden Tag etwas kleiner; sie schrumpft mit einem kleinen, sehr weichen Pfeifen. Man bekomme die Töne zu hören, wenn man das Ohr an die Welt legt; und dieses Zusammenziehen geschehe so rasch und mit solcher Kraft, daß man geradezu aus dem Bett geschleudert werde, es sei auch ein Kratzen zu hören und ein schwacher, ganz dumpfer Ton, ein Brummen vielleicht. – Wie aber geht es hier weiter? Ich wollte eine Geschichte erzählen, jawohl, aber der Name des Mannes, um den es sich handelt, ist mir entfallen. Meine Bereitschaft, ein wenig zu plaudern, der Versuch, Ihnen Zusammenhänge zu erklären, nicht nur Ihnen, sondern auch anderen Lesern, der Presse etwa und sämtlichen Menschen der Welt, dieser Versuch ist, wenn wir es ganz genau nehmen, beendet. Das ist ein ganz schiefes und kaltes Ende, gewiß, aber so ist die Welt.

## *Krott oder die Zählung der Chinesen in Chicago*

Der 10. Oktober muß ein sehr kalter Tag gewesen sein. Als ich die Straße betrat, bemerkte ich, daß ich fror. Ich glaube, ich hatte mich gut amüsiert, jedenfalls schloß ich das aus dem Lachen hinter mir, aus dem ich heraustrieb. Ich hatte vermutlich einige meiner Reise-Geschichten erzählt und nun krümmte sich alles vor Lachen; so muß es gewesen sein, während ich in die Straßenkälte hineintrat. Plötzlich erschien wie herangeweht ein gefährlicher Mann und versuchte mit Hilfe einiger Freundlichkeiten mein Interesse zu wecken. Ich bin, sagte er, allen Anforderungen gewachsen, in einer ihrer Geschichten eine gewisse Rolle zu spielen. Ich sah mir den Burschen an. Dieser Mann hat, wie man sich erinnern wird, eine Zeitlang viel und schlecht über mich gesprochen. Das ist aber seine Sache und kümmert mich wenig. Allerdings entschloß ich mich, nichts über ihn zu schreiben. Somit bleibt er ein für die Öffentlichkeit vollkommen unbekannter Mann, während ich mich dem Leben angenehmerer Menschen zuwende. Das war am 10. Oktober. Am nächsten Tag fiel ein Handschuh vom Himmel. Doch es war gar kein Handschuh, es war eine Hand im Handschuh. Und es war auch nicht nur eine Hand im Handschuh, es war ein gefährlicher Mann, mit einem Handschuh über der Hand. Er fiel wie ein riesiger Lappen herab, durchschlug *Achtung* rufend das dünne Glasdach und fiel auf die fröhliche Frühstücksgesellschaft, die in Baltimore saß, in einem Hotelrestaurant in Baltimore. Der Mann lag nun schwer in der Mitte des Tisches und alles floß an den Seiten herab. Er war, weil ihm gerade nichts anderes einfiel, einfach von oben hinuntergesprungen. Sein Name ist mir entfallen, ich weiß nur, der Mann hatte keine sehr gute Meinung von Schlangen, die, wie er sagte, fortwährend über ihm hingen oder in seinen Körper drangen. Deshalb hielt er sich für berechtigt, mich in ein ausgedehntes Gespräch über die wortlose Abschaffung sämtlicher Schlangen zu verwickeln, die aus den tiefen Kloaken krochen, aus dunklen Aborten und Wasserhähnen, Suppentöpfen und Lampenschirmen. Ich konnte dieses Gespräch nur damit beenden, indem ich ihn auf eine ungemein dünne Schlange aufmerksam machte, die plötzlich aus seinem Hosenbein kroch. Dieser Mann, der auf alles gefaßt war, was mit Schlangen zusammenhing, nur auf diese eine aus seinem Hosenbein kriechende Schlange nicht, war derart empört über den Vorfall, daß er sich augenblicklich in einen Schnellzug setzte, um nach Chicago zu fahren. Die Meinungsverschiedenheiten mit seinen Mitreisenden störten ihn ebensowenig, wie die brennenden Lampenfabriken auf beiden Seiten, die Landrutsche, die von Regengüssen zerweichten rutschenden Dämme, die knickenden Brücken, die in der Ferne aufgeplatzten Konservenfabriken. In Chicago stand der Bahnhof in Flammen, erschöpfte

Menschen taumelten aus den vulkanartig qualmenden Eingängen; aber der Mann ging unbekümmert durch dieses Taumeln, er lief nicht einmal sonderlich schnell. Chicago setzte ihn nicht in Erstaunen, auch nicht die riesigen Schlangen, die dick aus den Häuseröffnungen glitten, zischend aus Kellerfenstern, aus Abflußrohren und Schornsteinspitzen. Er traf einen Mann namens Cho, einen Chinesen. Natürlich weiß ich, daß es den allgemeinen Gewohnheiten und auch dem derzeit herrschenden schlechten Geschmack entspricht, sich mit Cho zu beschäftigen, einen Mann aus Schanghai, von dem man glaubt, daß ihn kein anderer Mann an Kaltblütigkeit und Grausamkeit übertrifft; deshalb erlaube ich mir, nicht von Cho zu sprechen, sondern, obwohl ich mir damit keine Freunde machen werde, mir möglicherweise sogar das Mißfallen des Publikums zuziehe, von Krott, der gewöhnlich für vollkommen harmlos gehalten wird. Dieser Mann, ein Etagenkellner, war infolge einer ganz unbegreiflichen Abneigung gegen Schlangen von oben herabgesprungen und durch ein dünnes Glasdach mitten in eine chinesische Frühstücksgesellschaft gefallen.

Jedermann weiß, daß die Chinesen es lieben, das Publikum über sich und ihre Anzahl völlig im dunkeln zu lassen. Deshalb vermeiden sie es, die Öffentlichkeit zu betreten. Nur in Chicago, wo sie sich sicher fühlen, erscheinen sie oft in größeren Mengen; sie huschen alle zur gleichen Zeit aus den rauchenden Unterschlupfen, sie schwirren vorbei, verschwinden rasch und vollständig in eng zusammengedrückten Gassen, plötzlich ist alles voller Chinesen, die stumm und geduckt dahingehen; alle Versuche jedoch, sie zusammenzuzählen, sind bis heute mißlungen.

Mitten in dieses fernöstliche Leben hinein fiel nun Krott, keineswegs, um die Chinesen zu zählen, sondern aus anderen Gründen. Er verhielt sich diskret und sprach nur, wenn man ihn fragte, auch dann möglichst wenig, schon gar nicht über das Unglück, das ihn an diese Stelle getrieben hatte. Sich derart im Mittelpunkt der lesenden Welt zu sehen, war ihm noch etwas fremd und unbehaglich. Er stürzte hinaus. Im Schlachthofgelände sah man ihn zwischen den dampfend schwebenden Schweinen, das Blut lief herab in Chicago, hier an der Innenseite der Stadt, von den fleischigen abgehäuteten Häuserwänden. Ich weiß, es gibt Männer, über die man schon alles gesagt hat. Doch weder heute noch in der Vergangenheit hat man ein Wort über Krott verloren. Ich halte es nicht für erforderlich, etwas daran zu ändern; und wenn ich es dennoch tue, dann nur der Genauigkeit wegen. Krott, ein Etagenkellner, stand an der Ecke der Malzfabrik in Columbus, Ohio, und ließ sich vom Wind zerblasen. Ich erwähne den Vorgang nur kurz, nur am Rande. Als er im Frühjahr nach Albany kam, um ein bedeutender Mann zu werden, wurde er, wie es sich damals gehörte, am Hauptbahnhof in Empfang genommen. Das ist ein ganz wichtiger Punkt; aber so wichtig auch wieder nicht. Kein Schritt, das ist mir bekannt, ist überflüssig, kein Wort, das ich sage und keine Bewegung, nichts auf der ganzen bewohnten Welt ist überflüssig, außer dieser einen Person, die im Bahnhof von Albany, wo sie nichts mehr zu suchen hat, eintrifft, und zwar im gänzlich falschen Moment. Mehr weiß ich nicht. Mehr muß man vielleicht auch nicht wissen.

# *Im mondlosen Olm*

Im Süden von Olm trat im Herbst ein Ereignis ein, das für die Fortsetzung meiner Aufzeichnungen von großer Bedeutung war. Und erst dieses Ereignis, denn die früheren Ereignisse waren unbekannt oder unbeachtet geblieben, erregte den allgemeinen Verdacht und den Unwillen der Bevölkerung dieser von Nebeln umschlichenen schwachbeleuchteten Stadt. Ich hörte damals, daß ein Mann beim Verlassen der Gastwirtschaft *Krone* sich abfällig über meine Geschichten geäußert hat. Dieser Mann, der Vergnügungsreisende Müller, hatte die Angewohnheit, täglich in seinem Mercedes herumzufahren. Die Richtung, in die er fuhr, war der Norden, er bewegte sich unablässig in nördlicher Richtung, entdeckte sonderbare Gebiete und erzählte, daß diese Gebiete nur in mondloser Dunkelheit und bei strengster Ruhe durchfahren werden könnten. Ich bezweifle die Richtigkeit seiner Behauptungen, bin allerdings noch nicht tief genug in die Vergangenheit dieses Mannes eingedrungen, um meine Meinung begründen zu können.

Ich habe bekanntlich die unangenehme Erfahrung gemacht, daß die Mehrzahl der Männer, über die ich nachgedacht und berichtet habe, selten bereit war, mir den Aufwand an Arbeit, den ich mir bei der Darstellung ihrer Lebensgeschichten machte, mit Zuneigung zu vergelten. Ich will mich bei diesem Gedanken nicht aufhalten. Für die Fortsetzung meiner Aufzeichnungen genügt es, bemerkt zu haben, daß jeder von ihnen die Freiheit hatte, am Ende meiner Geschichten in der bewohnten Welt zu verschwinden, ohne Verpflichtung, ohne Bedingung, ohne Bedeutung. Der Vergnügungsreisende Müller wird also möglicherweise der letzte sein, den ich erwähne. Die Jahre vergingen, während er durch die Welt fuhr und immer beliebter wurde. Zur gleichen Zeit saß ich in meinem kellerartigen Zimmer in Zornheim, über die Worte gebeugt, um diese Zeilen zu schreiben. Am 12. Oktober verließ ich das Haus und ging ohne Mantel davon. Ich verließ meinen ruhigen Platz und überall, wo ich hinkam, kam ich gerade noch einmal davon. Ich besuchte Schwabenheim, Essenheim, Ingelheim, ich sprang aus dem Alltag von Zornheim hinaus in den Monat Oktober und setzte mich sämtlichen Unannehmlichkeiten des Lebens aus. Ich sprang bis zum Rand der bewohnten Welt und ließ nur Erstaunen zurück und Stille.

Eines Tages, zur gleichen Zeit, ging ich wie jemand, der sich die Gegend ansehen will, umher und sah mir auch wirklich die Gegend an. Das freundliche, seiner furchtbaren Fruchtbarkeit wegen berühmte Gelände, die pinselartigen Bäume, die riesigen Gurkengärten und Bohnenkulturen. Plötzlich, im Herbst, auf dem Weg von Zornheim nach Olm, an einem windigen Montag, traf ich auf einen gewöhnlichen, vollkommen unbedeutenden Mann. Ich weiß, ich habe die schlechte Gewohnheit endgültig abgelegt, von Männern zu sprechen, über die zu reden es eigentlich keine Veranlassung gibt. Also werde ich schweigen; ich muß mich nicht mehr um Männer kümmern, die gleichgültig sind und gar nichts bedeuten, nicht mehr als das ganz natürliche Blätterrauschen in Olm. Der Vergnügungsreisende Müller, um den es sich handelt, tut ohnehin, als bemerke er nichts; als beobachte er etwas wesentlich Tieferes und Ergreifenderes außerhalb dieser Geschichte. Es ist also gar kein so schlechter Gedanke, aufzuhören und diesen belanglosen Fall zu beenden.

Außerdem wollte ich ohnehin schweigen. Mich erwarten noch einige abenteuerliche Begebenheiten, die, wenn man sie liest, die Bewohner von Olm in eine bedeutende Aufregung versetzen werden. Ich rief Müller zum Abschied noch etwas zu, etwas Beleidigendes, grob Verletzendes. Der Vergnügungsreisende aber befand sich schon auf dem Weg nach Worms. So verging eine Weile im Nebel, hinter dem er davonfuhr, man hörte nur dieses Fahren und selbst dieses Fahren war nicht mehr zu hören. Auch meine Worte hatte ich längst vergessen. Ich vergaß auch, daß jemand im Nebel davonfuhr, Oktober November, als ich über die nackten Stellen der Straße und über den tief entzündeten Erdboden ging, an diesen sirupdicken Gewässern vorbei, den schlammigen Tümpeln, verstopft mit schnappenden Fischen, das Wasser ganz schwarz von ermatteten Fliegen. So ging ich weiter nach Olm, unter der ungeheuren Wolkenverwüstung hinweg, über dicke Geschwülste auf diesen randlosen Wegen, aus denen meterlang bleich aus der Tiefe die Olme krochen, durch diesen wurmweichen sturmreichen Wald. Ein nahezu schaumiger Himmel, eine struppig behaarte Landschaft, eine ich glaube fauchende Landschaft; es wäre wirklich kein Wunder, wenn plötzlich alles in dieser Nässe zerknallte, zusammenprallte und platzte; aber das hat schon lange nichts mehr zu sagen. Mein Interesse an dieser Geschichte, an sämtlichen wichtigen Punkten dieser Geschichte, ist gänzlich erloschen. Ich würde sogar behaupten, daß sie mich niemals beschäftigt hat, keinen Moment, keinen einzigen Augenblick. Das letzte, woran ich mich noch erinnere, ist, daß ich nirgendwo hinging. Dann sah ich vom Keller aus über die rostroten Weinstöcke bis zu den dampfenden Abfallbergen am anderen Ende der Welt.

## *Der Forscher Fischer*

In diesen Tagen wird in Gegenwart des Kultusministers die feierliche Enthüllung eines Denkmals stattfinden, das Professor Collunder geschaffen hat und mit dem man einen unserer bedeutendsten Männer der Nachwelt übergeben will. Es handelt sich um den Forscher Fischer, einen Mann nach meinem Geschmack. Fischers Leben war, wie wir wissen, reich an Bewegungen und Wechseln, an schicksalhaften Verwicklungen, Abstürzen und Aufschwüngen. Seine stürmische Überfahrt von New York nach Hamburg läßt noch heute die Leser erblassen. Er benutzte ja nicht ein groß und geräumig dampfendes Schiff, wie es gewöhnliche Menschen tun, sondern fuhr aus wissenschaftlichen Gründen auf einem aus Gummiartikeln gefertigten Boot. Viermal wird er davongespült, viermal auch wieder aufgefischt. Einmal schleppt man ihn in ein luftloses enges Gefäß unter den Spiegel des Meeres, wo er die Langeweile entdeckt. Dann läuft er tagelang in der schmelzenden Sonne nach Saragossa. Auf diesem Marsch erkrankt er an einer Augenentzündung, weil er die Tageshelle nicht mehr erträgt. Zu Fuß kehrte Fischer, von sämtlichen Mitteln entblößt, durch Frankreich in unseren Ort zurück, wo man ihm nun ein Denkmal setzt. Seine Erfahrung und seine wissenschaftliche Tüchtigkeit haben der Stadt sehr genützt. Er ist mittlerweile in Vergessenheit geraten, und jetzt, während die Erde zittert und das Denkmal ins Schwanken gerät, könnte man glauben, daß er der tiefen Verdunklung niemals entsteigen wird; daß er, während ein ungeheures Regenfallen einsetzt und das festlich gekleidete Publikum in die nahegelegenen Wirtschaften spült, womöglich nie den ihm angemessenen Platz vor dem Heimatmuseum erhält. Im Mai dreiunddreißig begann seine erste Reise. Er durchzog fünf Jahre die Welt und sammelte, neben einer bedeutenden Anzahl von Vogelkörpern, eine Fülle wertvoller Beobachtungen über das Winterleben der Wandervögel. Den Mississippi, den längsten Strom nicht nur Amerikas, sondern der ganzen Erde, floß er hinauf und hinab, aber das war nur eine im stillen geübte Nebensache. Seine Schrift *Zur Beseitigung des Bergekels und der Gebirgsmüdigkeit* machte ihn populär. Er bestieg alle sichtbaren Berge, sah Krähen erfroren vom Himmel fallen und seinen Begleiter, in der Gebärde des Hutschwenkens erstarrt, auf der Spitze des Kilimandscharo stehen. Nach dem Tod seiner Lebensgefährtin nahm sein Hang zur Einsamkeit zu. Sein Lebensende verbrachte er wortlos liegend in Truns, in großer Zerrissenheit. Gegenwärtig ist Herr Fischer, dessen Charakter nach wie vor tadellos ist, Mitglied der Ornithologischen Gesellschaft.

Natürlich ist alles das, was ich sage, mehrfach gesagt worden. Genau betrachtet ist es nichts Neues. Ich halte es dennoch für nötig, noch einmal darüber zu reden, um alles, was Fischer betrifft, richtigzustellen; denn es geht um nichts anderes als um die nachträgliche Richtigstellung sämtlicher Mitteilungen, die dieses einzigartige Leben betreffen. Ich bin nicht sicher, ob ich die Meinung der Mehrheit teile, wenn ich behaupte: der Forscher Fischer war eine über alle Verhältnisse hinaus schimmernde unerreichte Person. Seine moralischen Ansichten wollen wir nicht erwähnen, aber die Kraft seiner Füße, die Ausdauer seines Kopfes, die Entdeckungsfreude und unermüdliche Reiselust. Unter den abenteuernden Männern, die in den letzten Jahren die Landschaft von Venezuela im Auftrag der Wasserwerke durchstreiften, war er sicherlich der bedeutendste. Er hielt sich lange Zeit unter feindlichen Fremden auf, die allesamt bald seine lieben Freunde wurden. An der knarrenden Küste entdeckte er achtzehn von ihren Bewohnern verlassene Städte. Dann fuhr er nach Orb, um seine Gesundheit wiederzufinden, kehrte mit großer gewohnter Entschiedenheit zurück und brach nach Brasilien auf. Es war eine Weile still, aber die Nachricht von Fischers Tod hat sich nicht bestätigt. Die neuesten Briefe vom Amazonas klingen recht fröhlich und lassen uns hoffen, daß er bald wieder bei uns in Truns sein wird.

Im Winter kam er nach Truns, wo man seinen Besitz inzwischen verschleudert hatte. Von Doktor Lamberti in alte Geheimnisse eingeweiht, erprobte Fischer die Wirkung eines Getränkes an seiner Gemahlin, die währenddessen, durch Heirat mit einem Hutfabrikanten, ihren Namen in Hofer verwandelt hatte, sich insgesamt durch ihre Wollust hervortat und mit nächtlichen Schreien die Nachbarschaft in Erstaunen versetzte. Er erhielt infolge seiner mit Beifall aufgenommenen Monographie *Ab in die Ferne* einen Ruf als Professor nach Bonn, wurde als mutmaßlicher Verfasser einer Streitschrift gegen den Vorsitzenden der Lebensmittelgesellschaft festgenommen, konnte aber nach London entfliehen, wo er als Anhänger der *Septembermänner* beträchtliches Aufsehen erregte. Eine Reihe von Tierschilderungen und amourösen Betrachtungen machten ihn unbeliebt. Peinliche Konflikte mit den Behörden blieben nicht aus, bevor er Direktor der berühmten Porzellanfabrik in Sèvres wurde. Kurz darauf legte er die Ergebnisse seiner scharfsinnigen Untersuchungen über die unbeschreiblichen Zustände der Bahnhofsgaststätte in Hof vor. Fischer, ein Forscher, Verfasser einer zwar kleinen, aber höchst übersichtlichen Schrift über die Notwendigkeit der Gegenstände, Kenner der ostasiatischen Küche, kehrte nach blutigen Verwicklungen mit chinesischen Seeräubern schließlich zurück in den Mittelpunkt dieser Geschichte. Ein furchtbarer Schlag, der sein ganzes Werk zu vernichten drohte, wurde von Unbekannten in Zürich geführt, und zwar im Auftrag seiner dritten Frau, einer Fleischhauerwitwe. Er konnte sich aber mit letzter Kraft durch Davonschwimmen vor den angestifteten Leuten retten, machte riesige Fortschritte in der Geometrie, berechnete die Formen der ausgefallensten Körper und war als Verwaltungsdirektor geschätzt. Er ging den Schäden in Halle rücksichtslos auf den Grund, machte sich viele Feinde, begann eine zügellose Lebensweise und richtete sich zugrunde. Als Maler malte er Szenen aus dem Gastwirtschaftsleben, auch in anderen Fragen war sein Auftreten in dieser Zeit voller Sprünge und Widersprüche, das Geld, das ihm seine Bilder, die man in den Museen von London und Dresden besichtigen kann, eintrugen, verschleuderte er durch rasendes Trinken; nach der Entwicklung einer medizinischen Methode, die man nach ihm benannte, glänzte Fischer auf vielen anderen Gebieten. Aber nun begann sein Leben zu wanken. Seine *Abhandlung über die Erregbarkeit* hatte zu heftigen öffentlichen Erregungen geführt; er zog nach Amberg und benützte die Zeit, die ihm dort zur Verfügung stand, zu einem gründlichen Studium der Botanik. Ein kurzfristiger Aufenthalt in Fürth schloß sich an, wohin ihn das Wohlwollen Lemms verschlagen hatte, des ältesten Sohnes seines ehemaligen Gegners und Feindes. Er trat in Verbindung mit dem begabten Pflanzenmaler Ferzetti, entdeckte einige neue Gewächse, vor allem die weitverbreitete Quecke, die er in einem Werk beschrieb, über das die Wissenschaft schonungslos herfiel. Er war der erste, der die Beobachtung vom Eindringen des Pollenschlauches machte und saß, umgeben von seinen Büchern und Sammlungen, inzwischen in Linz, wo er sich dem Studium der Astronomie hingab. Seine *Schmähun-*

*gen des herrschenden Geschmacks* erregten großes Aufsehen, die rasche Zunahme seiner Anhänger zog ihm Verfolgungen zu, nächtliche Überfälle und ein überaus unruhiges Leben. Er verschwand eine Zeit in Luzern, erlangte bedeutenden Einfluß, entdeckte seine Begabung als Bühnendarsteller, spielte über zweihundert Mal den Lemm in seinem Lustspiel *Der Lemm* und machte sich auch als Klaviervirtuose einen Namen, verfolgte vor allem aber mit der ihm eigenen Rastlosigkeit und Beharrlichkeit sein wichtigstes Ziel, das gesunkene Ansehen der Berge wieder zu heben. Aber auch diesmal war ihm der allgemeine politische Zustand des Landes im Wege, dessen Ruin der Gebirgsschwund vollends beschleunigte. Die Kreise, die er durch schonungslose Bloßlegung der bestehenden Schäden auf das tiefste verletzt hatte, hintertrieben seine Anstellung als Museumsdirektor, er sah die Vergeblichkeit seiner Bemühungen und floh nach Waremme, bis er sich schließlich, gedrängt durch die wachsenden Mißerfolge, auf seine bedeutende Reiselust besann. Am nächsten Tag verstarb seine Frau an einer Reihe von Schnittwunden, die sie sich in einem Anfall von Mißmut beigebracht hatte. Der Forscher Fischer aber reiste davon, um der Welt unschätzbare Dienste zu leisten. Die Ergebnisse seiner kulturgeschichtlichen Untersuchungen, die er in Oberägypten vornahm, legte er in seinen *Berichten aus Oberägypten* nieder. Er nannte sich Brugsch, hinterließ zwei Söhne in Oberägypten und eine Sammlung kostbarer astronomischer Instrumente, die durch ein Vermächtnis an die Sternwarte in Bern kam; stieg rasch von Stufe zu Stufe oder fiel, wußte hinter belanglosen Worten seine wahren Absichten zu verbergen, unterdrückte den Aufstand in Kiel und brachte sich durch sehr kostspielige Leidenschaften an den Rand des Verderbens. Von seinen Hafenbauten sind die Docks von Cardiff und Sunderland zu erwähnen. Fischer wirkte auch bei der Errichtung der hiesigen Markthallen mit, heiratete eine durch Schönheit und Habgier berühmte Dame, die freilich schon bald einer dunklen geheimnisvollen Krankheit erlag und ihm ein Anwesen in Hull hinterließ. Nach der Verbesserung der Beziehungen mit Amerika mußte er Hull verlassen. Unstet umherirrend kam er nach Genf, versuchte sein Glück in Paris, wo er einige Jahre ungestört lebte und seine bedeutendsten Schriften verfaßte. Unbehelligt hielt er sich lange in Padua auf, wo er durch Mildtätigkeit auffiel. Sein schroffes Benehmen nahm man in Chur zur Kenntnis, übrigens ohne ihn dort zu kennen. Auf seiner Flucht in die Berge stürzte er ab, wurde geborgen und eine Zeitlang als Dichter gefeiert. Er durchstreifte schweigend die kalten Gebirge und faßte das Resultat seiner Wanderungen in einer Schrift zusammen, der er den Titel *Das Wehen des Schnees* gab. Nebenbei entwickelte er die Idee von der fortschreitenden Entwicklung. Seine Schrift *Kraft und Stoff* erregte gewaltiges Aufsehen, ebenso seine Bemühungen um das Klavier, das er nach Ansicht seiner Anhänger vollendet beherrschte, er zog aber die Einsamkeit dem Glanz der Konzerthäuser vor. Danach tat er etwas ganz anderes. Er malte mit großer Geschicklichkeit die stimmungsvolle Beleuchtung der tiefen Empfindung, die Wunder der Lust und des Fleisches, die sanften Damen seiner Umgebung, die sich unter seinen energischen Pinselstrichen krümmten und sogleich wild und leidenschaftlich die Kleider abwarfen. Zart gallertweich flossen die Damenkörper dahin, man sah auch ihr Schreien.

Damals kam er auf seiner Suche nach letzter Gewißheit nach Wien. Er hatte den höchsten Grad von Schweigsamkeit oder, wenn man so will, von gänzlich verwirrter Gesprächigkeit erreicht; ausführlich darüber zu schreiben, würde zu weit führen, ich habe es ohnehin schon getan, so daß ich mich hier auf wenige Worte beschränke, natürlich mit allen Vorbehalten und Einschränkungen, allen Bedenken und Zweifeln. Der Forscher Fischer sitzt eine Weile, manchen glänzenden Einfall verdampfend, vom Publikum angestaunt, still im Café. Später kehrt er in seine Heimat zurück, macht eine seltsame Wandlung durch und gelangt durch die Heirat mit einer Engländerin in den Besitz eines ungeheuren Vermögens. Seine Frau stürzt vom Säntis und läßt ihn in großer Verzweiflung zurück. Sein Rednertalent und sein imponierendes Auftreten schmelzen davon. Bei diesem beklagenswerten Verlauf des äußeren Lebens wundert es uns, daß er unter dem drückenden Unglück die Freude am Reisen behält. Sein Ausflug nach Island geht gut, ebenso seine Bahnfahrt nach Biel. An diesem Punkt seines Lebens wird er sich mit einer Sammlung von landwirtschaftlichen Gedichten an die Öffentlichkeit wenden. Der Applaus ist enorm; in den glänzendsten Kreisen wird er zur hochwillkommenen Erscheinung. Vergnügungen und Ausschreitungen verzehren aber das Erbe, das ihm seine vierte und fünfte Frau hinterlassen hatten. Die melancholischen Anwandlungen früherer Jahre machen sich wieder bemerkbar. Bald sollte ihn auch die Gunst der Presse verlassen. Man übergoß ihn mit dumpfen Gerüchten. Über die wirklichen Gründe sind aber Tatsachen nicht bekannt, nicht einmal einfache Mitteilungen.

Es ist nicht ausgeschlossen, daß Fischer, der hier zu Unrecht allgemeines Aufsehen erregt, bereits seine Glanzpunkte hinter sich hat. Die Wirkung seiner Veröffentlichungen ist gering. Seine Schrift *Gegen das Zermalmen der sichtbaren Welt* erregt nicht das allergeringste Aufsehen, obwohl seine ernst in die Zustände eindringende Art und Weise von einigen Lesern erwähnt wird. Er verschwindet als Haupt der Pulververschwörung im Ausland; schließt sich einer herumziehenden Schauspielertruppe an, überzeugt als Salonspieler in von ihm selbst verfaßten Theaterstücken. Die Stücke sind freilich zu unbedeutend, als daß man noch an sie denken müßte; sie sind nichts, eine Einbildung, eine flüchtige Vorstellung, eine Abkühlung des Körpers. Und während die Schauspielertruppe weiterzieht, bleibt er in Würzburg zurück, wo er in einen sehr unsoliden Lebenswandel gerät. Seine Ehe mit einer Französin ist nicht sehr glücklich. Der übermäßige Genuß starker Weine und eine ungeordnete Lebensweise werfen in bald aufs Krankenlager. Er erholt sich aber, kehrt taumelnd nach Truns zurück, wo man ihn freundlich empfängt.

Sein zwischen Glanz und Entbehrung schwankendes Leben setzte der Forscher Fischer in Lissabon fort, wohin er sich zur endgültigen Herstellung seiner zerrütteten Gesundheit begeben hatte. Er erfindet Nachfüllvorrichtungen und Wasserluftpumpen, komponiert vierstimmige Männergesänge und Opern, die sich durch eine gesunde Laune auszeichnen. Der Schwerpunkt seiner Tätigkeit liegt jedoch mehr in den Bereichen der Forschung, deren verschwiegenste Vorgänge er vollendet beherrscht. Die Vermessung von Mittelamerika gehörte zu seinen Aufgaben, wo er sich besonders durch seine menschenfreundliche Behandlung der Eingeborenen auszeichnete. Danach hielt er sich eine Weile vom öffentlichen Leben fern. Seine Neigung zur Wirklichkeit, die er, am Fenster sitzend, verfolgte, brachte ihn zu den erstaunlichsten Kenntnissen auf dem Gebiet der Wetterkunde. Er beschreibt die Stimmungsschimmer der im Hintergrund aus dem Boden wachsenden Gebirgslandschaften; nicht lange danach finden wir ihn in Ancona in großer Verwirrung und mit anderen Dingen beschäftigt, mit der schönen Tochter des Außenministers. Er zeigt eine ungebrochene Neigung zu Bodenaufschwellungen, nennt sich Hans Zapf, widmet sich mit Erfolg den Gefühlen und verbringt den Winter in Asch, nachdem er das südliche Frankreich durchwandert hat. Im nächsten Moment erobert er Mexiko mit seinem Geigenspiel, lebt unter dürftigen Verhältnissen in Boston, entdeckt die rapide Fortpflanzungsgeschwindigkeit der Menschheit und lenkt die erlöschende Aufmerksamkeit unter dem Namen Fox als berühmter Sportsmann auf sich, wonach sich seine Vermögensverhältnisse augenblicklich zu bessern beginnen. Seine *Abbildung des ganzen Erdbodens* zeigt uns Fischer wieder in seinem Element. Er entwirft einen die ganze Welt mit einem einzigen gelungenen Strich verändernden Verschönerungsplan, in dem die Ergebnisse seines Lebens und Nachdenkens zusammenfließen. Durchweht von Freiheitsgefühlen schließt er sich der Revolution in Mombasa an, wird einer der Liebhaber der Gräfin Kurowski, die, obwohl nicht sehr schön, eine Schar von Verehrern an sich fesselt, über die sie durch ihren philosophisch geschulten Verstand eine fast uneingeschränkte Macht ausübt. Seine ersten Versuche mit einem dampfenden Turm gelingen noch nicht so vollkommen wie später; man beginnt über ihn zu lachen, und zwar in der Öffentlichkeit, was Fischer verständlicherweise veranlaßt, das Land zu verlassen. Seine nahezu wortlose Schauerrede über die kolbenartigen Anschwellungen in den Alpen quält die Mitglieder der Akademie, die sich kopfschüttelnd einem anderen Forscher zuwenden, dem inzwischen gänzlich vergessenen Professor Gromm. Seine Auftritte wurden seltener. Die Verarbeitung der auf ihn einstürzenden Gedanken fiel ihm schwerer als früher. Die Schwächen seiner Werke wurden zum Gespräch des Publikums. Er nannte sich jetzt Franz Gall und wohnte in Flint, kränklich, aber mit vielen erdachten Verfahren befaßt, mit denen er tief in die Zustände einzugreifen versuchte. Das aber später; denn schon trieb ihn die Sehnsucht nach Basel, wo er sich im Billardspiel hervortat und entscheidend zur Hebung des herrschenden Lebens beitrug. Als Künstler stellt er die kratzenden Landschaften seiner Heimat dar, fast immer bei trüber Beleuchtung, bei trüber Luft, so daß ein blasses fahles Totengrün vorherrscht. Der Bankrott, die Armut, der blanke Hunger treibt ihn zur Flucht in die Kahlheit der Berge, dort springt er davon, direkt nach New York, wo man ihn für einen anderen hält. Er tut wenig, um diesen Irrtum aufzuklären, genießt dagegen die Freundlichkeit der Wirte, zeigt aber schon die ihm später verderblich gewordene Neigung zu Nebensachen, die die einheitliche Wirkung seines Personenbildes zu stören beginnen. Die Folgen sind unbekannt. Sein Mangel an Ordnungssinn, Pflichtgefühl, Willenskraft wird übersehen. Die Regellosigkeit seiner Lebensführung fällt nicht mehr auf: die springende Unruhe, das wilde gährende Schweigen, das harte Versinken, die Berührung des Grundes, der Tiefe, der wirklich untersten Punkte der möglichen Verhältnisse. Doch auch darüber weiß man nichts oder will man nichts wissen.

Plötzlich kehrten sich, fast über Nacht, alle aufgezählten unangenehmen Dinge in ihr Gegenteil um. Nun erwiesen sich auch die von seinen Feinden behaupteten Anschuldigungen als hinfällig, haltlos und ganz aus der Luft gegriffen. Er schwang sich empor und wurde der Mittelpunkt der augenärztlichen Welt; er faßte unter dem Namen Schlopp eine Anzahl verschiedener Krankheiten zusammen und heilte sie, oder jedenfalls wies er nach, daß ein Teil davon heilbar sei. Er übernahm die Leitung einer Kofferfabrik; erreichte beträchtliche Popularität durch seinen Sieg in der zehnten Runde gegen Max Schmeling und leistete Gewaltiges bei der Bekämpfung der vordringenden Wüstengebiete. Man beging seinen Geburtstag mit starkem, nun wieder übertriebenem Enthusiasmus, feierte ihn als einen der größten Gesangskünstler in den großen Opern, doch verlor seine Stimme bald an Fülle, er wurde schmächtig, ruiniert durch einen Katarrh, den er sich bei einer Expedition in die kalten Gebiete des Nordens zugezogen hatte; trat als Geiger auf, spielte in Rom auf einer feuchten Geige, die ihm ein Schurke namens Muhl in einem unbeobachteten Augenblick in den Kasten gesteckt hatte, eine Teufelei, die ihm einen beträchtlichen Teil seines musikalischen Ansehens kostete. Man nimmt an, daß er in dieser Zeit auch in Genk auftauchte.

Eine kurze Pause entstand. Die Überraschungen, die er der Welt bereitet hat, sind so bekannt geworden, daß man begreift, warum er, gerade noch ausgehungert und totgeglaubt, immer wieder lebendig erscheint. Nur bei den innerchinesischen Streitigkeiten scheint ihn das Glück verlassen zu haben. Über das obere Nilland, das er zivilisieren soll, hat er kein günstiges Urteil. Sumpf, Wald und Elend, schreibt er in seinen Briefen; es sei ihm egal, ob nun der Nil eine Quelle habe oder keine. Da er kein Wort Arabisch verstand, konnte von mündlichen Auseinandersetzungen mit den Arabern nicht die Rede sein. Er ersparte sich so eine Menge Ärger. Und wenn auch die Reise nicht eine einzige wissenschaftliche Frage löste, war sie für diesen Mann zur Vertreibung der wachsenden Langeweile wichtig genug. Aus dem Süden stürzte er in den Norden. Am Yukon verlor er den Rest der Botanikergruppe, er wurde seltsam und zänkisch, erklärte sich für bankrott und entdeckte von nun an nichts mehr. Wie er es schaffte, den wahren Zweck seiner Reise geheimzuhalten, gehört zu den tiefsten Geheimnissen Fischers. Als er gefunden wurde, angeschnallt an der Erdoberfläche, war er entmutigt. Sein Leben fror ein, er saß unbeweglich, starr brütend am Fenster in Truns, wo man vergeblich versucht, ihn zum Reden zu bringen. Sein Mund sei ganz kalt, sagte er, es sei kalt im Mund. Und beim Öffnen des Mundes werde es noch viel kälter.

Die Welt begann jetzt ein wenig ungeduldig zu werden. Er war verschwunden und wurde, von Ratten zerbissen, am Ende im Schutt von Brooklyn gefunden. Plötzlich hörten die Nachrichten auf, und die dunklen Gerüchte vom Untergang einer mit großer Hoffnung in Angriff genommenen Expedition, die zu Anfang des Jahres nach Truns drangen, wurden leider von einem Reisegefährten Fischers, der verwildert in Hamburg eintraf, bestätigt. Man erfuhr, daß der Forscher am Dschuba ermordet wurde. Die Trauer über das Schicksal des Reisenden, der Vermögen und Leben verloren hatte, war groß, sie dauerte allerdings nur so lange, bis Fischer plötzlich doch wieder auftrat; ermattet, erschöpft, das ist wahr, aber lebend. Er geht nach Neapel, wo er keine Spuren zurückläßt. Unter blutigen Umständen, aus dem nacktesten abschreckkendsten Leben heraustretend, bei der Lösung der schönsten Aufgaben vom Sturm überrascht, in kriminellen Zusammenhängen verschwindend, erreicht er Pisa, wo er die Unbekanntheit eine Weile genießt, die Gegend jedoch in Erstaunen versetzt, als er sich eines Tages als Forscher Fischer in die Geschichte einträgt. Ein Hut wird nach ihm benannt, ein Kanal, eine Krankheit, ein Tier, ein Museum, ein Platz, eine ganze Gegend. Der düstere Ernst seines Charakters wird gefürchtet. Seine Reizbarkeit, sein unruhig springendes Wesen, seine platzende Stimmung reißt ihn zu heftigen Ausbrüchen fort. Er entdeckt, von seinen Freunden verraten, das in Eis und Schnee starrende Sandwichsland. Hier faßt er auch den Entschluß, sich durch eine große Tat nützlich zu machen. Ein allgemeiner Körperschwund verkleinert ihn in dieser Zeit ein Stück, so daß er, als er zurückkommt, von keinem erkannt wird. In Truns, wo er in großer

Geschwindigkeit seine Reiseerlebnisse niederschreibt, hält es ihn nicht. Er stürzt fort. So viel Schönes und Bedeutsames er auch sagt, wir verstehen ihn nicht. Wir bemerken nur das sichtbare Nachlassen seiner Kräfte, ein gewisses Schwanken in seinen Bemühungen. Er hat einige leistungsfähige Teile des Körpers verloren; eine schleimige Erweichung der Knorpel und Knochen macht sich bemerkbar, eine Verfettung des Herzens, eine Gewebeschwäche, er kann nur noch kriechen und auch das nur im äußersten Notfall. In diesem Zustand beschließt er, Truns zu verlassen. Daß dieser Entschluß durch ein Liebesverhältnis zu einer höhergestellten Dame veranlaßt wurde, ist sehr umstritten und wohl auch falsch. Von dieser Zeit hat man nur eine schwache Erinnerung.

Über die folgenden Vorgänge herrschen einige Unklarheiten. Die Erinnerungen sind bleich und blaß. Das Gedächtnis ist schlaff geworden. Ein zusammenfassendes Urteil über die Schwächen und Vorzüge ist nicht mehr möglich. Sein unruhiger Charakter treibt ihn wieder nach Deutschland, wo es ihm auch nicht gefällt. Als man ihn fortjagt, lebt er noch eine Weile in Goms, in großer Verborgenheit. So war er, einmal der Stolz und Liebling der Gegend, schließlich verschwunden. Man redete nicht mehr von ihm, und wenn, dann nur darüber, daß er sich nun wohl dem Räuberhandwerk hingegeben habe, was aber nicht zu den Wahrheiten zählt, obwohl wir seine gewaltige Rauflust und Raublust kennen.

Nach vielen Abenteuern kam er aus Indien zurück, um zu erfahren, daß seine Unterlagen über das Leben in Truns verlorengegangen waren. Er war völlig mittellos wiedergekommen, fand keine Spur seines Hauses, das dort gestanden hatte, seine Frau war, hörte er, mit einem Vertreter davongefahren und niemals wieder gesehen worden. Von diesem Moment an befaßte er sich mit der Züchtung von Stubenhunden, war der Gehilfe eines Heringshändlers, wurde Wanderredner für ein künstliches Düngemittel, redete aber wenig. Fischer, dem man hier neulich ein Denkmal errichten wollte, ist schon so gut wie vergessen. Was mich betrifft, so erinnere ich mich allenfalls an Fischers Frau, und ich habe jetzt das Bedürfnis, auch sie zu vergessen, obwohl sie raschelnd neben mir sitzt und meine Hand auf ihr Knie legt.

# *Nachrichten aus der bewohnten Welt*

1

Ich habe also über das Reisen gesprochen. Es wäre natürlich möglich, ausführlicher über das Reisen zu sprechen, aber ich bilde mir ein, daß alles, was über das Reisen zu sagen ist, schon gesagt wurde, von mir und von anderen Reisenden. Ich weiß nicht genau, wie lange ich so gesessen habe, in dieser rauchenden Stubenluft, ich hielt meine Augen einfach auf das vorüberziehende Leben gerichtet, ohne große Erwartungen, vor dem Fenster war, glaube ich, Winter. Jemand stürzte kopfschüttelnd aus dem Kurhaus heraus in die Ferne hinein; ich fürchte, man muß dieses Stürzen gesehen haben, um zu begreifen, was das ist: *Stürzen*. Ich hatte noch niemals ein solches Stürzen gesehen, weder hier noch am anderen Ende der Welt. Dieser Mensch schien sich wesentlich schneller bewegen zu können, als jeder früher von mir beschriebene Mensch; aber selbst wenn ich mich täuschen sollte, es wäre vollkommen gleichgültig. Am Abend des nächsten Tages bemerkte ich auf der anderen Seite der Straße einen schweigenden Mann; er stand auf dem Dach des Hotels, mit einer schweren Zigarre im Mund, und aus der Zigarre stieg der Rauch fett hinauf in die Luft; ich saß und sah, wie gesagt, einen matt beleuchteten Mann, einen langen, mit kleinen, so war es, mit kleinen elektrischen Birnen umrandeten Mann, mit einer riesigen roten Zigarre, funkelnd und blinkend, der unablässig den Hut hob und senkte und dabei den Dampf der Zigarre, den Qualm, den Rauch tief hinauf in die Luft blies. Hier saß ich also, ich hörte nicht viel und schmeckte nicht viel, und wenn ich einen der Gegenstände berührte, die vor mir standen, die Rotweinflaschen oder das Glas, dann fühlte ich nichts, keine Flaschen, kein Glas; aber sehen konnte ich alles. Im Hotel gegenüber, neben dem großen saugenden O, sah ich ein rasches Herausbeugen, ein leichtes Herausflattern, ein stummes dunkles Herausgreifen oder Herausschütteln, nein, kein Herausfallen, aber ein sehr gefährliches Bild. Es hatte dann angefangen zu regnen, das sah ich an den geöffneten Schirmen. Die Bäume, vom Wind gebogen, knickten nicht um, es flog nichts davon, es stürzte nichts ein und ich hatte gar keinen Grund, vom Reisen zu sprechen. Ich war im Begriff, meinen Worten zu folgen, doch ich glaube, ich hatte längst aufgehört, zu erzählen. Diese Schritte auf Hackenschuhen, das Gläserabstellen, das Gabelpicken und Brötchenknistern, das alles war der Beweis für meine Vermutung, daß ich mich in Gesellschaft einer bekleideten Dame befand, dieses Röckerascheln und Sesselknirschen und dieses stoßende Keuchen. Als ich das Zimmer verließ, schneite es nicht.

Ich ging also fort, ich kann in der Eile nicht sagen, wohin, es hat ohnehin keinen Sinn. Ein großer Umfang an Unbekümmertheit gibt mir das Recht, zu behaupten, daß ich nach Süden ging, obwohl ich in Wirklichkeit vielleicht auf dem Weg nach Norden war. Ich dachte, es wird jetzt gleich krachen und etwas wird hart aus der Höhe herunterfallen, aber es krachte natürlich nicht; es war alles unbeweglich und weiß überzogen, kein Krachen, es war nichts zu hören. Nichts störte die schöne beschneite Ruhe. Von nun an ging ich fast täglich hinaus; es gehörte zu meinen Gewohnheiten, morgens das Bahnhofshotel zu verlassen. Ich stürzte mich ohne Bedenken in Schneefälle oder Regengüsse; am Anfang ging es um Kleinigkeiten, um wenige Schritte bis zu den dampfenden Imbißständen, den Brezelbuden und Bierausschänken. Später wuchs die Entfernung und die Geschwindigkeit, Eisen-Kahl, Hut-Mai, Feinkost-Heinz, Schießteich, Botanischer Garten, ich strich an Küchengerüchen vorbei, an ausgeschlagenen Eiern und zischendem Speck, an Brot und Semmeln und dunklen verschlungenen Würsten; ich glitt in die Tiefe hinab, in das Knirschen des Güterbahnhofs hinein, in das schmierende Bremsenkreischen, das schwere geschwärzte Ausatmen der Lokomotiven, das weiche Zusammenklatschen der Puffer; die zierlichen schwarzen Maschinen der Kammgarnfabrik zappelten hinter den Fenstern, in der Nähe des Amtsgerichts war ein Hakken zu hören, ein Hacken, ein sehr rasches Hacken von möglicherweise Zwiebeln und Petersilie; ich berührte ganz leicht die Ränder des Kurparks und kam bis zum Eingang des Eisenbahntunnels, oder ich bog nach rechts in die schöne Gegend der Kofferfabrik, am Postamt vorbei, während der schrotkornähnliche Hagel auf mich herabfiel, bis zu den Viadukten und weiter rechts immer schneller bis zu den stillen Autofriedhöfen, an wandernden Wänden vorbei, an den feuchten Mauern der Brauerei, durch die großen Gebiete der Fleischindustrie, der Schlachthäuser, der stöhnenden Viehhöfe, der Knochenmühlen und Abdeckereien.

Eines Tages, etwa im Winter des letzten Jahres, hatte ich die bewohnte Welt in Erstaunen versetzt, als ich beschloß, nach Westen zu gehen, nach Buchs oder weiter nach Grabs bis nach Gams. Beschreibungen oder Mitteilungen über mein Fortgehen haben von jeher Anlaß zu Meinungsverschiedenheiten gegeben. Ich mache mir keine Mühe, die Ansichten meiner Feinde über die Richtungen zu erörtern. Eigentlich wollte ich nicht nach Buchs gehen, sondern nach Flums oder Wangs, ging aber doch nach Buchs; auf ganz natürliche Weise kam ich plötzlich nach Buchs in das Waber'sche Bahnhofshotel. Hier setzte ich mich und dachte über den Vorgang nach. Neben mir stand etwas raschelnd und lächelnd und zog sich die schönen armlangen Handschuhe ab, während ich eine Flasche öffnete. Ich trank ein paar Schlucke und sah eine Zeitlang hinaus: die Gegend zeigte von außen nichts sonderlich Auffallendes, allenfalls eine Art

Schlaffheit, eine sichtbare Schwäche; es war eine weiche entzündete Gegend mit kleinen Geschwüren, zuweilen gebläht, zusammengezogen, verstopft, eine regenschwitzende Gegend, aufgerieben, wie blutend, naß, feucht, wirklich schlüpfrig, wie nackt, wie entkleidet, wie ausgezogen und etwas sehr Schweres, Drückendes senkte sich langsam von einem verwelkten Himmel herab; auffallend war dieses langsame Stillwerden unter der dicken Wolkendecke, während ich meinen Rotwein trank. Aus den aufgerissenen Fenstern beugte sich nichts. Ich sah nur die große Höhe der Berge und hatte den Eindruck, daß diese Berge nach und nach aus der Gegend verschwanden, daß sie davonzogen, daß ihre Spitzen herunterfielen, die Spitzen der Berge, es gab keine Spitzen mehr, es waren ganz stumpfe Berge, die ich zu sehen bekam. Ich nahm einen Schluck, ich konnte ganz gut ohne Berge leben; das Meer beschäftigt mich kaum, jedenfalls nicht im Moment; wer allerdings glaubt, daß mich die Gegend zwischen Meer und Gebirge beschäftigt, der irrt sich. Vor dem Fenster sah ich jetzt das Hinabrutschen eines Gesichts. Jemand hatte hereingesehen und glitt mondbleich hinab in die Winternacht. Ich dachte nicht lange darüber nach, ich trank meinen Rotwein und sah in die Landschaft hinein, in dieses berühmte Gebiet, das ich früher so oft beschrieben habe. Es ist ja durchaus nicht so, daß ich gar nichts mehr sehe, doch ich sehe nichts weiter als schief gehaltene Schirme und über die Straße tanzende Hüte und die Fensterscheiben mit Zeitungspapier verklebt.

Ich weiß nicht genau, wie lange ich hier gesessen habe. Es ist wahr, die Zeit verging rasch. Und weil ich Aufregung brauchte, zog ich mir meinen Mantel an und ging. Ich wollte die Welt kennenlernen und natürlich das Leben, also ging ich davon. Ich war schon so oft fortgegangen, ohne daß es die anderen Reisenden für wichtig gehalten hätten, darüber zu reden; meine Reiseerlebnisse schienen sie nicht zur Kenntnis zu nehmen, und wenn sie doch davon sprachen, dann war fast alles Behauptete falsch, verbogen, verkleinert und unbedeutend. Es ist nutzlos, über das Reisen zu sprechen. Nur im Hinblick auf die grobe Verlogenheit der Reisenden wäre vielleicht noch manches zu sagen. Die große Mehrzahl der Reisenden lügt, aber wahrscheinlich nur da, wo es sein muß. Ich selbst kann behaupten, die Wahrheit zu lieben, soweit es möglich ist und sobald sie den herrschenden Umständen einigermaßen entspricht. Und wenn ich die schrecklichen Tatsachen, die ich auf meinen Reisen erlebt habe, nicht erwähne, dann muß ich noch lange kein Lügner sein. Ich habe nur meine Gründe, die Reiseeindrücke zu verschweigen. Ich erzähle auch vorläufig nur den Fall, nur den Vorgang, den nackten Tatbestand, ohne die beteiligten Personen zu erwähnen. Ich entferne zunächst einmal alles, was einen falschen Eindruck von dieser Sache machen könnte. Die Gräben und Böschungen vergesse ich gründlich, ebenfalls den gefährlichen Sumpf, der sich in der Nähe befinden soll. Ich überhöre auch das Geschrei der Tiere, alles das ist mir jetzt nur im Wege und dient nicht der Darstellung dieses Falles, den ich beobachtet habe.

Das Verlangen nach den gewaltigen Anschwellungen der Ferne packte mich also von neuem. Beim Verlassen des Bahnhofshotels erinnerte ich mich an Kerschensteins Worte über die Feinfühligkeit. *Die Feinfühligkeit,* sagte Kerschenstein, *ist, mit Ausnahme vielleicht der Aufwühlbarkeit des Gemütsgrundes, eine der ersten Bedingungen für eine gute Auffassung und Beurteilung der Umgebung, durch die Sie soeben gehen. Sie gehen durch hübsche, mit Büschen bewachsene Landschaften, der Boden ist warm, das ganze Gelände, auf dem Sie sich vorwärtsbewegen, ist warm und gepolstert;* Kerschenstein sagte: *nach Ihren oberflächlichen Darstellungen der Landschaft mit den beschriebenen Krümmungen, mit allem Zubehör warmer abendlicher Gebiete, gehen Sie ziemlich hoch über der obersten Höhe des Meeresspiegels. Die Wirklichkeitsfarben, die auserlesenen Prachtstücke der Natur, die tütenartigen Berge, die Ihre Aufmerksamkeit erregen sollten und Sie in schöne Stimmungen versetzen müßten, fallen Ihnen womöglich nicht auf, Sie müßten hier wenigstens vorübergehend ein freundlicher Mensch werden, aber ich spüre von Ihrer Freundlichkeit nichts, Sie müßten Ihr Ausflugsvergnügen in die Luft singen, mit einer der Landschaft angemessenen Stimmung,* sagt Kerschenstein, *aber Sie singen nicht; ich höre keinen Gesang, ich höre nur Ihre Reden über das Reisen und über das Fortgehen, das höre ich, aber Sie gehen nicht fort, Sie blei-*

*ben. Man merkt Ihnen an, Sie sind fremd in der Welt und Sie werden,* ruft Kerschenstein, *diese landschaftlich schönen Flecke niemals begreifen. Sie unterschätzen die Schönheit, die Aussicht, die Angemessenheit dieser gefühlvollen Gegend; Sie beachten diese durchsichtige Luft nicht, diese Bilder, in denen nichts Schwermütiges oder Trauriges liegt, diese Bilder wehender Heiterkeit; Sie bemerken nicht dieses Glück in der Mitte von allem, dieses Maß des Gemüts und des Klimas; es ist schließlich gerade so warm, daß man Kaffee trinken könnte, im Freien, zwischen den leicht zerstreuten Gebüschen in den angenehmen Nachmittagsstunden, doch das begreifen Sie nicht.*

Einen Moment erwog ich den schönen Gedanken, nach Westen zu gehen. Ich warf im Vorübergehen einen Blick in den Spiegel und sah: dieser Mann ist entschlossen, nach Westen zu gehen. Man macht sich keinen Begriff von der Entschlossenheit, die ich im Spiegel sah, also ging ich einfach am Spiegel vorbei nach Westen. Plötzlich legte sich eine gewaltige Hand auf meine Schulter; ich sah einen Mann auf mich einsprechen, der sich Kerschenstein nannte. Aber Kerschensteins Worte über die Landschaft berührten mich nicht, nur das große Gebiet der Erscheinungen und Gegebenheiten, durch das ich ging. Ich ging so dahin. Am Schluß wollte ich nach Amerika. Es gebe in mir, rief Kerschenstein, *keine verborgenen Entfaltungsmöglichkeiten, Sie werden am Ende nichts anderes sein als jetzt, zu Beginn; Sie entwickeln sich nicht,*

*Sie sind nur ein großes Stück Fleisch, das seine Haut, seine Lippen oder die Füße bewegt; Sie sind nicht fähig, die Abschnitte Ihrer Reise miteinander zu verbinden.* Er hatte, fand ich, im Grunde nicht unrecht. Die Reisen, von denen ich spreche, waren im Grunde nur eine ununterbrochene Folge von Mühseligkeiten, und wenn ich zurückkam, stellte es sich heraus, daß kaum mehr als eine Reihe kleiner Beschwerden entstanden waren, Schmerzen und Unannehmlichkeiten, Rötungen, leichte Entzündungserscheinungen. Gesehen hatte ich nichts, und hören konnte ich nur das Stöhnen der Reisenden. Inzwischen war ich in Nord-Amerika und dachte über den Anfang der Reise nach, während vor meinen Augen, auf dem geknickten Hoteldach, ein Mann seinen Hut hob und senkte, ununterbrochen, und dabei aus einer schweren roten Zigarre Dampf in die Nachtluft stieß.

## 2

Niemals zuvor ist irgendein Mann so schnell arm geworden wie ich. Mein Elend begann, als ich mich anschickte, wie ein gewöhnlicher Mensch zu leben. Ich stürzte in eine kalte nagende Armut hinein, ich schrumpfte und sank und sah mich im Spiegel die letzten Konserven öffnen, ich verzehrte bleiche wurmweiche Würste, dünne verbogene Fische und trocken knackendes Brot. Eine zarte Schimmelschicht begann an den Wänden zu wachsen; die Übergardinen mit ihren ranzigen Rändern, den Rotweinflecken, den kleinen eingebrannten Zigarrenlöchern, hingen schwer und schlaff von der Decke herab. Gewächse wie Hände, wie Menschenhände lagen vor mir, wie Menschenhände, und ich zweifelte keinen Moment daran, daß es meine Hände waren, die auf dem Tisch lagen; am Mittag versuchte ich sie zu erheben und sah mich im Spiegel Kartoffeln essen, glasig, mit großen Augen; auf meiner schlammigen Suppe schwammen winzige schwarze Tiere, der Tisch, das Bett, die Lampen waren bedeckt von winzigen schwarzen Tieren, und auf dem Grund meines Glases, im Rotwein, lag etwas Totes, aber es war gar nicht tot, es begann zu kriechen und kroch lebend in mich hinein, in den Schlund und weiter in meinen Leib, ich sah hinab auf die nackten geschwollenen Füße; das waren die wirklichen Folgen meines entsetzlichen Reiselebens, der Zustand der Füße auf diesem feuchten fettigen abgetretenen Teppichboden. Ich nahm eine letzte Büchse, öffnete sie und sah eine salbenartige ranzige Masse, die ich augenblicklich verschlang. Ich sah weiche am Fenster herunterfließende Tiere, der tauende Schnee troff düster herab; hier saß ich also, zwischen den Knicken des Daches, zwischen den ausgetrunkenen Flaschen, den Abfallkübeln, den leeren aufgebogenen Dosen, in meinen Mantel gewickelt. Neben mir hörte ich wieder die spitzen hackenden Schritte, ich hörte ein Plätschern, ein Rauschen von Brausen, ein weiches Wischen, ein Lappenschmatzen. Der Tag ging vorbei und neben mir war ein Klopfen zu hören, ein Pochen, ein Türenöffnen und der gepreßte bauchige Klang einer Männerstimme; ich hörte ein rasches Ablegen von Kleidungsstükken, eine Reihe kurzer zerstoßener zitternder Laute, die von geringer Bedeutung waren, das Aufknarren eines Bettes und dieses wimmernde Singen, dieses Wälzen und Wackeln und Schwanken, und etwas wie ein Zusammenklatschen von Fleisch, von aneinanderklatschenden nackten Körperteilen. Später, als es schon dunkel war, folgte ein wie unter heftigen Schmerzen herausgestoßener Schrei, der gar nicht mehr aufhören wollte. Ich beugte mich aus dem Fenster, um in das Nachbarzimmer zu sehen, sah aber nichts, nur einen weiblichen Kopf, der sich zurückgebeugt hatte, mit aufgerissenem Mund, mit aufgerissenen schrecklichen Augen, im nächsten Moment fiel der Kopf nach vorn auf das Kissen. Ich hörte nichts mehr, keinen Schrei, keine stöhnenden Töne; ich sah nur noch hinter diesen vom Atem beschlagenen Scheiben den aufgerissenen

Mund und den Kopf, der immer wieder nach vorn auf das Kissen fiel, diesen geschüttelten Körper, die mageren Schultern und diese großen geröteten Hände, die auf den Schultern lagen, dann hörte ich nur noch den Durchgangsverkehr, das Keuchen der Busse, die sich im Mondschein träge vorüberschoben. Man hatte auch einen schwachen Blick bis zum Bahnhof und über die Lichter des Bahnhofs hinweg, bis zur grünen gemästeten Kuppel des Kurpalastes.

Niemals zuvor ist irgendein Mann so schnell arm geworden wie ich. Mein Elend begann, als ich mich anschickte, wie ein gewöhnlicher Mensch zu leben. Das alles wäre freilich gar nicht erwähnenswert, wenn ich nicht unmittelbar darauf sehr reich geworden wäre. Ich wurde so unvorstellbar reich, daß selbst die in Buchs wohnenden, als sehr reich geltenden Menschen sich über meinen Reichtum zu unterhalten begannen. Um diesem Thema auszuweichen, hatte ich Buchs verlassen. Ich hatte beschlossen, das Wetter für schön zu halten und war aus der Haustür getreten. Das geschah zwar in einer Zeit, in der es üblich war, davonzugehen, aber dennoch war dieses Davongehen etwas Ungeheuerliches und Außerordentliches, man beobachtete es mit Staunen; jeder Mensch, der es sah, war der Meinung, daß es sich hier wohl um einen der ungewöhnlichsten Spaziergänge handelte, über den ich jemals berichtet habe.

Nachdem ich meine Verhältnisse geordnet hatte, betrat ich die Straße, ohne mich um die Menschen zu kümmern, die mir entgegenkamen. Diese Leute behaupteten, niemals etwas von mir gesehen zu haben; ich sei ins Gebirge gefahren, erzählte man mir. Aber ich sah in den Schaufensterscheiben deutlich, daß ich dahinspazierte; zwischen den schnappenden Schweinslederkoffern, lächelnd, den kitzelnden Handtaschen, den sehr empfindlichen Reiseetuis, den Brottrommeln, Schlagschüsseln, Schneebesen und Tortenschaufeln, den scharfen Passiergeräten, den zischenden Brauseschläuchen, den rohen Gemüsehobeln, den lächelnden Fleischwölfen mit handgeschliffenen Flügelstahlmessern, mit Spritzgebäckdüsen und Bohnenschnitzlern. Eine Zeitlang begnügte ich mich damit, zu lächeln, tatsächlich, ich lächelte in diese Fenster hinein; wahrscheinlich wollte ich etwas sagen, aber ich sagte nichts, ich hatte die lebhafte Neigung, die Gegenstände zu betasten, an denen ich leicht vorübertrieb, die Körper und Gegenstände; aber ich faßte nichts an, ich sagte nichts und berührte nichts, ich zog es jetzt vor, zu schweigen. Es ist möglich, daß es ganz still war, ganz leer und ganz kalt. Das war eine gute Voraussetzung, einfach dahinzugehen und darüber nachzudenken, was in den letzten Jahren geschehen war, aber ich hatte das alles vergessen, ich hatte bemerkt, daß man sich einfach an gar nichts erinnern muß, wenn man nicht will; da ging ich also, mit einem nach oben geklappten Mantelkragen, sehr rasch, sehr gebückt, mit einer Mütze, und hatte alles vergessen, was ich erlebt hatte, das kraftlose Rutschen, das Wehen, das Stürzen, das spitze Stöckeln, die Nähte der Strümpfe, die lautlosen weichen Geräusche unter den schwingenden Röcken, die Damenschuhe mit ihren hohen harten schmerzhaften Absätzen, die schwarzen geplatzten Strümpfe, aus denen das nackte Fleisch herausschien. Ich war also aufgestanden und aus dem Hotel gegangen, das war es; und eine Frau war schreiend vorbeigekommen, ich schaute durch ihre Augen hinunter bis in die Eingeweide hinein, bis in die Tiefe ihres mit Kleidern bedeckten Körpers. Die Dunkelheit war eine sehr schöne Erscheinung in dieser Zeit; die Lautlosigkeit, die Wortlosigkeit und diese vom Mond beleuchtete wie gesagt Dunkelheit.

Zuweilen tauchten Gesichter auf, die später eine gewisse Rolle spielen, von denen ich auch erzählen werde. Ein Mann trat mit ausgestrecktem Arm auf mich zu und hielt mich für einen Bekannten. *Mein Herr,* sagte er, *ich gebe Ihnen den Rat: vergessen Sie diese Sache; oder reden Sie wenigstens nicht darüber.* Man konnte die Worte sehen, wie sie aus seinem Mund kamen. Ich sagte nichts, ich überhörte das alles, die Gewohnheiten trieben mich weiter. Vor mir lag eine unbekannte Zukunft, in der Geld keine Rolle spielen würde. Ich ging so dahin, ohne mein Glück zu überschätzen oder es für beständig zu halten. Am Ende der Straße begann es zu regnen, es regnete derart, daß das Wasser, als hätte es immer noch nicht genug Ärger gegeben, bis zum Rand meiner Manteltaschen stand. Dort kam auch der Mond. Ich glaube, er floß von oben herab; er rann an den Rändern der Welt herunter, während ich meine Mütze vom Kopf nahm und weit über diese Dinge hinausflog. Gerade wollte ich sagen: *so ist es eben*, aber das sagte ich nicht. Ich war ganz ruhig, ganz stumm, und das nicht zum ersten Mal.

Am Nachmittag dieses Tages passierte nichts. Also verließ ich die Gegend und ging nach Westen. *Wohin?* rief mir Kerschenstein nach. Nach Westen. Ich ging nach Westen. Ich machte kein Geheimnis aus meiner Richtung. Wichtig sei jetzt, sagte Kerschenstein, die Vermeidung von falschen Hoffnungen und von Enttäuschungen, die diese Richtung betreffen, in die ich hineinging. – Natürlich kannte ich alles, was Kerschenstein über den Westen geschrieben hatte; es war die verbreitete Meinung. Aber diese verbreitete Meinung, sagt Kerschenstein, sei eine ungeheure Lüge, diese Meinung sei nur durch Abkühlung entstanden, durch Kälte, durch Frost; eine Menge von neuen Erkenntnissen über den Westen habe ihn, Kerschenstein, dazu gebracht, seine früheren Ansichten ganz auf den Kopf zu stellen, sie ganz nach außen zu stülpen, um so zum Kern seiner Meinung zu kommen. Der wichtigste Einwand gegen seine frühere Meinung sei, sagte Kerschenstein, also nichts anderes als seine, Kerschensteins gegenwärtige Meinung über den Westen.

In den nächsten Tagen wurde ich hin und wieder verfolgt, aber das störte mich nicht. Ein Mann sah mich an; ich erinnere mich an das Quietschen der Handschuhe, der Gummihandschuhe, als er sie auszog; und das gleiche, als er sie anzog, das gleiche Quietschen. Ich durchlief diese Gegend in großer Geschwindigkeit. Es war, als ob diese Landschaft an einem äußersten Punkt der denkbaren Welt lag. Und alles war, fand ich, aus schwarzem Papier geschnitten in dieser sehr kühlen Nacht. In dieser Nacht kam ich an eine bestimmte Stelle. Es gab keine Berge, auf die ich steigen konnte. Es regnete nicht. Kein Wind. Es war nichts zu sehen. Man brauchte sich nur zur Erde hinunterzubeugen und man sah nichts. Ich hatte auch keine Ahnung, wie ich an diese Stelle gekommen war. Ich hatte einfach das atemlose Gefühl, durch eine geschwollene oder ausgestopfte Stadt gegangen zu sein und einen bestimmten Punkt erreicht zu haben, einen Punkt, an dem ich das Ganze sofort und ohne Umstände beenden könnte. In der Nähe des Mondes sah ich endlich einige Einzelheiten; ein Aufschütten oder Aufwerfen, ein Grubengraben. Ich bog ab nach Westen und rechnete mit dem Erscheinen der Berge; aber ich sah keine Berge. Dann ging ich nach Süden, auch hier keine Berge. Ich sah die Lagerschuppen, ja, die Schornsteinkuppen, die Messehallen, die Magazine; aber keine beschneiten Berge.

Ich hatte mich in der vergangenen Zeit vor allem mit dem Problem der bewegten Lust beschäftigt, oder der *Luft?* vielmehr der Luft, der bewegten Luft; mit den Problemen der keuchenden Stürme, des wimmernden Windes, der rollenden Wolken. Ich sah das Wasser als Dampf in die Höhe steigen und danach als Regen wieder zur Erde fallen. Es regnete schwer vom Himmel herab, direkt in die platzende Erde hinein. Beim Gehen blies mir der Wind die Mütze vom Kopf, und ich wußte, in dieser Gegend bleibt etwas Davongeblasenes, wie diese Mütze, für immer verloren. *Seien Sie vorsichtig*, rief man mir nach, *geben Sie acht.* Keine Angst, dachte ich, es wird nichts passieren. Auch die Musik wurde täglich lauter. Später irrte ich durch Italien, denn das war Italien, das mußte Italien sein, ich hörte die Leute singen und nutzte die allgemeine Verwirrung, um zu entschlüpfen und anderen Abenteuern entgegenzugehen.

Ich spazierte auf tiefen verbogenen Wegen dahin, die plötzlich abbrachen oder in rauchende Häuser hineinliefen, in kleine verschmierte Hotels mit knarrenden Stiegen; Frauen mit Abfallkübeln kamen an mir vorbei, strumpflos, mit Besen und nassen Lappen; und unter den Kitteln schienen sie nackt zu sein, nackt, kalt und hart; ich trieb durch die Gänge, die Wände feucht schwammig, mit pinselartigen Borsten, leicht dampfend in diesem Geruch nach kalten Zigarren und Reinigungsmitteln und schweren ungelüfteten Betten und feuchten, von ausgeflossenen Körpern verklebten Laken und Kissenbezügen; ich hörte raschelnde Schritte im Dunkeln, der Wind pfiff, während die Fahrstuhltür auseinanderglitt, und hinter den Zimmertüren schrie es und keuchte und stöhnte es, in den menschenleeren Korridoren sah ich die schirmlosen Glühbirnen schwingen, ich sah die umgefallenen Eimer, die Wäschetonnen, die Schuhputzmaschinen, und während der Aufzug schabend hinabsank, kam ich an neue Treppen, durch neue Gänge, ganz von Gerümpel verstellt, bis unter das Dach, an Besenecken vorbei und Wäschekammern. Am Morgen sah ich neben mir eine bleiche erschöpfte Frau auf dem Boden liegen, mit angewinkelten Beinen, leicht, weiß und schmal, man konnte in sie hineinschauen, so dünn war die Haut, wie in Glas, ich hatte einen Moment das Gefühl, daß ihr Körper beim Flakkern der Leuchtreklame zerspringen würde, während es blinkte und knallte, und während auf dem Hotel gegenüber ein Mann stand, der eine Zigarre hob, groß und beleuchtet, und seinen Dampf hinauf in die Luft stieß, er stieß und stieß und ich dachte, wie ist diese Frau auf den Boden gekommen, ich wußte es nicht, warum stand ich neben der Frau mit den Stökkelschuhen, aus welchem Grund entkorkte ich eine Flasche; es knarrte und knackte, ich hörte es wälzen und sah durch geöffnete Türen in andere Zimmer hinein, ich sah das dünne Rinnen der Wasserhähne, die ungemachten zerschlafenen Betten, die aufgerissenen Schränke, die gähnenden Koffer mit zarter schimmernder Wäsche, mit kleinen diskreten Korsagen, mit weichen Pullovern und seidigen Blusen; und während ich wieder hinabstieg, vom Dach in die Tiefe, und weiter durch Gänge ging und über verklebte Teppichböden, und weiter an offenen Türen vorbei, hörte ich ein gekitzeltes Lachen, feucht, wie aus einem Körper herausfließend, eine Frau lag herabgetropft auf dem Zimmerboden im Morgengrauen, unter den nassen aufgehängten Damenstrümpfen, ein Mann, ein sehr fetter rauchender Mann, stand, die Hose herabgelassen, über ihr, ich konnte sehen, wie er sich niederkniete. Es folgte ein träges Warten, ein zartes Vibrieren in diesem Hotel, vor dem sich die Busse bedächtig vorwärtsbewegten, ein schweres Wälzen, ein Schnaufen, ein Fauchen; der Vorgang des Niederkniens geschah auf so einzigartige Weise, daß mir der Atem gefror, es war ein ganz ungeheures, ein wirklich zerquetschendes Niederknien, ein Überstülpen und ein gewaltiges unbegreifliches Eindringen, ein riesiges keuchendes Schieben, wie die Bewegungen einer kolossalen nackten Maschine. Und hinter den Vorhängen schwoll es, aus allen Türen wuchs es heraus, die Fahrstühle schabten, die Frühstücksgeräusche, die Menschenstimmen, das Stiegenknarren, die Frauen mit Abfallkübeln kamen an mir vorbei, mit Besen und nassen Lappen, und ich sprang hinab und hinaus, es schien so, als ob ich jetzt durch den Hausflur flog, über mir fiel etwas Schnee herab; ich schwieg noch immer; aber in diesem Moment, als alles zu Ende war, begann ich zu sprechen, im Rollen, Gleiten und Fließen begann ich zu sprechen, im Knarren, im Schaben und Schieben begann ich zu sprechen, bis an das Ende der Welt.

Vor mir erschienen Männer in großer Ruhe, mit gegen den Schnee gesenkten Köpfen, sie schoben sich schwankend über die kalte Eisenbahnbrücke. Dann fühlte ich mich ganz leicht, wie fliegend, rasch unter der Schwärze des Himmels dahinfliegend, unter der Glätte des Himmels dahinrutschend bis zum Schluß der Verhältnisse. Damals kam ich in eine große flache freundliche Stadt, noch flacher wahrscheinlich, als man sich vorstellen kann. Ich sah einen Fremden vor einem Waschsalon stehen, in einer hallenartig gewölbten Passage, vor einem strahlend beleuchteten Waschsalon mit einer Reihe geräuschloser Waschmaschinen und eine einzige Frau, in die Tiefe gebückt, mit einem sehr weiten ausgebreiteten Rock, stopfte Wäsche in eine Trommel, sie stopfte und stopfte, ich glaube sie schrie und plötzlich tauchte vor mir ein ungeheures Gebirge auf. Die gesamte alpinistische Literatur weiß von diesem Gebirge nichts, oder sie schweigt, aus Scham oder einfach aus Ratlosigkeit.

Ich war inzwischen in eine andere Gegend gekommen, vielleicht in den Osten; aber ich hatte keine Veranlassung, mir darüber Gedanken zu machen. Osten, Westen, Süden, was spielt das für eine Rolle. Ich trank meinen Rotwein aus und verschwand. Ich zog mir die Handschuhe an und schleppte mich keuchend davon, ich sprang aus dem Bahnhofshotel, durch das Röcheln der Busse hindurch, an den glaslosen Fenstern der Ziegeleien entlang, der Knochenmühlen, der Tankanlagen; ich kroch in die Höhe hinab und erinnerte mich: soweit ich sehen konnte, sah ich die unbegreifliche Ebene. Ich muß hier bemerken, daß mein Gedächtnis recht schwach war; ich hatte damals an nichts mehr Vergnügen, nur am Spazieren, am leichten Dahingehen; ich konnte mir nicht einmal merken, wohin ich ging, ich hatte auch ganz vergessen, wie mir zumute war; es ist aber unwahr, daß sich die Lage verschlechtert hatte und daß ich der vollständigen unwiderruflichen Armut ausgesetzt war; meine Verhältnisse waren, wenn ich mich recht erinnere, gar nicht so übel; ich bemerkte freilich in diesem Moment, wie schwer mir das Sprechen fiel, oder das Gehen; aber ich fühlte den Wind, er berührte damals ganz weich meinen Körper, ich kann sogar sagen, daß ich ein selbstverständliches, geradezu fleischliches Gefühl von diesem wehenden Wind hatte. Aber das ist vorbei, das Wehen, das Pfeifen, das weiche Pfeifen; ich hatte das alles vergessen. Das rasche Verblassen dieser Erinnerungsbilder empfand ich in mancher Hinsicht sogar als Vorzug. Ich konnte die Dinge, die mir gefielen, immer wieder mit dem Reiz verhältnismäßiger Neuheit betrachten. Das Gedächtnis, von dessen beginnender Kraftlosigkeit ich hier rede, konnte mich nicht mehr erschrecken; ich hatte schon lange mit diesen kleinen Versagern meiner Erinnerung Bekanntschaft gemacht. Ich weiß noch, ich sah hinab in eine bis in den Hintergrund reichende Landschaft, die ich *die Ebene* nannte; oh ja, das war die Ebene; sie war nicht so unwiderstehlich, wie ich gehofft hatte, aber das störte mich nicht, ich hatte es schon vergessen; ich wurde von der Wahrnehmung solcher Mängel nicht mehr enttäuscht, denn ich kannte ihre Gesetzmäßigkeiten, ich kannte die Gesetze der schlechten Erinnerung; ich hatte ja auch beileibe nicht alles vergessen. So wußte ich etwa, daß die Nacht, die mich umgab, nicht ewig dauern würde; und wenn ich mich auch an das, was man Tag nennt, schon nicht mehr erinnern konnte, so kam er eines Tages doch; eines Tages kam der Tag, er kroch aus der Tiefe heraus, sehr dünn, sehr flach, sehr kalt. Ein blasser schmaler milchiger Tag. Die Welt war, glaube ich, sprachlos; ich auch, ich stand in einer meterlangen Wortlosigkeit; es gab ja auch nichts zu berichten; es war kein Platz mehr für Worte. Der Tag verging, und als ich die Nacht längst vergessen hatte, kam plötzlich die Nacht und wurde von mir als etwas vollkommen Neues, aber doch Regelmäßiges und ganz Natürliches begrüßt. Soweit ich sehen konnte, sah ich die Nacht. Aber der dunkle nächtliche Vorfall war schon beendet, und während ich eine Flasche entkorkte, begann die nächste Geschichte.

Wir müssen vor allen Dingen jetzt leise sprechen, hatte jemand im Nebenzimmer gesagt. Eine gewisse Erschöpfung hatte mich überschlichen. Bald überraschte mich auch der Schlaf. Bald umhüllte mich auch der Nebel. Bald fiel ich, während mir der Etagenkellner eine neue Flasche servierte, ein Stück durch die Luft und rutschte weiter und fiel in den Regen hinein und den Schnee, und während ich eine

Flasche entkorkte, fiel ich hinaus und hinunter in ein ganz warmes Land, in dem es plötzlich vor Hitze spritzte, mitten hinein zwischen kleine schwärzliche Tiere, die sich in mich hineinfraßen, während schon wasserfallartig der Regen fiel und mich mitsamt den fressenden, auf mir hockenden Tieren in die Ferne hineinspülte, wo ich das allesverschluckende Meer vermutet hatte und wo es tatsächlich war, wo ich hinabsank, zwischen den schnappenden Fischen vorbei bis auf den Grund. Etwas stürzte jetzt um und floß fort, etwas riß plötzlich auf, etwas splitterte glasig herab. An das Fenster klappert der harte Schnee. Auf der Hügelspitze sah ich die schwarze Gestalt eines Mannes stehen, er hatte die Arme verschränkt und sah auf die kalten toten Berge hinauf. An dieser Stelle fiel mir der wirklich gewaltige Gegensatz zwischen dem Hohen und Tiefen auf, die Schneewülste und die Lawinenrinnen. Ich verschlang das Gelände vor mir, und es war ein wirkliches tatsächliches Verschlingen, ich schleckte es auf und verschluckte es. Dabei wälzte ich mich immer weiter nach unten. Aber inzwischen glitt ich natürlich, ich rutschte also nach unten, neben mir schoben sich knirschend die Berge vorbei, und ich kam in ein immer rascheres Rutschen hinein, die Lawinen donnerten hinter mir her, über den ruhigen Schnee, ich war schon lange aus dem Nebel hinausgeglitten, vom Wind geblasen, glitt ich durch alle Todesgefahren, ganz sanft, an tiefen schwarzen Schlitzen vorbei, und da ich mich weit im Norden aufhielt, traf ich bald überall auf kahlgewehte Felswände, auf schlüpfrige Spalten, auf eingefrorene abgestürzte Bergbahngondeln; außerdem war ein Gewitter herangezogen, doch ich legte nur wenig Gewicht darauf, ich beachtete dieses Gewitter kaum, ich wollte es auch nicht beschreiben, zumal ich die Unsitte der Gewitterschilderungen nicht schätze. Außerdem würde eine genaue Schilderung dieses Gewitters dem vorliegenden Kapitel zu einem ganz unerhörten Umfang verhelfen. Vom Umkehren spreche ich aber erst recht nicht, ich spreche nur davon, daß das Gebilde, das ich soeben betreten und für den Gipfel gehalten hatte, noch immer nicht dieser Gipfel war. Vor mir erschien im Dunst ein weitaus höherer Gipfel, und als ich auf diesem Gipfel stand, ging es so weiter, Gipfel auf Gipfel. Dann war ich endlich allein. Ich befand mich in einer derartigen Höhe, daß ich ganz einfach, wenn ich den Finger ausstrecken würde, in den Himmel hineinstoßen könnte; und ich bin sicher, es würde dann Blut herausfließen oder eine wachsartige weiche Masse würde heruntertropfen in meinen Mund. In diesem Moment vergaß ich vielleicht, daß die Erde bewohnt ist. Ich verlor auch den Sinn für die Pracht der Landschaften, durch die ich kam, dieser Gegenden, dieser unbekannten Gebiete. Es kam noch dazu, daß ich die Orientierung auf der Karte völlig verloren hatte. Ich wußte kaum mehr die Himmelsrichtung. In welchem Erdteil ich mich befand, war mir völlig entfallen, obwohl mein Gedächtnis recht gut ist; nur auf drei Dinge kann ich mich nicht besinnen, erstens auf Namen, zweitens auf die Personen, die eine Rolle spielten und drittens – was war denn drittens, worauf ich mich nicht besinnen kann?

Als ich in diese Geschichte hineinsprang, aus dem Hotel heraus mitten hineinsprang in diese Geschichte, nahm niemand davon Notiz; und als ich einige Seiten später am Rande anderer dunkler Geschichten auftauchte, nahm man auch das nicht zur Kenntnis. Mein Auftauchen überraschte keinen, auch mein Verschwinden nicht. Deshalb trank ich schnell meinen Rotwein aus; ich befand mich nun auf der anderen Seite der Welt und versuchte, so glücklich wie möglich zu sein.

## 3

Zweifellos hatte es wieder zu regnen begonnen, zweifellos floß es von oben herab, es war wirklich ein schweres sanftes unglückliches Fließen, das alles hinwegschwemmte, alles von gestern, alle Bilder verschwammen, ich bin also nicht in der Lage, etwas Genaues von draußen zu schildern, die Autobusse verdampften an diesem Tag, sie lösten sich auf und verschwanden, aber ich konnte sie hören, ich hörte, wie sie sich röchelnd durch diesen Regen schoben und wußte nicht, ob es Samstag war oder Sonntag, Sommer oder Winter oder etwas ganz anderes, zwischen Sommer und Winter. Das Wasser floß an den Scheiben herunter und hinter dem unaufhörlichen Fließen sah man die weich beleuchteten Umrisse des gegenüberliegenden Hotels mit einem auf der Höhe des Daches stehenden Mann, der seinen Hut hob und senkte und an der gewaltig funkelnden nassen Zigarre sog. Neben mir stand, gebogen und lang, eine düstere Dame, die sich die Knöpfe langsam zu öffnen begann, sehr genau, sehr sorgfältig knöpften die Fingerspitzen von oben herab, mit einer großen, in das Gesicht genähten Entschlossenheit. Die Gegend füllte sich langsam mit Wasser, die Gegend schien wirklich zum Fenster hereinzuquellen, während sie knöpfte und knöpfte, es hob sich und senkte sich wieder und von den Bergen herab bewegten sich jetzt die Gletscher, in dicken Schichten schoben sie sich heran, die Häuser zitterten schon, es bildete sich im oberen Teil ein Wasserstau, der losbrach und wellenartig ins Tal zu stürzen begann, er spülte alles herab, während sie langsam aus ihrem aufgeknöpften Mantel herausschritt. Als ich das Fenster aufriß, hörte es auf, zu regnen. Nein, es war nicht viel Zeit vergangen, und es gab auch nicht viel zu erzählen, immerhin, vielleicht sollte ich doch den Anfang erwähnen, ein kleines Stück dieses Anfangs, der mir gerade einfällt. Es war ein sehr hübscher Tag. Das Krachen störte mich kaum, das Krachen der Jalousien, das Knallen der Türen, das scharfe Kratzen der Besen, die Geräusche des Wassers, das Klappern der Eimer, der auf die Straße gekippten Eimer. Man hatte, als ich aus dem Hotel trat, von oben herab ein paar Worte gerufen, die mich betrafen. Ich machte mir keine Sorgen, ich konnte mir denken, wie die Geschichte ausgehen würde. An der Garagentür traf ich Kerschenstein. Er hätte, sagte er, nichts gehört, keinen Schrei, keinen Ruf, keine Worte. Ich machte mir nichts daraus, ich ging die Straße entlang und machte mir nichts daraus. Ein weißer, ganz harter Kopf schob sich langsam aus einem Fenster, eine porzellanartige Hand griff heraus, eine wie mir schien vollkommen zwecklose, vollkommen gleichgültige kleine Bewegung. In diesem Moment geschah nichts von Bedeutung, nichts, was ich erwähnen müßte, vielleicht ein ganz fernes, ganz feines Schütteln, aber wirklich ganz fern, in der Fremde, so fern und so fremd, daß ich nichts spüren konnte. Ich beachtete auch die untergehende Sonne nicht. Ich fühlte zwar, wie die Sonne versank, aber ich dachte nicht über die Sache nach; ich ging leicht dahin, rauchte, musterte die wachsenden Pflanzen und erkannte allmählich die Menschen am Ufer. Das Wasser floß dunkel davon, ein leichter gewöhnlicher Schaum, sonst nichts. Auch später geschah nichts Bemerkenswertes. Ein kleiner Zusammenprall, das war alles. Aus der Öffnung des Bahnhofs schleppten sich die erschöpften Reisenden mit schweren kopfbedekkenden Mützen und großen Paketen. Fortwährend stieß ich an Menschen, die unaufhörlich in die Welt hineinsprachen. *Wir freuen uns schon auf die Berge*, riefen sie, während ich gegen sie stieß. Als ich ganz zufällig eine Dame berührte, die sich gebückt hatte, begann ich darüber nachzudenken, ohne zu einem Ergebnis zu kommen. Neben mir flog ein Fenster zu. Ich sah ein Gesicht, es schrie, doch ich sah nur den aufgerissenen Mund, ich hörte nichts und ging weiter. Ein vorübergehender Mann sagte, er habe jetzt das Gefühl, daß wir bald in die Luft fliegen würden. Aber ich flog nicht, ich fiel auch nicht um, ich ging leicht dahin, und warum das so war, das wußte ich nicht, ich hatte eine ganz leichte wehende Hose an, mir fiel auch der Klang meiner eigenen Schritte auf, nein, ich flog nicht und fiel nicht, ich hörte die kleinen Orchester im Hintergrund und ein kleines, ganz hartes Zusammenprallen. Ich war fortgegangen, an aufgeschnittenen Häusern vorbei und hatte Menschen gesehen, die langsam die Treppen herabrollten, mit Einkaufstüten und aufgefalteten Schirmen. Aber kein Mann war zu sehen, der hier eine wirkliche Rolle spielen könnte. Es tauchten Personen auf, das ist wahr, man schaute in ihre Gesichter hinein und einen Moment sah es aus, als ob man sie kennen würde, dann waren sie wieder verschwunden. Ein Mann lief an mir vorbei, ich war dicht hinter ihm, ich habe gesehen, wie ich diesen Mann packte, ich packte ihn einen Moment an den Schultern, das sah ich sehr gut, er hielt mir, ich glaube, einen Revolver vor den Kopf und schoß, das habe ich alles gesehen. Ich bin dann weitergelaufen und hörte weitere Schüsse, ich habe den Mann bis in alle Einzelheiten beschrieben, von oben bis unten, an diesen Sprühwintertagen, an denen die Eiszapfen vom Himmel herunterwuchsen, die Straßen waren mit Menschen gefüllt, wir rannten alle durch diese sehr langen gebogenen Straßen, wir rannten und rannten, ermüdet, vom Schlamm bespritzt und gänzlich durchnäßt, während donnernd die Bahnen über die Brücken rollten. Aus einer Tunnelöffnung flog mir ein Auto entgegen, vierzig Meter weit schwang sich der Wagen hoch durch die Luft, bevor er aufschlug. Die Wucht war sehr groß. Die Fußgänger rannten wortlos kalt ineinander und hielten sich ihre Hüte fest. Die Laternen begannen zu glühen. Die Nebelschwaden schoben sich weich und träge heran. Dann sah ich die Umrisse der Polizisten in ihren Umhängen stehen; ich sah auch die Pfützen, die Regenpfützen, durch die ich patschte, ich hatte mir etwas übergestülpt, ich sah auch geöffnete Schirme und winkende Handschuhe bleich im Nebel, in dem die Gesichter davonschwammen, ich ging so dahin, an Sandwichständen vorbei und an Schallplattenläden mit grammophonscheibenartigen Rundungen, ich kam an dampfende Wäschereien, aus den Fenstern sah ich Gesichter herauswachsen, jemand riß die Gardinen zurück, und hier, wo ich ging, war plötzlich alles mit Wasser bedeckt, es strömte von oben herab, Wasser, alles mit Wasser bedeckt, dann kam der Orkan und fegte mich um, die schwarzen Brote rollten davon, ich sah Automobile, weit durch die Luft gerissen, entwurzelte und in der Tiefe des Himmels verschwindende Bäume, während ich ging und ging, ich sah das Regenwasser auf Schuhen und Hüten und auf den Schränken Tischen Klavieren, die wasserspritzenden Schritte, mit denen ich ging, und je weiter ich ging, je weiter ich mich von diesen Verhältnissen entfernte, um so schweigsamer wurde ich, um so weniger gern trennte ich mich von den einfachsten Worten, ich begrüßte die Briefträger nicht, die gebückt vorbeischlichen, unter Gummihäuten, mit größter Pünktlichkeit um die Ecken biegend, die Häuser platzten, erst hatte es angefangen zu knakken oder zu tropfen, und das Knacken war in ein schwarzes, ganz tiefes Donnern gekrochen, ich sah Autobusse leer auf den Straßen stehen, diese ganze Stadt war voll leerer verlassener Automobile, die Besitzer waren davongeschwommen, ich kam an den Bahnhof, wo mir die Reisenden winkend entgegenquollen, mit prachtvollen Koffern, ich spürte ein starkes Schwanken, die Decken knackten, die Straßendecken, der Boden bog sich, dann sanken die Häuser zusammen und waren verschwunden, auch ich verschwand rasch, ich ging rasch davon, an den Imbißstuben vorbei, in denen es zischte, in denen die Würste sich bogen und platzten und in den geöffneten Mündern versanken, in Grabs oder Gams, in den geöffneten Mündern, ich sagte nicht viel, plötzlich war es auch finster geworden oder ganz hell, ein Vorhang wehte aus einer Wand; wohin ich geschoben wurde, weiß ich nicht mehr, die Menschen bewegten sich still, ich stand dann in einem Gedränge, das sich unter mir hob und senkte, die Gesichter ganz bleich und gedunsen, die Leute begannen plötzlich, von oben auf mich herunterzufallen, auch ich fiel und fiel und der Boden, er war ganz bedeckt mit umgefallenen oder verkrochenen Menschen, ich bemerkte, wie mir das Blut an den Beinen hinablief, irgend jemand schrie aus der Ferne, dann begann ich zu laufen, ich lief so schnell es ging, um die Stadt zu verlassen, ich rannte los, die Kugeln pfiffen, ich sah viele Leute hinter die umgefallenen Busse kriechen, ich dachte an gestern und vorgestern und an die Tage vorher und mitten in diesen Gedanken brach eine schreckliche Stille aus, eine entsetzliche Ruhe, meine Uhr war stehengeblieben, montags, in Wangs oder Flums, oder dienstags, die Dämmerung kam, der Morgen oder der Abend, auf einmal roch es nach Rauch, das Licht verlosch, die Wirtshaustüren waren geschlossen, ich lief ganz lautlos dahin und fiel in die Büsche und rollte den kleinen Abhang hinab, ich lief auf das Brauereigelände zu, das zum Glück in der Nähe lag, ich hielt es jetzt für erforderlich, mich zu setzen, und obgleich ich nichts sehen konnte, versuchte ich möglichst alles zu sehen, ich sah Personen mit roten Gesichtern, vom Lachen gebogen, und alle Welt amüsierte sich sehr, das Bier floß heraus und ich machte mich unter dem Vorwand, ein Glas Rotwein trinken zu wollen, davon, ehe das Ende begann, das einfache selbstverständliche Umfallen dieser Leute, das Ende, das unvermeidliche Ende, das ich später beschreiben werde, das rasche erwartete Ende, das ich in der vorübertreibenden Dunkelheit ganz übersehen hatte; ich lief über knarrende Dächer, im dichten treibenden knirschenden Schnee kroch ich zwischen den Körpern am Bahnhof herum, zwischen den Menschenfüßen, den Gummistiefeln, den pelzigen Mänteln, den hart gefrorenen Hosenbeinen, angeblich fielen auch wieder Schüsse, aber das steht nicht fest, ich lief, das sagte ich schon, ich dachte, es ist vielleicht alles vorbei in Mols oder Mels; in der Fremde sah ich die Bergspitzen aus dem beschneiten Boden wachsen, ich sah aus dem lockeren Erdboden herauswachsende hübsche Cafés und die aus dem Boden wachsenden Reisegesellschaften, die es sich auf den Terrassen gemütlich machten, mit aus den Sektkübeln wachsenden Flaschenhälsen, die Gläser wuchsen aus ihren Händen, die Finger wuchsen, mit denen sie auf die weiche Kurpromenade deuteten und auf den glitzernden See, ich hörte es wachsen, ich hörte den aus den Mündern herauswachsenden Gesang, aus den tiefen Einschnitten der Gesichter, aus den Mündern, wie sie genannt werden, den Mündern, aus denen die Worte herauswuchsen und die leichten duftenden Zigaretten, die Atemwolken, die Atemdämpfe, tief aus dem Inneren, und die schöne Musik, die strahlenden Stimmen aus den schimmernden Türen, als ich zurückkam in mein Hotel, ich sah die Wandpilaster und Alabastersäulen, die bemalten Plafonds, die Portieren, die hohen Spiegel in ihren Umrahmungen, die Marmorkamine, die schimmernden seidenen Fenstervorhänge, und von einem festlichen Schein umflossen bewegte sich durch die lange Flucht dieser Gänge, Gemächer und Galerien ein lebendiger armeschwenkender Strom von Gestalten, feierlich funkelnd, Schwärme von Herren, Redner, Forscher und Denker, die Teller, aus denen sie aßen, bewegten sich mit ihnen fort, aus den steckengebliebenen Fahrstühlen drang Damenstöhnen, hin und wieder hörte ich Gabelklappern und Gläserklirren und kleine entfernte Explosionen, ich war vollkommen von diesem Vorgang in Anspruch genommen, ich zeigte nicht die geringste Furcht, langsam glitt ich dahin, die Leute, zu denen ich kam, waren keineswegs freundlich; *gehen Sie*, sagte man, und tatsächlich, ich ging, schon war ich verschwunden, *und kommen Sie niemals wieder*, ich dachte nicht daran, wiederzukommen, ich war froh, daß die Sache vorbei war und überspringe alles, was kommt. Das war in Buchs oder Schaan oder Fläsch oder Chur, am Ende der Welt, ein schwerer schwärzlicher Tag, eine Tür ging nicht zu, ein Fenster sprang auf, mir fehlten die Worte; als ich an diesem

Tag auf die Straße trat, auf die wäßrige Oberfläche der Straße, wäre ich beinahe umgefallen; und als ich zurückkam, abends, standen die Frühstücksreste noch immer vor meinem Zimmer, das flache verschmierte Frühstückstablett mit den aufgerissenen Kirschkonfiturebechern, den schimmelnden Teebeuteln, der ranzig zerflossenen Butter, dem dünnen verbogenen trockenen Brot, der Asche, der Zigarettenasche, der ausgelaufenen gelben vergorenen Tubensahne, den fettigen eingewickelten Zuckerstükken, den Eierschalen und Käserinden. Das war es, was ich erzählen wollte. Der Schwung der Ereignisse hatte mich immer weiter nach Süden getrieben. Ein Tag nach dem andern verging. Das Wetter war schlecht. Die dünne düstere Dame hatte die Mantelknöpfe geöffnet und stand nun ganz kühl, ganz stumm neben mir, ganz unbeteiligt: ein Beispiel allertiefster mondscheinbleicher Erstarrung. Ich begann die Zusammenhänge zu ahnen; das Zittern hatte wieder begonnen, hinter der Wand, wo jetzt wieder die keuchende wimmernde stumpf zerstoßene Stimme zu hören war, die Stimme der Frau und das wiedereinsetzende Knarren. An eine größere Reise war im Moment nicht zu denken. Es kam damals vor, daß die Wäsche hart auf den Leinen gefror.

## 4

Die Erinnerung an den Beginn ist ausgelöscht und verschwommen. In den nächsten Tagen wurde ich hin und wieder verfolgt, von dunkel vermummten Männern mit Hüten, aber das störte mich nicht. Ich ging ohnehin nicht mehr aus. Gewöhnlich war ich damals recht höflich, man sagte mir eine gewisse Freundlichkeit nach, aber wahrscheinlich nur, weil ich die Ruhe liebte. Ich saß gern am Fenster, mein Kinn in die Hand gestützt, ich hörte die Zugsignale, die Bahnhofsgeräusche, besonders bei Nacht, vor allem dann, wenn der Zug durch Ohio fuhr, und an diesem Tag fuhr ich tatsächlich durch Ohio, in diesem Zug, schwankend, von einer Ecke des Abteils in die andere schwirrend, in die Ferne hinein. Ich trank alles aus, was herumstand und etwas begann ganz langsam aus mir herauszuwachsen, ich sagte: sehen Sie nur, ich keime, es wächst etwas aus mir heraus. Ich hielt es jedoch für das beste, mir keine Gedanken zu machen. Die Kälte war trocken und still. Es kam mir so vor, als würde mein ganzes Gedächtnis im Kopf herumschwimmen, das Blut und das Hirn, und als würden Geräusche aus meinem Mund kommen, Worte vielleicht und Stöhnen. Manches vor diesem Fenster erweckte den Anschein einer gelegentlichen Bewegung. Ein kleiner Vorfall ohne Bedeutung ist mir noch aufgefallen, in der kurzen Dämmerung sah ich direkt gegenüber einen riesigen rauchenden Mann, er stand funkelnd und fett auf dem Dach des Palasthotels; ich beobachtete eine Weile, wie er den Rauch in den Himmel blies, ohne dem Blasen das allergeringste Gewicht beizumessen. Es war in der Tat nicht der Rede wert, ich will auch nicht alles beschreiben, sondern nur das, was ich für wesentlich halte, und ich will auch nicht alles sehen, ich habe in meinem Reiseleben womöglich zu viel gesehen. Einmal sah ich einen behaarten Gegenstand auf meinem Knie liegen, mit einer schlaffen bläulichen Haut umgeben, an einigen Stellen durchsichtig dünn. Das war eine Hand. Ich versuchte sie in die Höhe zu heben und sehen Sie, es war meine Hand. Ich hatte natürlich auch meinen Namen vergessen und alles, was ich entdeckte und aufschrieb, war nur die Folge von großen entsetzlichen Irrtümern, von falschen Vermutungen und von empfindlichen Mißverständnissen.

Wenn es zuweilen nötig war, mich zu erheben und ein paar Schritte zu gehen, vergaß ich allerdings jede Empfindlichkeit, jede Auflehnung gegen das Gehen und das Erheben; ich stellte mir vielmehr die ganze Vernunft des Erhebens und die Annehmlichkeiten des Gehens vor. Das war kein Problem, ich wollte mich ja auf den Beinen halten, doch ich stellte bald fest, daß ich gar keine Beine mehr hatte, jedenfalls im Moment nicht; denn wenn ich Beine gehabt hätte, wäre ich augenblicklich verschwunden. Ich persönlich habe den Eindruck, daß ich die Wahrheit sage. Man weiß ja, daß ich ein Fortläufer bin, ein Virtuose des raschen Verschwindens, und wenn ich schon einmal fortlaufe, bleibe ich fort. Es fehlt mir die Neigung, zurückzukehren, ich besitze keinerlei Anhänglichkeit an Haus und Familie; die Familie lockt mich nicht mehr; ich verschwinde gleichmütig, ohne Rührung; aber ebenso gleichmütig, wie ich verschwinde, bin ich eines Tages doch wieder da. Natürlich, ich laufe rasch fort, ohne lange zu überlegen, ich mache auch falsche Angaben über die Richtung, in die ich laufe. Ich laufe ziellos und zwecklos davon, einsam und durch gewaltige unbekannte Gebiete. Ich bin zahllose Male davongelaufen, ohne daß sich ein äußerer Anlaß fand; denn ich habe ja eigentlich gar keinen Anlaß, davonzulaufen. Ich weiß doch, wie viele Menschen verreisen und in den Reiseländern zugrunde gehen und zwar nur aus Mangel an Ruhe, Übersicht, Glück und Gesundheit, als elende Folge gefälschter Forschungsberichte, als dunkles Ergebnis der Ahnungslosigkeit über die wirklichen Zustände und schrecklichen Reiseverhältnisse in der bewohnten Welt.

Solange ich mich erinnern kann, habe ich in diesem Zimmer gesessen, an diesem Tisch, mit dieser Zigarre, die dampfte und wohl noch lange gedampft hätte, wenn ich nicht aufgestanden wäre, um sie zu zerdrücken. Ich drückte mit aller Macht und ging. Und als ich den Vorhang aufzog, sah ich, daß es inzwischen Tag war, die Finsternis war verschwunden. Ich hatte Gelegenheit, meinen Fuß zu betrachten; mein

Fuß war mir fremd geworden. Er war mir trotz seiner sehr bedeutenden Größe gänzlich gleichgültig geworden, zumal ich ohnehin nicht die Absicht hatte, mich, was ich früher zuweilen tat, zu Fuß auf den Weg zu machen. Ich haßte Füße und das Geräusch der Füße. Alle Menschen, die damals in meine Nähe kamen, erzählten mit ihren Füßen die unanständigsten Dinge, besonders beim Stiegensteigen. Das schamlose Knarren der Schritte oder der Schuhe, vor allem der Schuhe, verschaffte mir nicht das geringste Vergnügen.

Eines Abends hörte ich weiter nichts als das Knirschen des Stuhles beim Schaukeln. Ich schaukelte wirklich mit aller Kraft und die düstere Dame, die auf mir saß, schaukelte ebenfalls und dann verschwand schon das Bild in der Ferne mit einer Art Keuchen. Ich sah ihr Gesicht auf dem Boden liegen, den leicht geöffneten Mund, sie schaute zu mir herauf, ich schaute zu ihr hinunter. Ich glaube, wir waren beide ganz kalt in diesem Moment, sie und ich. Ich rauchend, sie stumm ihre Haare bürstend, mit einer Spange im Mund, vor dem Spiegel.

Ich wollte mich dann aus dem Fenster beugen, aber das hatte auch keinen Sinn. Ich sah eine Frau, die aus dem Hotel sprang, mit einer unverhofft raschen Bewegung zur Schwingtür hinaus, in den schwülen windlosen Abend hinein, an den stehenden dampfenden Autobussen vorbei, kopflos und wortlos, als Fortsetzung aller Begebenheiten und Vorgänge, die ich beschrieben habe. Ich lag wie ausgestopft auf dem Bett. Neben mir sah ich die Gläser hüpfen, ich hörte es knistern neben mir in der Welt. Der Grund des Meeres, hörte ich, sei in den letzten Jahren gesunken, und mit dem plötzlichen Sinken des Grundes sei ebenso plötzlich das Meer gesunken, und nicht nur das Meer, sondern ebenso sei die Erde und das Gebirge gesunken, alles sinke hinab in die Tiefe, die Wälder, die Hänge, die Straßen, die Städte, die unbewohnten Gebiete, mit einem leisen gewöhnlichen Zittern. Und hinter der dünnen pappigen Wand erschien ein Geräusch, das sowohl stöhnend, aber auch wieder nicht stöhnend, also sehr schwer zu beschreiben war. Schließlich folgte ein doppelter Schrei und alles war wieder wie vorher, alles war still, alles zu Ende.

Ich hatte in dieser Dunkelheit das Gefühl von etwas sehr Weichem, Klebrigem, Tropfendem, das sich über mich schieben wollte; es floß am Boden entlang, an den Beinen des Bettes herauf und durchsichtig saugend floß es über mich hin, ganz träge und wie mit leckenden Zungen über mein ganzes Gesicht. Im Waschbecken fand ich unter dem tropfenden Wasserhahn einen lautlos ineinander verkrochenen gallertartigen Haufen von schädellos plätschrigen Tieren, Seegurken, Quallen, unbekannt tastenden Würmern mit Leibeshöhlen, durchsichtige Geschöpfe, die man gar nicht bemerkt, die man sehr lange nicht sieht und vielleicht, was ihre Gesamtheit betrifft, überhaupt nicht zu sehen bekommt; und dennoch verdienen sie unsere Aufmerksamkeit, dennoch haben sie eine große Bedeutung. Ihre Anwesenheit war allerdings so schwer zu beweisen, wie alles andere auch; denn es waren zarte schwächliche namenlose Geschöpfe, die hinabtauchen können bis in die Tiefe, die sich zusammenziehen und wieder dehnen können, unbehaart, zäh, in den Ausguß hinab; während in meinem Zimmer das Wasser heraus aus den Wänden rann, eine herunterrinnende Feuchtigkeit, ein Herabtropfen von der Decke, ein schleichendes Schimmeln, und immer noch ein Herabrinnen von nackten schleimigen Leibern, die durch das Leben gleiten, sie ließen sich bei ihren Wanderungen durch Stöße nicht stören; und alle krochen sie in das Ausgußbecken hinein, durch das schwarze gurgelnde Loch, durch das rostige, in die schwammige feuchte faulende Wand hineingebogene Abflußrohr und hinab in die unteren Stockwerke dieses Hotels, in die Ansichten, Meinungen, Stellungnahmen der alpinistischen Gesellschaft hinein, gelatinöse, schlaffe, fleischlose Wesen, wäßrig versickernd im schlammigen Ausgußloch, ein unablässiges Kriechen und Vorwärtsschieben, von einer feinen hautartigen Hülle umschlossen, lautlose in einer ausgepreßten Flüssigkeit dahingleitende Gebilde, von oben herunterfließend, über den blasenziehenden Putz, die nassen zerschlitzten Tapeten, die fleckigen Laken, den feuchten zertretenen Teppich; und schon begann einer der Körper mit einer weichen saugenden mundartigen Öffnung einen anderen Körper zart zu umfließen, ihn in sein Inneres einzusaugen und mit ihm weiterzugleiten, während der nächste Körper ihn schlürfend verschlang, in einer dumpfen tropfenden Ruhe, und alles begann nun zu einem einzigen wandernden schimmernden schlüpfrigen Schlauch zusammenzuwachsen, der in die Tiefe des Abflußloches hinabglitt, in die Tiefe dieses Hotels, in die Vortragsgeräusche des alpinistischen Kongresses hinein. Eine Weile lauschte ich dem Rauschen des Wassers in meinem Kopf und verzehrte meine Gedanken. Ich hörte auch eine Uhr schlagen, das gefiel mir, und Gras wuchs aus mir heraus, man riß es mir mit den weißen bleichen Wurzeln aus meinem Körper und riß damit ganze Stücke des Körpers heraus. Es war sehr kalt und ich war ganz naß, aber ich habe nicht geschrien. Erst dann, als die Menschen von unten heraufkamen, habe ich angefangen zu schreien.

Der Kongreß der alpinistischen Gesellschaft tobte in den Gesellschaftsräumen. Einmal versuchte ich mich zu erinnern, ob es Nacht oder Tag war und in welcher Gegend der Welt ich mich aufhielt; ich hörte birnenförmige Worte, stuhlförmige, hutförmige Worte; von mir sprach man nicht, nur von der Höhe und Kälte der Berge. Ich glaube, ich war ganz anderer Ansicht; dennoch bemerkte ich gerade in dieser Zeit einen Vorgang, der leicht zu einer der größten Entdeckungen auf dem Gebiete des Reisens hätte führen können.

Ich schrieb, ohne diese Stadt, mehr noch: ohne dieses Hotel, noch mehr: ohne dieses Zimmer im Dachstock und ohne den Platz, an dem ich saß, jemals verlassen zu haben, über diese bewohnte Welt, die ich niemals gesehen hatte und dennoch so eindrucksvoll darzustellen vermochte, daß jedermann glaubte, ich sei ein Reisender, der auf seine Erlebnisse aufmerksam macht. Die mittleren Temperaturen spielten in dieser Zeit eine große Rolle, sie waren geradezu die Voraussetzungen für meine Gedanken, über deren Fülle wir uns keine Gedanken machen müssen. Ich faßte am Schluß das Gedachte in meiner Schrift DIE GEWALT DER GEDANKEN zusammen. Natürlich genügte es nicht, alles nur zu notieren. Zur genauen Bestimmung der Temperaturen diente mir ein gewöhnliches Instrument, das man Thermometer nannte. Ich erforschte mit ihm das Wasser im Waschbecken, die Luft am Boden des Zimmers und meines Bettes, des aufgeschlagenen, aber noch warmen, vom Körper erwärmten Bettes. Das gefiel mir, nicht um der Wissenschaft willen, denn die steht auf eigenen Füßen, sondern um der Sache willen. Ich verschaffte mir immer neue Erfahrungen, zog mir allerdings auch das Mißfallen einiger führender Herren der alpinistischen Gesellschaft zu.

Man weiß ja, daß ich als erster Mensch daran dachte, eine ausführliche Reise in den Norden des Kontinents zu unternehmen. Das ist wahrscheinlich richtig. Noch richtiger ist freilich, daß ich nicht nur der erste war, der den Norden des Kontinents aufsuchte, ich war auch der erste, der den Süden, den Osten und den Westen bereiste und am Ende sogar die Mitte, um mir Aufzeichnungen über die Vorgänge zu machen, von denen man heute mehr weiß als damals, und die man inzwischen kurz mit dem Namen *Versinken* bezeichnet. Damals wußte man tatsächlich gar nichts, und alles, was man inzwischen weiß, weiß man von mir. Damit war meine Aufgabe freilich noch nicht erfüllt, es war vielmehr erst der Anfang einer ganzen Reihe von Aufgaben, zu der etwa die Erforschung der Tiefe gehörte. Meine Erforschung erregte die Aufmerksamkeit meiner Zeitgenossen in der angedeuteten Richtung, der Tiefe, die nach der Meinung anderer Forscher vorderhand überhaupt nicht im Bereich des Möglichen lag. *Eine gleichmäßig gut und vollständig durchgeführte Behandlung der Tiefe*, sagt Kerschenstein, *ist nicht möglich*. Ich brauche, nach dem vorher Gesagten, nicht zu beteuern, daß ich Kerschensteins Meinung mit großem Erfolg widerlegte. Durch meine Entdeckungen wurden viele Erscheinungen, die bisher als rätselhaft und unlösbar galten, erklärt, und zwar endgültig, unwiderruflich und klar.

Von mir war so oft und ausführlich in den hiesigen Blättern die Rede, daß ich der Meinung bin, daß das Aufsehen, das ich bisher erregt habe, für eine Weile ausreichen sollte. Ich entschloß mich daher, die Öffentlichkeit zu verlassen, um mich im Hintergrund mit meinen Erinnerungen zu beschäftigen, mit denen ich später die Welt zu überraschen gedachte. Ich tat das mit einer Lautlosigkeit, wie sie bis dahin wahrscheinlich noch niemals gehört worden war. Als ich allerdings fühlte, daß ich mich mit meinen Anschauungen nicht durchsetzen konnte, verließ ich das Land so rasch wie möglich. Es machte mir nicht die geringste Schwierigkeit, zu verschwinden. Ich wollte die Welt sehen und da war sie auch schon. Meine früheren Reisen, meine mißglückten Versuche, meine unglücklichen Erlebnisse, meine mißlungenen verschlungenen Abenteuer hatte ich gründlich vergessen. Und als ich eines Tages davonging, war man nicht sonderlich überrascht. Es war Winter geworden, das Land war ganz bleich und glatt. Eines Tages war ich wirklich herausgekommen aus meinem Kopf, es schaukelte, als ich das Bahnhofshotel verließ, unter mir knackten die Brücken, über mir schob sich der Mond dahin, es war alles noch so wie früher, die feuchten gespitzten Berge, die kleinen geschwollenen Flüsse, es hatte sich gar nichts verändert, nicht einmal ich.

Auf meinem Spaziergang kam mir an einer Stelle, wo sich die Straße zu senken beginnt, ein Mann entgegen und schleuderte seine Zigarre zu Boden. Diesen Mann hatte ich eigentlich nicht in Betracht gezogen, und wenn er nun dennoch hier auftaucht, dann ist es der Zufall der Natur, von dem man zuweilen hört, der einfache Zufall, mit dem man als Leser zu rechnen hat. In der Ebene lief ich also auf einen Menschen zu, es dauerte einige Tage, bis ich den Menschen erreichte, ungefähr eine Woche. Ich glaube nicht, daß ich imstande sein werde, hier eine vollständige und korrekte Schilderung dieses eigenartigen Zusammentreffens geben zu können. Ich werde es aber versuchen. Eines Tages also blieb auf dem Weg von Buchs nach Grabs in einiger Entfernung und im Vertrauen auf meine einsame Lage, ein Mann stehen und schleuderte seine Zigarre zu Boden. Sie können sich denken, daß ich die Worte, die er mir zurief, lieber verschweige und zu etwas Angenehmerem übergehe. Die Sache ging übrigens glimpflich aus und verdient eigentlich keine Erwähnung; auf den ersten Blick war sie sogar völlig bedeutungslos. Allerdings hat man sich ja in solchen Fällen schon gründlich getäuscht. Etwas an dieser Stelle der Welt war, wie es hieß, sehenswert und erwähnenswert, doch ich sah und erwähnte es nicht. Dieser Mann, ein gewisser Kerschenstein, von dem ich am Anfang gesprochen habe, stieß eine neue Zigarre in seinen Mund. Der Zigarrenrauch, der, womöglich infolge seiner ungeheuren Vergeßlichkeit in der Tiefe des Körpers zurückgeblieben war, dieser Rauch also erschien nun doch, er quoll heraus aus dem Mann, er wehte aus seinem Kopf, das ganze Gelände begann zu dampfen. Vielleicht sind ja solche Ereignisse in der zurückliegenden Zeit häufiger vorgekommen als heute. Auffällig ist aber doch, daß dieser Mann einen kleinen Gegenstand in der Hand hielt und auf mich gerichtet hatte. Ein Vorgang, den ich an sich kaum beachtet und unter anderen Umständen auch niemals niedergeschrieben hätte. Er näherte sich mir, das ist nichts Besonderes. Da er nun aber seinen abenteuerlich langen, beinahe den Erdboden erreichenden Arm hob und auf mich deutend noch immer die gleichen groben, tief verletzenden Worte ausstieß, fing ich an, mir Gedanken über die Zukunft zu machen, hier in der Ebene, im Fauchen des Sturmes. Über den Grad der Wahrheit wird, trotz der geringen Entfernung, etwas Sicheres schwer zu erfahren sein. Der erwähnte Mann im Hintergrund, dachte ich, scheint ein Mörder zu sein und der Gegenstand, den er in seiner Hand hält, ist eine Vorrichtung zum Schießen. Und das, worauf er steht, ist eine Landstraße, die in die Ferne hineinläuft. Und ich stehe am Rand einer Stadt, einer wirklich ganz flachen, ganz in die Breite geflossenen Stadt im Süden. Das Bild, das ich sehe, ist hübsch. Hoffen wir nur, daß dieser Mann, der in diesem Vorgang eine gewisse Rolle spielt, wenigstens in dieser Beziehung auf unseren Geschmack die größtmögliche Rücksicht nimmt und nicht auf einmal zu schießen beginnt. Ich jedenfalls habe keine Lust, die Sache sehr ernst zu nehmen. Mich erschreckt nur die Stille, die Schweigsamkeit mit der Zigarre im Mund dieses Mannes, der sich um die Zulässigkeit des Zigarrenrauchens nicht kümmert. Mich verblüfft die Betretenheit der anderen anwesenden Personen mit ihren angewachsenen Hüten und ihren unsichtbaren in den Hosen steckenden Händen, in diesem Gelände, in dieser schreilosen schußlosen Ruhe.

Kerschenstein zeigte an dieser Stelle zum ersten Mal seine außergewöhnliche menschliche Unzulänglichkeit, die nur deshalb nicht weiter auffiel, weil er Glück hatte und nicht in die Abgründe seiner eigenen Behauptungen stürzte. Seine ganze Durchschnittlichkeit machte sich also auch im Hinunterstürzen bemerkbar. Er stürzte wirklich so unbedeutend hinab, daß mir der Schluß, das Ende dieses Kapitels, gänzlich verleidet ist. Es mag sein, daß man von mir ganz andere Mitteilungen erwartet, als die, die ich gerade zu machen versuche, aber es ist nicht viel mehr passiert als das, was ich beschrieben habe. Nach diesen Worten schloß ich mich einer Reisegruppe nach Massachusetts an, sehr zur Verwunderung Kerschensteins, der nicht begreifen konnte, was ich dort wollte.

## 5

Am nächsten Tag entstand eine Unruhe, die ich, ein großer Freund der Ruhe, als lästig empfand. Ich ergriff einen Stift und schrieb auf ein Stück Papier das Wort: *Unruhe.* Aber das nützte nichts.

Meine Manieren waren wirklich nicht gut, aber sie waren nicht schlechter als die Manieren der Leute, mit denen ich zuweilen zusammentraf, im Gang, auf dem Weg zum Abort. Eines Tages war ich verschwunden, wie weggewischt; das muß 82 gewesen sein oder später. Es ist aber tatsächlich unmöglich, sich vorzustellen, was danach geschah. Ein rasch vorbeitreibender dunkler Gegenstand begann plötzlich zu schreien, er schrie schwach, aber er schrie hörbar. Und er bewegte sich auch, das war zu erkennen. Dieser Gegenstand war, wie man sich erinnern wird, ein am Tag zuvor herabgefallener Gegenstand. Ich wußte inzwischen, daß irgendein Unglück geschehen war, etwas vermutlich ganz Fürchterliches. Im nachhinein erwies sich das, was geschehen war, aber als gar nicht so schlimm, als vielmehr ziemlich belanglos und nicht der Rede wert. Und was mich betraf, ich fand bald heraus, daß Worte in diesem Fall nicht nur nutzlos, sondern überhaupt nicht erforderlich waren. Ich ging deshalb, ohne Worte zu machen, davon, um mich einem reichlichen Frühstück hinzugeben. Ich begann allerdings auch das Ausmaß meiner Betrunkenheit zu spüren, und es ist durchaus wahrscheinlich, daß ich aus diesem Grund für die Fortführung meiner Aufzeichnungen nicht mehr geeignet war. Ich begann, glaube ich, zu pfeifen, erwähne das allerdings nur am Rande.

Schon nach wenigen Augenblicken überkam mich eine Art Unruhe. Meine schlimmsten Befürchtungen schienen sich zu bestätigen. Es waren so viele Geräusche zu hören, daß es ganz unmöglich war, eines der schwächeren, etwa mein Atmen, zu beschreiben. Ich hörte nicht einmal, daß ich atmete. Nein, es war nichts von mir zu hören. Ich schrie zwar, aber ich hörte kein Schreien, ich schlug mit aller Macht gegen etwas, mit aller Macht, aber es war nichts zu hören, kein Dröhnen, obwohl die Tür, gegen die ich schlug, auseinanderbrach, auch nicht das Klirren der Flaschen, die ich gegen die Wand warf, nichts, sie zersprangen lautlos. – Man wird sich erinnern, daß mich meine Stimme bei diesem Anlaß sehr wohl erreichte, aber auch, daß ich von heftigsten Erregungen ganz übermannt, nicht imstande war, die Worte zu verstehen, die ich rief, ich rief und rief und ich hörte nichts. Über meinen Kopf hinweg flogen Geschirr und Speisereste krachend gegen die Wand; ich bemerkte bald, daß *ich* das war, der alles nach vorn warf, wo es langsam an der Tapete herabrann. In diesem Moment verlor ich den Überblick.

Ich sah nun allerdings auch, daß sich die äußeren Verhältnisse zu verändern begannen. Jedes Bild brachte neue unerklärliche Aufregungen und Abenteuer. Selbst die herabfallenden Gegenstände sahen ganz anders aus als früher. Das sind allerdings keine Neuigkeiten. Es sind Dinge ohne Bedeutung; namentlich im Zusammenhang mit den anderen Vorfällen der letzten Zeit. Es befiel mich also weder Erschrecken noch Staunen; mir ist nur in Erinnerung, daß ich die Lippen zusammenpreßte. Vor mir hörte ich leichte Geräusche wie von etwas, das sich bewegte: ah, das war ich, ich bewegte mich, ich war das, der sich bewegte und diese Geräusche hervorrief: eine Art Pfeifen. Ich erfand die Kunst, auf dem Messer zu pfeifen. Ich nahm ein Frühstücksmesser und pfiff, und nachdem ich über das Pfeifen berichtet hatte, ging ich daran, zu notieren, auf welche verschiedene Arten man pfeifen kann. In diesem Bild war auch ein seltsames Dampfen wichtig, die ganze Gegend dort dampfte. Ich konnte Dinge sehen, die ich noch niemals gesehen hatte, während die Menschen auf der Straße dahingingen und taten, als hätten sie alles schon einmal gesehen, als sähen sie alles das dauernd, fortwährend, ununterbrochen. Und alle hatten es plötzlich eilig, die Läden wurden geschlossen, die Wagen fuhren davon; ich rief dann noch etwas, um auf mich aufmerksam zu machen.

Später war auch Musik zu hören, wobei zuweilen eine Art Unruhe entstand. Ich hörte ein hartes entrüstetes

Klopfen gegen die Wand. Eine Weile später hielt man mich für einen Sänger, es gab sogar Stimmen, die der Meinung waren, ich sei der damals berühmte Sänger Sesturo, zumal ich tatsächlich gelegentlich den Mund probeweise öffnete und den Eindruck erweckte, mit dem Singen beginnen zu wollen, dann aber doch nicht sang, angeblich, um meine empfindliche Stimme zu schonen. Als auch die herzlichsten Bitten des Publikums nichts halfen, begann man mich für einen Sänger zu halten, der aufgehört hatte, zu singen. Oder für einen Redner, dem die Worte ausgegangen waren; der sämtliche Worte schon gesagt oder benutzt hatte. Doch die Macht der Musik ließ mich auch in den folgenden Wochen nicht los.

Ein Pianist, ein gewisser Kerschenstein, der damals im Kurhaus auftrat, hatte sich einen eindrucksvollen Trick ausgedacht; er warf leidenschaftlich und elegant die Hände hoch in die Luft, um sie dann von oben auf das Piano fallen zu lassen. An einem bierdunklen Abend kam mir der Einfall, ich könne das auch versuchen. Also, ich warf meine Hände hoch in die Luft und ließ sie dann auf das Piano fallen. Schon war ich der Liebling der Gegend. In zwanzig Minuten war ich ein ungeheuer berühmter Mann geworden. Danach wollte ich Geiger werden. Meine Ausbildung nahm sogleich ihren Anfang. Mein Lehrer war damals der namhafte Geiger Schneider; in einer Woche spielte ich schneller und schöner als er und als sämtliche anderen Geiger. Aber inzwischen machte das

Geigenspiel mir kein nennenswertes Vergnügen mehr, ich wandte mich einer anderen Beschäftigung zu. Immerhin, was Musik wirklich ist, erfuhren die Bewohner des Bahnhofshotels erst in dem Jahr, als ich beschloß, mich dort niederzulassen. Ich blieb eine Weile. In diesem Zeitraum wurde der Stand der Musik auf die Spitze getrieben. Vorher hatte kein einziger Mensch eine Ahnung von guter Musik. Später, als es auf dem Gebiet der Musik nichts mehr zu tun gab, beschäftigte ich mich mit anderen Dingen.

Zum Beispiel erwähnte ich, daß ich Astronom sei und schaute von Zeit zu Zeit durch ein Fernrohr hinauf in die Luft, um zu beweisen, daß mir die Luft nicht gleichgültig war, sondern mich zum Hineinschauen anregte. Ich hatte auf Grund zahlreicher Beobachtungen, die ich in vielen Teilen der Welt anstellte, herausgefunden, warum das so sein muß, wie es hier ist. Ich schrieb alles auf, was ich sah; ich erfand und entdeckte und stopfte aus und machte ein. Ich schuf eine endlose Reihe von Illusionen, optischen Täuschungen und akustischen Kunststücken, die die Presse mit Beifall aufnahm und zu den fabelhaftesten Ereignissen dieser an Ereignissen ohnehin reichen Gegend zu zählen begann.

Ich überraschte die Welt mit einigen Sätzen chinesisch. Nach zehn Minuten begann ich spanisch oder französisch zu sprechen, oder war es arabisch? egal, ich sprach und sprach. Das Lachen verging diesen

Leuten, als sie mich englisch sprechen hörten. Die Wildheit meines Charakters erschreckte meine Umgebung ein wenig. Ich war damals ziemlich gefürchtet. Die Leute hatten zuweilen Angst, auf der Straße zu flüstern; sie fürchteten, ich könne denken, sie flüsterten über mich.

Mit einer Geschwindigkeit, die keinen mehr in Erstaunen versetzte, sprang ich von einer Sache zur anderen. Ich griff mit beiden Händen in die Natur und löste spielend alle Probleme. Zu meinem Bedauern versagte ich in der folgenden Nacht, als mich die Frage der Schlaflosigkeit zu quälen begann. Die Lösung der Aufgabe war mir unmöglich, so daß ich am nächsten Morgen gezwungen war, sie zu vergessen und mir das Leben mit Schnaps und Bier zu erleichtern. Ich möchte behaupten, daß ich auf diesem Gebiet noch mehr zu leisten imstande war, als auf jedem anderen bisher erwähnten. Man hat mir deswegen oft genug Vorhaltungen zu machen versucht, aber ich bin in diesem Punkt nicht empfindlich. Es fällt mir sehr leicht, darüber hinwegzusehen. Was ich einmal gelernt hatte, wußte ich in der ausgedehntesten Weise zu nutzen. So lernte ich den Hammer zum Zertrümmern von Reisekoffern, Kleiderschränken und Nachttischlampen zu gebrauchen, den Hebel zum Aufbrechen von Bohnendosen, die Zange zum Öffnen von Bockwurstbüchsen. Entfernungen schätzte ich auf das genaueste und richtete danach meine Bewegungen ein. Den Tisch und das Bett und das Zahnputzglas fand ich im Dunkeln. Ich erkannte auch rasch die Bedeutung des Korkenziehers, öffnete eine Flasche und erfand einen Bestätigungs- und Bewunderungsapparat. Ich erfand Quetschmaschinen, Schneidemaschinen und Rührschüsseln, Buttermaschinen, Saftpressen, Pulversuppen, geplatzte Kartoffeln und gläserne Würste, Spazierstockspitzen; natürlich auch Grammophone, die ich immer wieder auf meinen Reisen antraf, spielende, von mir erfundene und in Umlauf gebrachte Grammophone. Ich glaube, ich habe auch die versinkenden Flüssigkeiten erfunden und die verschlossenen Abfallkübel, die Luftschächte, Lichtschlitze und die in der Nähe klirrenden Klaviere, die klemmenden Schubladen, die knarrenden Betten und das verlöschende Licht; aber ich bin nicht ganz sicher, obwohl, es wird schon so sein.

Ich erfand die Kunst, durch Steine zu sehen. Ich erkannte, daß der Mond rund ist und mein Zimmer ganz dunkel und naß. Die Veröffentlichung meiner Schriften über den Fall der verschwundenen Kälte vergrößerte meinen Ruf. Der Fußboden unter den Füßen war ruhig. Einmal zog ich auch etwas aus meiner Tasche, was ich vorher noch niemals gesehen hatte, etwas Weiches, Verschmiertes, Verklebtes.

Später ergriff ich noch die Gelegenheit, und begann eine Rede zu halten. Ich wählte mit Rücksicht auf die anwesenden Zuhörer ein Beispiel aus dem Bereich der sichtbaren Welt. Dann lenkte ich das Gespräch auf die naheliegendsten Dinge. Ich drang mit der schönsten Leichtigkeit in die Dinge hinein und wieder heraus, und das Leben gefiel mir soweit ganz gut, die Reisen, die Abenteuer, der Ausblick aus meinem Hotel. Auch jetzt kam mir wieder, wie immer in solchen Momenten, eine feinfühlig wehende Frau zu Hilfe, die strumpflos, in ihrer zarten knöpfbaren Küchenschürze, auf meinem Waschbecken saß. Ich teilte ihr mit, daß die Erdoberfläche durch mancherlei Umwälzungen, zu denen vielleicht allein oder wenigstens vorzugsweise der Anstoß vom Erdinneren ausging, vielerlei Umgestaltungen erlitten habe, weswegen sie faltig sei und porös; und daß der Mittelpunkt dieser Erde, die anfänglich möglicherweise eine feurig flüssige Masse gewesen ist, noch nicht ruhig, sondern noch immer im feurigen Fluß ist. Das Meer, sehen Sie, meine Dame: es siedet und kocht. Das sei, sagte ich, einer der großartigsten und anziehendsten Teile der Naturwissenschaft. Man sah bei meinen Worten zahlreiche feuerspeiende Berge, und fliegende Tiere flogen schnell in die Luft.

Ich stieg hinab zu den Ungeheuern und Wundern der Tiefe, und zwar in das Wasser eines sehr engen Kübels, hinein in tausend Erlebnisse und Gefahren. Die Leute, die sich gerne in die Nähe von Berühmtheiten drängen, standen um mich herum. Ich erhielt viele freundliche Briefe. Ich stellte fest, daß ich überall Freunde hatte, die ihren Hut zogen, wenn sie an mir vorübergingen. Wohin ich kam, stellten sich Händler,

Matrosen, Soldaten aus vielen verschiedenen Ländern ein, auch Schriftsteller, Kritiker, Maler, Studenten und Professoren, die mich begrüßen wollten, Forscher und Boxer, Bergsteiger, Köche und Schwimmer, Eisenbahnreisende und Journalisten, die mir sagten, wie sehr sie mich schätzten.

Kurz, ich war damals ein Mann, dem man ansah, daß er zu den unerschrocken herumreisenden Abenteurern gehörte, ich hatte verwegene und ziemlich verwetterte Gesichtszüge. Ich mochte von sehr weit herkommen, vielleicht aus einer noch wenig bekannten Gegend, wo man auf die äußere Erscheinung keinen besonderen Wert legt. Man hielt mich für einen berühmten Mörder, der ich natürlich nicht war; oder für einen Forschungsreisenden, der in dieser Gegend seine Erfahrungen machen wollte. Eines Tages, mein Buch COOKS NORDPOLSCHWINDEL war gerade erschienen, erschien ich, ich betrat das Hotel und sagte, während ich mich in der Rezeption umsah, hier werde ich bleiben. Ich ging an den Mützenschwüngen des Hotelpersonals vorbei, an den respektvollen Verbeugungen des Portiers, des Empfangschefs, der Pagen, der Kellner, der Stubenmädchen, über die tiefen kostbaren Teppiche, an den funkelnden Spiegeln vorüber, an mahagonigetäfelten Wänden und strahlenden Kandelabern, hinein in den Lift, der weich und behaglich hinaufglitt in das oberste Stockwerk, wo ich meine Reiseerinnerungen zu schreiben gedachte. Die Öffentlichkeit reagierte, soweit ich mich erinnern kann, mit Interesse.

Ich hatte mich auf den Ruhm vorbereitet, der nun kam. So oft ich die Straße entlangging, wurde mir zugelacht. Kein Zweifel, ich erregte damals die Aufmerksamkeit der Welt in ganz besonderer Weise. Ich reiste, das war es: ich reiste. Und meine Auftritte als Reisender fanden in der bewohnten Welt so viel Zustimmung, daß ich beschloß, weiterzureisen. Zu meinen schönsten Erinnerungen gehört ein Spaziergang durch Wangs. Es ist wirklich nicht meine Absicht, an dieser Stelle alle auf meinen Reisen gesammelten Eindrücke aufzuzählen; aber ich möchte, wenn ich von Wangs spreche, auch von den dampfenden Wagen sprechen und von den Aufprallgeräuschen, ich möchte von fröstelnden Menschen sprechen, von zischendem Speck, von ausgeschlagenen Eiern und einem großen Zerdrücken. Ich ging an allem vorbei in Wangs oder Flums, ich ging in der ganzen entdeckten Welt herum. Alles war, fand ich, ziemlich schmal und verhältnismäßig niedrig. Es war ja auch alles ruhig – und saftige, mir, dem bekannten gefeierten Reisenden, unbekannte Pflanzen überzogen im Mondschein die Hänge. Oben schwankten die leichten Wolken, unten ging ich mit leichten Schritten dahin. Ich war sicher, daß ich stundenlang, tagelang, wochenlang oder sogar das ganze Leben lang so dahingehen konnte, über den klebenden saugenden Boden, in dem die Gummischuhe früherer Reisender staken, die vor mir durch die bewohnte Welt gegangen waren. Nun muß ich zugeben, daß mir in diesem Moment gar nicht danach zumute war, etwas zu tun. Ich wollte nichts tun, ich wollte auch nichts mehr hören.

Ich möchte an dieser Stelle bemerken, daß ich schon lange nicht mehr in die Welt hinausgehen wollte. Ich ging zum Abort, und als ich mich in der Schwärze des Gangs, im Dachstuhl des Bahnhofshotels, zurück in mein Zimmer tastete, hatte ich plötzlich eine gebogene Hand in der Hand, die mich ohne Mühe hineinzog in eine warme schwachbeleuchtete Kammer. Ich kam zurück aus der Fremde, im Morgenrock; ich hatte einige neue touristische Rätsel gelöst; ich hatte überall Staunen zurückgelassen und weite Strecken zurückgelegt, an schweigenden kahlen Kalksteinketten entlang, über kleine geschwollene Flüsse hinweg, am lauten Gelächter Kerschensteins und der alpinistischen Gesellschaft vorbei. Später wurde ich plötzlich, auf dem Weg vom Abort zum Zimmer, von einer zärtlichen Hand ergriffen. Auf meine Frage: wer sind Sie? antwortete jemand: *ich bin ihre Nachbarin.* Ich war darüber nicht sonderlich überrascht; und da ich den Körper der Frau recht rund fand und fest, folgte ich ihr und legte mich nieder. Danach begann der vielbeschriebene stürmische März, der mich hinaus in die Ferne riß. *Wohin wollen Sie?* wurde gefragt. *Irgendwohin,* sagte ich, *es wird sich schon finden.*

Plötzlich war ich doch wieder da. Die Luft war sehr gut, es zeigte sich aber, daß es darauf nicht ankam. Nachdem ich die ganze Welt bereist hatte, hatte ich eine Stelle gefunden, an der ich bleiben konnte. Der Abend brach an, der Vollmond erschien, eine glühende blutige Scheibe, die den schwarzen Buckel des

Berges berührte. Langsam hob sich der große Mond über die Fensterbank. Das Leben war damit für heute zu Ende.

So war das eben. Eines Tages beschloß ich, ein Abenteurer zu werden. Ich öffnete die Tür und trat hinaus in die pochende Welt. Eines Tages fiel mir ein, daß ich schon eine ganze Weile verschwunden war. Ich war fortgegangen, wie man mir sagte, und hatte bedeutende Abenteuer erlebt. Zur gleichen Zeit erfand ich gefüllte Schlüssellöcher, zerbrochene Spiegel und meinen schweren knirschenden Kopf und hatte daneben noch Zeit, die Orte Rans, Gams und Schaan zu besuchen. *Und wo ist er jetzt?* wird gefragt, aber das höre ich schon nicht mehr, ich bin längst in Nevada und beschäftige mich mit etwas ganz Neuem. Es ist kein Zufall, daß ich nicht mehr zu sehen bin. Ich hatte die Tür geöffnet und war aus der Gegend verschwunden. Ich lief so dahin; vielleicht lief ich ja nicht, vielleicht drehte sich nur die Erde unter den Füßen fort und hinter mir lautlos davon, in die Tiefe hinab. Darüber will ich nicht weiter reden. Ich hatte schließlich alle Probleme gelöst, bis auf das eine.

Und während ich mich in Nebraska umsah, widmete sich die Gesellschaft für Alpinistik dem Ausbau und der Verfeinerung meiner Entdeckungen. Kerschenstein beispielsweise äußerte sich ausführlich in seinem *Spaziergang um die bekannte Welt* und machte sich augenblicklich einen berühmten Namen. Mein

Name fiel nicht. Ich selbst hatte wenig Gelegenheit, das zu ändern, zumal sich meine Vermögensverhältnisse vorübergehend verschlechtert hatten. So wurde es immer einsamer um mich, aber ich lachte.

Und während ich lachte, bemerkte ich, wie Kerschenstein die Öffentlichkeit durch die Erklärung täuschte, alle Erfindungen und Entdeckungen seien nicht meine, sondern seine, Kerschensteins Erfindungen und Entdeckungen. Übrigens stamme, behauptete er, auch der künstlerische Entwurf des gegenüberliegenden Kurhauses von ihm. Mir blieb nichts anderes übrig, als eine Flasche zu öffnen und mit der Niederschrift meines Buches EINE REISE IN DIE BEWOHNTEN LÄNDER, DIE SICH BEI DEN INZWISCHEN ERLEICHTERTEN VERKEHRSVERHÄLTNISSEN OHNE VERZÖGERUNG ERREICHEN LASSEN UND IN DENEN SICH VIELE ABENTEUER ABSPIELEN zu beginnen. Danach war ich der Meinung, daß es wünschenswert wäre, spurlos in der Welt zu verschwinden, vielleicht in Amerika, in der Stadt New York.

## 6

Ich hatte, wie der Leser vermuten wird, schon viel von der Welt gesehen, als mich im Januar wieder die Reiselust packte. Ich bestieg ein Schiff mit der Absicht, Amerika zu erreichen. Das Meer war zu dieser Zeit weich und ohne Schwellungen. Ich muß zugeben, daß ich noch nie eine solche Weichheit gesehen hatte, man hatte den Eindruck, jederzeit einfach und lautlos hinabsinken zu können, bis auf den Meeresgrund. Ich bekam auf dieser Fahrt nicht viel Neues zu hören. Im Gegenteil, ich begann mit der Zeit sogar vieles von dem zu vergessen, was ich früher erlebt und gesehen hatte. Zum Beispiel vergaß ich, wohin ich wollte und was ich dort wollte. Es war eine schlechte Zeit; aber dann kam die herrliche Nachricht, daß man am Horizont Land entdeckt hatte. Zufällig sah ich nach einiger Zeit New York. Ich verließ das Schiff, ich betrat diesen Kontinent und fing an zu laufen. Alle Menschen, an denen ich vorbeikam, versicherten mir, daß ich in Nord-Amerika sei; sie bestätigten also meine Behauptung, die andere Seite der Welt erreicht zu haben. Es dauerte gar nicht lange, schon lief ich über die Straßen Manhattans, wo mich ein Auto erfaßte und in die Höhe warf. Bisher ist alles vorübergegangen, dachte ich, als ich so durch die Luft flog; also wird wohl auch das vorübergehen.

Da lag ich also im großen New York, ein Forscher, Erfinder, Entdecker, der viele Sprachen sprach und die Kunst des Boxens beherrschte; ich war angekommen, ich wurde direkt an der Ecke der Park Avenue von einem Fahrzeug erfaßt und in die Höhe geschleudert, ich drehte mich durch die Luft und blieb auf dem Boden liegen. Dort lag ich drei Tage und Nächte mitten in dieser Stadt auf dem Trottoir, die Leute stiegen leicht über mich hinweg, ich hörte ihre Gespräche, die von allem handelten, nur nicht von mir; ich bemerkte, wie etwas Blut aus meinem Mund zu fließen begann, aber ich fühlte nicht viel, keinen Schmerz, kein Entsetzen, keine Verwunderung. Die Menschen, die über mich hinwegstiegen, bestanden aus festen und weichen Teilen, ich sah die beim Sprechen geöffneten Mundhöhlen, ich sah die Dunkelheit in den Hosenbeinen und die ungeheure Tiefe der schwingenden Röcke. Wenn der Wind blies, sah ich auch die Bewegung der Bäume entlang der verschneiten Straße, die Automobile rollten dahin und die düsteren Bahnen. Die Menschen gingen an mir vorbei und berührten mich mit den Spazierstockspitzen. Ein Mann, der mir aus reinem Zufall mit seinem Schuh auf die Brust trat, sah mich verwundert an und schlug mir im gleichen Moment seinen Stock auf den Kopf. Er zertrat meine Hand und schleifte mich an den Rand des Gebüschs, vor den Augen der Polizisten, die in ganz andere Richtungen sahen. Als ich wieder erwachte, war es schon Nacht, es hatte geschneit. Mein Blut war in den schwarzen knirschenden Schnee geflossen. Später, am Mittag des nächsten Tages, erwachte ich wieder, der Schnee war getaut und ich war der Ansicht, daß ich auf Grund meiner aufgespeicherten Kenntnisse, meiner Reiseerfahrungen und Reiseerlebnisse alle weiteren Schwierigkeiten überstehen könnte, und zwar mit Leichtigkeit und Gelassenheit; aber die elegantesten Wendungen meiner Gespräche erwiesen sich plötzlich als ungebräuchlich, man wollte mich nicht verstehen, ich lag auf dem Boden, ich fühlte mich fremd in Amerika und schrie, aber mein Schreien wurde vom Autoverkehr verschluckt. Jemand beugte sich kopfschüttelnd über mich und sagte: *was schreien Sie denn?* Dann wurde es wieder Abend. Im Laufe des nächsten Tages gelang es mir, auf den Gehsteig zu kriechen. Die Leute stiegen mit ihren Gesprächen geradewegs über mich hinweg. Aber alles das war im Grunde eine sehr fernliegende Handlung mit schwerverständlichen Bewegungen und unbegreiflichen Absichten.

In der Nacht sah ich oben, weit über mir, in der Nähe des Mondes, einen elektrischen Raucher, der seinen beleuchteten Hut hob und senkte und flackernd den Dampf der Zigarre hinauf in die Höhe blies. Ich sah auch die kleinen festgewachsenen Tiere, diese am Boden festgewachsenen Tiere, die nur von Erde zu leben schienen oder von Körpern, die auf der Erde lagen; angewachsene, fußlose, ohne nennenswerte Bewegungserscheinungen fressende Tiere. Und im aufgegangenen Mond erschien ein im Dunkeln sich vollsaugendes schleimiges quallenartiges Wesen, es quoll über mich hinweg, etwas pflanzenhaft oder polypenhaft Wucherndes, schwammig, zuckend, alles zerquetschend, zitternd zerplatzend, und während ich schrie, floß es zusammen und kroch davon, mit einem blasenden Schnaufen in den Kanal hinab. Die Detektive und Polizisten gingen vorbei und schlugen mit ihren Knüppeln an die Hydranten. Der Rauch quoll leise aus Kellerluken und Straßenöffnungen, aus darmtiefen Abflußrohren, aus den Schächten und Schlünden herauf, aus dem ganzen schäumenden Inneren der Welt. Der Nebel lag wie ein nasses Tuch auf mir, dumpf und dick; und als ich so lag und vergaß, daß die Erde bewohnt ist, kam mir auf einmal der dunkle Gedanke, daß es nichts mehr zu sagen gab; daß ich sämtliche Worte, die möglich waren, bereits gesagt hatte.

Und etwas flog plötzlich tief über mich dahin; aber eigentlich war diese schwere Bewegung kein Fliegen, sondern eher ein schwarzes Wälzen, ein Kriechen durch die verfettete Luft, ein gewaltiges Kriechen und Brüllen, so tief, daß es fast mein Gesicht berührte, ein riesiger Körper, der zwischen den Häusern versank, zwischen den schwenkbaren Kränen, mit einem magischen Strahlen. Der Körper erschien, obwohl er gar nicht von mir erwartet wurde, aber auf solche unerwarteten Erscheinungen war ich gefaßt; ich nahm sie als völlig natürlich hin, ich nahm diese Sache so, als wäre es eben das Leben in Nord-Amerika, in Manhattan, an einer Ecke der Park Avenue, von Anfang bis Ende. Doch nun begann sich die Schwere in diesem Gebilde bemerkbar zu machen, es sank und verschwand breiartig träge im Boden, in einer schlammigen saugenden Tiefe. Ich sah in der folgenden Nacht die eiskalten Schenkel unter den Röcken der Damen, die über mich wehten, die Rocksäume, die mein Gesicht berührten. Ich sah überhaupt etwas wie die entsetzliche Kälte oder die Kühlheit von Schenkeln, nachts; ich war eingeschlafen und fühlte, wie sich mit einem Mal eine Dame auf mein Gesicht gesetzt hatte, aber als ich erwachte, war es gar keine Dame, ich wurde von nächtlichen Tieren beleckt und benäßt, die aus dem Gulli gekrochen waren, aus den feuchten Vertiefungen der bewohnten Welt.

Ich fand überhaupt, es war alles sehr naß und sehr kalt, vielleicht lag ich ja in der Nähe des Meeres, unter der Hochbahnbrücke, unter dem Donnern der Züge. Ich richtete mich in dieser Umgebung ein, zwischen Behältern, Kanistern und Flaschen, Konservenbüchsen, Kübeln und Kesseln, Kartons und verwitterten Koffern, Säcken und platzend gefüllten Tüten, ich kroch eine Zeitlang in einen Koffer hinein, in einen Überseekoffer, wo ich die großen Vorzüge der Einsamkeit genoß. Zu essen fand ich genug in der Kälte der dampfenden Abfallhaufen. Ich beobachtete aufmerksam die Verwandlung meines Körpers in eine wundgeriebene speckartig schmelzende Masse, und es verwirrte mich nicht. Ich faulte ganz langsam in den Boden Manhattans hinein. Noch immer sickerte Blut aus mir heraus, oder vielleicht war es rote Milch, wie aus entzündeten Eutern herausgemolkene rötliche Milch. Überall wuchsen kartoffelkeimartige bleiche nächtliche Pflanzen aus den gefrorenen Gehsteigplatten oder aus meinem Mund; das Bedürfnis des Atemschöpfens wurde erheblich stärker, da mir die Hunde mit ihren Schnauzen die Luft wegatmeten, bevor sie übereinandersprangen und sich winselnd zu paaren begannen.

In dieser Nacht klappte ich einen eisernen Deckel auf und verschwand in der Tiefe. Ich kroch erschöpft hinunter in den Kanal und führte ein Leben im Liegen. Auf meinen Kleidern rutschend kroch ich ganz langsam auf dem gefrorenen Abfall entlang durch ein verzweigtes System von Kanälen, bis ich an eine Stelle kam, wo ich mich setzen konnte. Aber natürlich war auch das Sitzen eine sehr unangenehme Lage und auf die Dauer kaum zu ertragen. Ich hackte ein Loch in den Schlamm und schob meine Füße hinein. Sie erstarrten nach kurzer Zeit; also zog ich sie wieder heraus, die Schuhe waren mir längst von den Beinen gefallen. Dazu kam, daß ich mich nicht an der kalten gewölbten Tunnelwand anlehnen konnte; ich saß, in die Hände blasend, mit vorgebeugtem Kopf, gelegentlich flossen die Abwässer gährend vorbei, der Schlamm wurde weicher, es wurde wärmer, das Wetter schlug um. Ich hatte die Kleidungsstücke übereinandergezogen, die ich gefunden hatte, die Hemden, Pullover, die Jacken und Mäntel, mein angeschwollener Kopf war mit Tüchern umwickelt und mit einer dicken Mütze bedeckt. Am nächsten Morgen rollte ich aus der Tiefe hervor. Ich rollte sehr langsam, um in der Dämmerung keine Spuren zu übersehen, die wichtig waren für die Entwicklung des Folgenden. Mit New York hatte ich nichts mehr im Sinn. Ich war der Meinung, daß, nach allem was hier passiert war, es besser gewesen wäre, nicht durch New York zu gehen, sondern ein Stück an New York vorbei; es wäre besser gewesen, wenn ich New York in einem großen Bogen umgangen hätte. Und wenn ich darüber nachdenke, jetzt, eine Weile später, bin ich sogar der Meinung, daß ich mir den Besuch ganz Amerikas hätte ersparen können, den Besuch dieses ganzen Gebietes, New York und so weiter, Ohio, Kentucky, Montana, Nevada und Alabama. Aber so wie es aussah, kam der Gedanke zu spät. Es ist zwar nicht so, daß ich ernsthaft etwas gegen Manhattan hätte, vielleicht besuche ich später noch einmal New York, unter angenehmeren Umständen und bleibe so lange, wie es mir paßt. Ich werde versuchen, darüber nachzudenken, zwischen diesen von oben herunterwachsenden, aus dem Himmel wachsenden Häusern.

Dann kam der Moment, in dem ich zu schreien begann. Ich schrie nicht einfach aus Spaß; ich schrie, weil ein Mann neben mir stand und mit einem hölzernen Gegenstand auf mich einschlug, mit einem Schaufelstiel, während der Atem aus seinem Mund floß. Der Mann schlug und schlug und ich schrie und schrie und sah zur gleichen Zeit eine Zunge, eine riesige, aus dem Palast-Hotel hängende Zunge, beleuchtet, angestrahlt, mit einem kleinen grünen Tropfen in ihrer Mitte, im Zentrum der Zunge, der gleich herablaufen wird bis zur Spitze und danach womöglich herabtropfen wird in die Tiefe. Ich saß damals neben dem flackernden O der Leuchtreklame, neben dem brummenden oder zuweilen knallenden O des Bahnhofshotels von möglicherweise Buchs oder Grabs oder meinetwegen Manhattan, neben dem donnernden O; die Glühbirnen flatterten, pufften und platzten, während sich über, unter und neben mir die Automobile vorüberschoben.

In der folgenden Nacht konnte ich mich erheben. Ich klopfte mich ab, winkte ein Taxi heran und fuhr schnell davon.

# 7

Die große Gewalt des vorübergegangenen Kapitels ermutigt mich, etwas weiter auszuholen und in die Jahre vor meinem Auftreten in Manhattan zurückzugehen. Ich kann nicht sagen, ob ich damals als Boxer oder als Luftklavierspieler erfolgreicher war, darf aber ohne zu übertreiben behaupten, daß ich stets große Erfolge in der Luft hatte; mit meinen Verhältnissen auf dem platten Erdboden war es ganz anders. Erst die weiteren Ereignisse werden die Gründe dafür enthüllen. In den Abendstunden saß ich im Schweiß- und Tabaksgeruch der Boxpaläste. Ich erkannte bald die für mich eher unangenehme Seite der Sache und begann das gewöhnliche Leben eines sehr einsamen Menschen zu führen. Einmal ging ich in tiefen Gedanken die Straße entlang und bemerkte nicht, daß ich an einen großgewachsenen Herren stieß. Ich hielt es zunächst für günstig, zu schweigen. Dieses Schweigen irritierte den Mann aber derart, daß er ohne lange zu überlegen die Jacke auszog und auf mich einzuschlagen begann. Ich verstand nichts von alledem; als dieser Mann mir aber einen gewaltigen Schlag an das Kinn versetzte, begriff ich, daß es kein Spaß war und daß es notwendig wurde, mich zu verteidigen. Ein einziger Haken genügte, dann ging ich zufrieden mit der Wirkung meines entschlossenen Auftretens fort und hielt den Fall für beendet. Ich wollte mich unauffällig entfernen, als plötzlich auf meine Schultern die schwere Hand eines Boxveranstalters fiel. *Womöglich wissen Sie nicht, wen Sie soeben niedergeschlagen haben,* sagte ein Mann namens Kerschenstein, *es ist der berühmte Mister Carnera, der bisher noch niemals am Boden lag. Sie beherrschen das Boxen,* meinte er, und er zweifelte nicht daran, daß ich auf diesem Gebiet in Zukunft einen der ersten Plätze einnehmen würde. In diesem Augenblick empfand ich es als höchst vorteilhaft, über große Körperkräfte zu verfügen, zumal gerade das allgemeine Interesse an meinem Luftklavierspiel zurückzugehen begann. Die Schläge hallten dumpf durch die rauchverhangenen Hallen. Nur der blecherne Gong schreckte meine Gegner Runde für Runde aus der unbegreiflichen Stille. Sie fielen um, Braddock, Sharkey, ganz gleich, wie sie hießen, Max Baer, Gene Tunney. Es herrschte tatsächlich ein ganz merkwürdiges Schweigen. Die Stimmen der Ringrichter wirkten erschöpft und verwundert. Die Augen schwollen ballonartig auf oder begannen sich rasch zu schließen, die Köpfe sanken vornüber, das dumpfe Hämmern der Schläge hörte nicht auf, das nasse Aufklatschen der Körper auf die Ringbretter nahm kein Ende, während ich ganz gelassen tanzend in meine Ecke ging. Einmal kam Schmeling vorbei und winkte mir zu. Ich wollte mich neben ihn stellen, doch ehe der Fotograf abdrücken konnte, sprang Joe Louis zwischen Schmeling und mich und verhinderte durch diesen Sprung, daß wir beide, Schmeling und ich, gemeinsam zu sehen sind; es gibt tatsächlich kein einziges Foto, auf dem wir beide zugleich und nebeneinander zu sehen wären.

Man war ziemlich höflich zu mir. Es fällt mir nicht ein, das für sonderlich wichtig zu halten, aber ich möchte es nur erwähnen. Ich schlug in dieser Zeit alles, was die Fäuste hob und sich mir gegenüber aufstellte. Jack Sharkey hatte gesagt: *ich werde den Mann von der ganzen Welt herunterkratzen, für immer und alle Zeiten, und nicht nur aus hygienischen Gründen.* Ich hatte ihn durch den riesigen Ring getrieben: *fürchterlich, furchtbar,* rief Sharkey nach diesem Schlag. Sein angeschwollener Körper fiel schwer in die Tiefe zurück; das Orchester zertrümmerte, als ich hinabsah, gerade die Instrumente, mit denen man den Sieg von Jack Sharkey feiern wollte. Aber der Mann wurde rasch in die Ferne getragen. Ich hatte ihn durch den Ring getrieben, bis er umgesunken war und vergessen. Später nahmen meine beträchtlichen Kräfte ab. Der Veranstalter, ein gewisser Kerschenstein, trat in den Ring und beruhigte das enttäuschte Publikum.

Eines Tages, in Minneapolis, verfehlte ich das Kinn eines Mannes. Er jedoch traf mich mit einer solchen Genauigkeit, daß ich augenblicklich am Boden lag. Später schoß ihm doch meine Faust ins Gesicht; er tat aber so, als würde ihn das nicht stören. *Je älter Sie werden, um so häufiger wird Ihnen das passieren,* sagte Al Beller, ein Geiger. Mein Name verschwand für lange

Zeit aus der Presse. Ich verließ die Gegend. Ich konnte nicht anders. Was danach geschah, habe ich nicht mehr erfahren, ich hatte die Gegend verlassen und befand mich im westlichen Pennsylvania. Eine starke Neigung führte mich nach Nevada, wo ich versuchte, das eine mit dem anderen zu verbinden, aber mit der Zeit aus dem Auge verlor, was das eine und was das andere war. Jedenfalls flog ich einmal acht Meter hoch durch die Luft und glaube, daß ich bei den Zuschauern damit eine freundliche Aufnahme fand. Natürlich erhielt ich auch wieder Klavierunterricht. Aber eines Tages hatte ich von Klavieren einfach genug, ich verließ meinen Platz, ich sprang einfach über das Instrument, ich sprang mit einem gefährlichen Satz über den Kopf meines Lehrers hinweg, stürzte hinaus aus der Stube, wo ich mich zur Verblüffung des alten Professors unter das Publikum mischte. Als mich der Mann zur Rede stellte, gab ich ihm als Begründung für mein Verhalten an, daß hauptsächlich die Musik des berühmten Bertini solche Wirkung auf mich gehabt haben könne. Der Professor nickte; allerdings sah er die Sache von einer vollständig anderen Seite.

Ich war, obwohl ich bis dahin nur sehr bescheidene Schwünge und Sprünge zustande gebracht hatte, davon überzeugt, daß im Klavier noch gewaltige Entfaltungsmöglichkeiten ruhten. Ich sprang über die Regeln aller Klaviere hinweg, aus kühnster musikalischer Auffassung heraus. Das genügte mir aber noch nicht. Dann ging ich nach Portland. Portland ist, wie man weiß, eine Stadt, in der man nicht unbedingt Klavierspieler sein muß, um aufzufallen. Für mich aber gab es inzwischen keinen anderen Weg in die Öffentlichkeit, als über das leichte Klavierspiel, dem ich unter der festen Bezeichnung *Luftklavierspiel* einen angemessenen Platz in der Literatur zu verschaffen gedachte.

Ich verbrachte von nun an den größten Teil meines Lebens in der beleuchteten Luft. Ich flog und schwebte und schwang mich dahin und sprang in Phoenix, Memphis und Albany über das staunende Publikum hinweg. In Salt Lake City erhob ich die Kunstfertigkeit meiner Luftbewegungen auf einen erfreulichen Stand; in Minneapolis entdeckte ich einen Luftsprung, der sich durch Schwierigkeit und Gefährlichkeit von den gewöhnlichen Sprüngen noch weiter entfernte und deshalb bei allen Zuschauern großes Erstaunen hervorrief, was in Amerika durchaus nicht alltäglich ist. Ich beherrschte die Lufttäuschungskunst und sämtliche Gelenkigkeitskunststücke und entwickelte sie in El Paso, Wichita, Knoxville und Santa Fe bis zur höchsten Vollendung.

Es ist ganz natürlich, daß Abstürze zu meinem Alltag gehörten; Abstürze, Unfälle, Mißgeschicke. Gerade in dieser Hinsicht wurden über mich viele widersprüchliche Nachrichten verbreitet. Prellungen, Quetschungen, Risse und Brüche gehörten zu den Gewöhnlichkeiten. Oft lag ich lange wie angenagelt im Bett. Und als ich mich endlich erheben konnte, waren die Hände ganz schlaff geworden, sie taugten weder zum Boxen noch zum Klavierspielen. Immerhin konnte ich mich auf meine gewaltige Sprungkraft verlassen.

In Baltimore fiel ich zweimal aus großer Höhe in das Orchester. Es ist keinem Musiker etwas passiert, und ich fiel so glücklich, daß ich nicht lange unter meinen Verletzungen leiden mußte. Ich hatte auch nichts von meiner Kühnheit und Kaltblütigkeit eingebüßt. Ich schwebte lächelnd durch die Luft und hätte den Stuck der Decke mit meinen Fingern berühren können. Daß ich bei meinem dritten Sturz in Baltimore mit dem Kopf auf den Gashahn fiel, war freilich schon deshalb gefährlich, weil das verströmende Gas das Konzerthaus, in dem meine Vorstellung stattfand, zum Einsturz brachte, ich konnte mich aber im letzten Moment retten und lebte noch viele Jahre. Das Ereignis hat meiner Arbeit kein Ende gesetzt. Ich habe nur meine Luftkunststücke verändert, ich schwang mich weiter und dachte kaum an die Folgen. Denn so viel ist sicher, sterben müssen wir irgendwie alle einmal; wie Kerschenstein sagt.

Vor meinem ersten Auftritt in Minneapolis stellte ich fest, daß alle Plätze in der Nachbarschaft meines in der Luft befestigten Klaviers mit Menschen besetzt waren, die ihre Hüte abgenommen hatten. Es waren ausschließlich Damen. Bei einer Vorstellung sah ich in einer dichten wallenden Wolke von Tüll und Seide, direkt unter mir, ein heftiges Schleierwehen. Es geschah gerade in dem Moment, als ich mit meiner Klaviervorführung beginnen wollte. Zwei Damen waren hutlos übereinander hergefallen. Leider mußte ich mich in diesem entscheidenden Moment hinauf in die Höhe schwingen, ich stieß ab und begann zur gleichen Zeit die bekannte Klaviersonate von Schuster zu spielen, aber der merkwürdige geräuschvolle Vorgang unter mir interessierte mich derart, daß ich versuchte, die Damen nicht aus den Augen zu verlieren. Gerade als ich die Erde verließ, um mit einer gefährlichen Drehung zurück zum Klavier zu fliegen und mit dem zweiten Satz der Sonate fortefortissimo zu beginnen, sah ich, wie eine der Damen der anderen einen entscheidenden Fausthieb versetzte. Als ich später erneut nach unten sah, war der Vorgang beendet. Die Damen waren verschwunden, sie waren gegangen, mein Luftklavierspiel hatte sie nicht interessiert, sie waren aufgebrochen und fort, während der Beifall kein Ende nahm. Nun war es ohnehin so, daß ich in Minneapolis, wo ich mich damals aufhielt, Damenbekanntschaften vermeiden wollte. Ganz anders war es in Denver. Ich verließ das Hotel und was sah ich? nicht eine Dame, sondern zwei, drei, vier Damen standen am Eingang, die mich allerdings nicht beachteten. In Cincinnati war es ganz ähnlich. Ich verließ das Hotel und was sah ich? aus dem Schatten einer Kapuze schien wie der aufgegangene Mond das Gesicht einer Dame heraus. Sie erzählte von ihren Wünschen; ihre Begeisterung für die Luftklavierkunst war sehr groß. In Alabama schenkte ich einer Frau meine Aufmerksamkeit, die sie nicht verdiente. Oder vielmehr schenkte mir eine Frau ihre Aufmerksamkeit. Oder nicht einmal das, sie schenkte mir keine Aufmerksamkeit und ich, bevor ich mich lächerlich mache, schenkte ihr auch keine. Sie schaute durch mich hindurch wie durch Aspik oder nicht einmal das, sie schaute nicht einmal durch mich hindurch, sondern durch einen anderen, neben mir stehenden Mann, oder noch weniger, niemand schenkte in diesem Moment irgend jemandem seine Aufmerksamkeit, weder mir noch irgendeiner anderen Person. Ich hörte es rauschen in Alabama oder in Oklahoma. An diesem Abend, an dem ich ein Rauschen hörte, muß ich das Auftreten einer weichen Figur erwähnen, einer schlangenlangen dunklen Erscheinung. Ich werde von diesem Rauschen ausführlich erzählen, weil es ein sehr ausführliches Rauschen ist. Danach sollte ich aber vom Auftreten einer weichen Figur berichten; vorher beschreibe ich aber mein eigenes Auftreten an diesem Abend in Oklahoma oder Nebraska, ich flog aus der Luft herab und in das Orchester hinein, vom Beifall umrauscht, die Dame schrie auf, eine plötzliche mondbleiche Erscheinung, sie war außer sich, sie war aufgelöst, als sie sich mir zuwandte, aber Geduld, der Leser wird alles erfahren, bevor er sich zufrieden mit diesem Ausgang wieder dem Alltag zuwenden kann.

Es war sicherlich eine schöne Zeit. Überall traf ich die gleichen Verhältnisse an. Überall raschelte es diskret. Ich traf Frauen aus den verschiedensten Kreisen, aus ihren Mündern kamen Geräusche, die ich noch niemals gehört hatte. Ich muß dabei eine Dame aus Austin erwähnen, eine Blondine, die sich von Zeit zu Zeit über mich beugte. Ich habe sie später in Albany wiedergesehen, als sie sich über einen ganz anderen Mann beugte, eine Handlung, die viele Verwicklungen nach sich zog, deren Zeuge und manchmal auch Teilnehmer ich war. Wenn ich mich recht erinnere, war das Gebäude, in dem sie saß, der Kristallpalast, in dem ich gerade noch durch die Luft getanzt war, zusammengestürzt, sie beugte sich über den Mann, von dem ich gesprochen habe; der Zusammensturz war beendet, der Dampf der Trümmer mischte sich mit dem Dampf meiner Zigarre. *Ich höre*, sagte die Dame zu mir, *daß Sie gern etwas über mein Leben schreiben wollen, meine Verhältnisse, meinen augenblicklichen Zustand.* Das stimmt, sagte ich. *Nun*, sagte sie, *ich glaube, ich kann Ihnen Auskunft über mich geben.* Sie sagte mir alles, was ihr gerade einfiel und ihr fiel viel ein. Ich befand mich sofort im Mittelpunkt von Geheimnissen und Intrigen, von Revolverschüssen und abgelegten Bekleidungsstücken. Ich hatte nichts anderes zu tun, als zuzuschauen und will nicht leugnen, daß ich in diesem Moment das Zusehen um vieles bedeutender und angenehmer fand als die einfache Teilnahme. Es war auf eine schöne Weise folgenlos und dennoch amüsant. Ich hatte mich nicht mit der

Zukunft zu beschäftigen, ich hatte keine bevorstehenden Schwierigkeiten, dieser Fall war, als er zu Ende war, tatsächlich abgeschlossen, er betraf mich nicht, und wie schön das in Wirklichkeit war, erfuhr ich am nächsten Tag; denn der Mann, über den sich die Dame gebeugt hatte, wurde erschossen. Aber ich, der das alles betrachtet hatte, war noch lange nicht tot. Im Gegenteil, ich freute mich auf die nächsten Erlebnisse, ich hatte noch viele angenehme Erfahrungen zu machen.

Eine Frau namens Betty nahm mich im Anschluß an dieses Ereignis mit auf ihr Zimmer und wir erzählten uns eine ganze Nacht lang Geschichten, von denen ich keine einzige behalten habe; am Morgen beugte sie sich über den schmalen Tisch und sagte: *ich weiß nicht, warum ich Ihnen das alles erzähle, warum ich es überhaupt jemandem erzähle, ich glaube, ich habe es,* sagte sie, *noch niemals einem Menschen erzählt, Sie sind nun der einzige, der es weiß.* Der Nachmittag verging. Es verging überhaupt eine ganze Zeit. Der nächste Vorgang fiel in die Dunkelheit.

Eine andere Dame sprang mit schwarzen langen durchbrochenen Strümpfen mit spitzen Schuhen und spitzen Schreien in der Tiefe von Oklahoma vorbei, durch alles hindurch, seidig knisternd, schwarz rauschend, in wehenden Taft oder Tüll gehüllt, vorbei und hinaus. Ich mußte mich leider in diesem entsetzlichen Augenblick in die Höhe schwingen, ich sah nur die schwirrende Luft; und als ich wieder fest auf der Erde stand, war alles verschwunden. Nur der Beifall, den ich mit meinen Darbietungen entfesselt hatte, brauste herauf. In Amerika wird in solchen Momenten nicht gespaßt. Man applaudierte mit aller Macht. Vor zwei Jahren mußte ein Veranstaltung in einem Saal in Arkansas abgebrochen werden, weil der Boden unter den Füßen der jubelnden Menschen anfing nachzugeben. Und vor fünf Jahren in West-Virginia, versammelten sich so viele Menschen um mich, daß der Boden tatsächlich nachgab und einbrach. Glücklicherweise ohne ernsthafte Folgen, obwohl ich ein ganzes Stück, eine ganze Zeitlang hinabfiel, bis ich in West-Virginia aufschlug.

Zum Glück fand sich jemand, der diese gefährliche Situation rettete. Das war ich. Ich übersprang die Rampe und trat auf die Bühne. Ich werde es nie vergessen; wie ich überhaupt diese Zeit nie vergessen werde. Die Verletzungen schmerzten, das Blut tropfte aus meinem Handschuh, ich erschien aber immer wieder, mich höflich verbeugend, vor dem rasenden Publikum, während ich längst schon mit dem Gedanken beschäftigt war, eine Kanone zu entwickeln, aus der man mich ohne Umstände leicht wie eine gewaltige Knackwurst herausschießen konnte in Massachusetts oder Vermont. Allerdings verließ ich beim ersten Schuß das Kanonenrohr nicht, man mußte mich mühsam herausziehen. Ich befand mich in einer bedenklichen Lage. Zumal ich mir vorgenommen hatte, mindestens zwanzig bis dreißig Meter dahinzufliegen, und zwar mit Anstand und Würde. Und wenn ich wirklich einmal herauskam aus der Kanone, brannten die Hosenbeine. Das war in Pittsburgh, in Pennsylvania. Ich schoß wie ein brennender Mann durch die Luft. Später kam ich nach Florida, allerdings unter falschem Namen, deshalb weiß man darüber nichts; man kann es nur ahnen, so furchtbar und so geheimnisvoll war es.

In Colorado setzte mich die zerrissene Landschaft in größtes Erstaunen. Ich wurde, nachdem ich aus der Kanone herausgeflogen und unverletzt im Ziel gelandet war, auf die Schultern gehoben und auf dem Gelände herumgetragen. Viele Male wurde ich hochgeworfen und aufgefangen, während eine Musikkapelle spielte. Man freute sich, daß ich noch lebte. Ich nahm wie immer mein weiteres Schicksal selbst in die Hand. *Gute Reise nach Alabama*, rief man. Ich dachte darüber nach und verschwand eine Weile. Ab und zu sprang ich aus der Dunkelheit des Hotels heraus und setzte die Welt in Erstaunen. Aber es sollte noch besser kommen.

Ja, an Amerika habe ich sehr gute Erinnerungen. Man hatte mich freundlich empfangen, meine Vorstellungen fanden allgemein Beifall und trugen erheblich zur Beliebtheit des Boxens, des Luftklavierspielens, des freundlichen Herausschwebens aus Kanonen bei. Die Erfolge gingen weit über meine Erwartungen hinaus. In Sacramento nannte man mich den fliegenden und den springenden Hut; warum, das war mir nicht klar. Es kümmerte mich auch nicht.

Nachdem ich Las Vegas erobert hatte, fuhr ich davon, mit einer kleinen Zigarre im Mund. Am Ende gab ich noch eine Vorstellung in Tennessee. In Memphis, als ich gerade über ein Seil spazierte, erreichte mich eine Depesche aus Buchs, wo man die Nachrichten über meine amerikanischen Erfolge mit Aufmerksamkeit beobachtet hatte. Ich antwortete zunächst ausweichend, war mir aber, am Ende des Seiles angekommen, klar, daß mein Weg von hier aus direkt nach Buchs führen würde. Ich wollte noch einmal die Berge sehen. Aus diesen Gründen fiel es mir gar nicht so schwer, von Amerika Abschied zu nehmen; und alle schienen mit meinem Entschluß einverstanden zu sein. Aber dann geschah das, womit ich schon lange gerechnet hatte.

## 8

Ich wollte in diesem Moment, am Abend des 10. Dezember, am Anfang des achten Kapitels dieser Geschichte, nur einen Satz schreiben bis an das Ende der Welt; einen Satz, länger und weiter als jeder andere bisher geschriebene Satz. Ich wollte am Anfang des achten Kapitels auch ein paar Gegenstände beschreiben; aber alle denkbaren Gegenstände waren aus dieser Gegend verschwunden. Am Anfang des achten Kapitels wollte ich auch eine Reihe von Unannehmlichkeiten beschreiben, ich liebe es sehr, von Unannehmlichkeiten zu reden, ich glaube, ich mache einen gewissen Eindruck mit der Beschreibung von Unannehmlichkeiten; doch es gab keine Unannehmlichkeiten mehr. Ich weiß nur, daß die Erde am Anfang des achten Kapitels zu hüpfen begann, sie zog nicht mehr gleichmäßig um die Sonne herum, sie schlingerte, hüpfte und wurde fett. Ich weiß außerdem, daß die Erde am Abend des 10. Dezember riß, daß sie platzte; sie platzte auf und fiel ganz von selbst zusammen. Ein sehr kalter, sehr blauer Ton verbreitete sich und die großen stechenden Sterne waren so hell, daß es keine Nacht mehr gab am Anfang des achten Kapitels. Und da es nichts zu beschreiben gab, keine Gegenstände, keine Unannehmlichkeiten, keine Nacht, wollte ich wenigstens die Worte beschreiben; ich wollte, um sie zu beschreiben, mit Kerschensteins Worten beginnen; doch Kerschensteins

Worte waren mir im Moment entfallen, sie waren auch gar nicht so wichtig am Anfang des achten Kapitels, sie schienen mir eher überflüssig, womöglich ganz falsch, ganz verfälschend, so daß ich die Worte doch lieber mit meinen Worten beschreiben werde.

Es ist zweifellos wahr, ich habe die Welt entdeckt; und dabei wollte ich gar nichts mehr wissen von dieser Welt, ich wollte gar nichts mehr sehen und gar nichts mehr hören. Das waren, am Abend des 10. Dezember, die letzten Worte in diesem Hotel. Ich zog es jetzt vor, zu schweigen. So hatte ich mir die Welt vorgestellt, ganz still und ganz leer, die bewohnte Welt, über die ich jetzt schweigen werde; von hier an, von dieser Stelle des achten Kapitels an werde ich schweigen; ich bin nun am Ende meiner Bemerkungen über die Wirklichkeit und die Welt angekommen.

Allerdings fühle ich mich durch einige irreführende Äußerungen über die von mir unternommenen Reisen veranlaßt, ein paar Erklärungen abzugeben, besonders über den letzten Teil, über den Schluß, über das Ende. Die Behauptung, es sei meine Absicht gewesen, nach Flums oder Wangs zu gehen, ist unrichtig. Es gab keinen Grund, nach Flums oder Wangs zu gehen. Und was den Besuch in Buchs betraf, so hielt ich es für gänzlich unnötig, nach Buchs zu gehen, seit Buchs und die Umgebung von Buchs in sämtlichen greifbaren Reisebeschreibungen eingehend dargestellt worden sind. Dagegen war es mein Wunsch, einen kurzen Besuch in Grabs abzustatten, um einen gründlichen Kenner von Grabs, Kerschenstein, aufzusuchen. Aber obgleich es nur wenige Schritte bis Grabs waren, sah ich aus Gründen, die ich an einer anderen Stelle, vielleicht aber auch gar nicht darlegen werde, davon ab, nach Grabs zu gehen. Ein anderer Irrtum, der seine Runde durch die Presse gemacht hat, ist, daß ich gegen meinen Willen gezwungen wurde, nach Gams zu gehen, anstatt nach Mels oder Mols. Das ist falsch. Falsch ist auch die Behauptung, daß ich eine Weile in Schaan gewesen sei. Ich bin nie in Schaan gewesen, keinen Moment; weder in diesem, noch im vorübergegangenen Jahr. Es ist wahr, ich bin ein wenig gereist, es war eine außerordentlich kleine ergebnislose Reise durch ein ganz allgemeines Gebiet. Wahr ist außerdem, daß ich in Fläsch, am letzten Punkt, am Ziel meiner Reise, allenfalls fünfzehn Minuten zugebracht habe. Dann bin ich umgekehrt. Ich habe fünfzehn Minuten in Fläsch zugebracht bevor ich aus Fläsch verschwand. Und als ich wieder hier auftauchte, im Bahnhofshotel, hörte ich, daß mich in dieser Zeit keiner vermißt hat. Niemand fragte, wo ich gewesen bin. Und als ich sagte, daß ich in Fläsch war, wollte es keiner wissen. Das war mir ganz recht, ich erzählte keinem etwas von Fläsch, obwohl es viel zu erzählen gäbe; aber ich sage jetzt nichts von Fläsch. Ich werde mich später vielleicht, in einem anderen Buch, zu meinen Abenteuern in Fläsch ausführlicher äußern.

Ich weiß nicht, wie lange ich so gesessen habe, mit diesen kleinen zuckenden Bildern vor dem Fenster, zwei Jahre, drei Jahre; aber ich weiß, daß ich vom Reisen geredet habe. Ich könnte noch lange vom Reisen reden, ich könnte ununterbrochen vom Reisen reden, von Reisenden, die aus den fauchenden Zügen steigen, hinein in die leckende Kälte; von Reisegebieten, in die ich hineintreibe wie im Schlaf, ganz von selbst, auf die allernatürlichste Weise und immer so weiter. Doch bevor ich damit beginne, mache ich Schluß mit dem Reisen. Ich werde nie wieder vom Reisen reden. Die Welt paßt sehr gut in die Hosentasche, ich habe gar keine Schwierigkeit, sie dort unterzubringen, und daneben ist noch viel Platz für andere Dinge, zum Beispiel für meine Hände.

Am Schluß des achten Kapitels dieser Geschichte war eine tiefe Ruhe, kein Knacken, kein Knarren, nicht einmal das Rauschen des Waldes. Ich bin jetzt am Ende meiner Mitteilungen über die unbewohnte und die bewohnte Welt, während mir der Etagenkellner eine neue Flasche bringt; er stellt sie wortlos auf meinen Tisch, und während ich sie entkorke, sehe ich über dem Waschbecken, in einem schwitzenden Spiegel, wie ein Mann eine Flasche entkorkt, ich sehe die kleinen Regenflecke an der Dachschräge, die Nässe an der lackierten Wand unter dem Becken, die herunterrinnenden Tropfen, und vor dem beschlagenen Fenster, vor der schiefhängenden auseinanderklaffenden Jalousie, sehe ich die verrosteten Dachrinnenknoten, die ausgebrannten Buchstaben der Leuchtschrift und auf der anderen Seite der Straße, über den Glasdächern, sehe ich einen Mann seinen Hut heben und senken, und von seiner schweren bestrahlten Zigarre steigt der Dampf dick hinauf in die Höhe, während das O neben mir zu sprühen beginnt, es zerknallt und zerspringt und schwebt langsam hinab auf die Straße, auf die zitternden Automobile. Und während ich mir ein Glas eingieße, während im Nebenzimmer wieder das Knarren beginnt, das Knarren, das Knarren, beginne ich nachdenklich mit der Niederschrift meiner Erfahrungen, denen ich den Titel DAS ENDE DER BEWOHNTEN WELT geben werde.

Die Geschichten dieses Bandes entstanden in den Jahren 1989 bis 1991.

# *Inhaltsverzeichnis*

## *Alphabetisches Verzeichnis*

# Franz Kafka

**Beschreibung eines Kampfes**
Novellen, Skizzen, Aphorismen aus dem Nachlaß
Band 2066

**Brief an den Vater**
Band 1629

**Briefe an die Eltern aus den Jahren 1922 – 1924**
Band 11323

**Briefe an Felice**
und andere Korrespondenz aus der Verlobungszeit
Band 1697

**Briefe an Milena**
Band 5307

**Hochzeitsvorbereitungen auf dem Lande und andere Prosa aus dem Nachlaß**
Band 2067

**Das Schloß**
Roman
Band 11329

**Die Söhne**
Band 9501

**Träume**
Band 11148

**Das Urteil**
und andere Erzählungen
Band 19

**Die Verwandlung**
Band 5875

**Sämtliche Erzählungen**
Band 1078

**Poseidon**
Kurze Prosa 1904-1924
Jürgen Born (Hg.)
Band 12298

**Der Proceß**
Roman in der Fassung der Handschrift
Band 11413

**Der Verschollene**
Roman in der Fassung der Handschrift
Band 11587

Max Brod
**Über Franz Kafka**
Band 1496

**Franz Kafka Gesammelte Werke**
8 Bände in Kassette
Band 14300

## Fischer Taschenbuch Verlag

fi 228 / 16

# ROR WOLF
# IN DER
# FRANKFURTER VERLAGSANSTALT

**NACHRICHTEN AUS DER BEWOHNTEN WELT**

»Ein hochkomplexes, außerordentlich sorgfältig strukturiertes Buch der ungewöhnlichen Geschichten.« *FAZ*

**FORTSETZUNG DES BERICHTS**

»Ror Wolf gelingt es, den Leser von der ersten bis zur letzten Seite zu verblüffen.« *Wolfgang Werth*

**DIE GEFÄHRLICHKEIT DER GROSSEN EBENE**

»Ein rauschendes Fest der Sprache und der Phantasie.«
*Die Welt*

**DAS NÄCHSTE SPIEL IST IMMER DAS SCHWERSTE**

»Das Fußballspiel ist nicht die Fortsetzung des Lebens, sondern das Leben ist die Fortsetzung des Fußballspiels.«
*Ror Wolf*

**ANFANG UND VORLÄUFIGES ENDE**
91 Ansichten über den Schriftsteller Ror Wolf

»Ror Wolf ist wohl einer der originellsten und faszinierendsten Schriftsteller deutscher Sprache.« *Saarbrücker Zeitung*